La prise du diable

LINA WOLFF

La prise du diable

roman

Traduit du suédois
par Anna Gibson

LES
ARGONAUTES
éditeur

Ce livre a été publié avec le soutien financier
du Conseil suédois des arts, que nous remercions.

Titre original : *DJÄVULSGREPPET*

Identité graphique : Lauriane Tiberghien
Photo couverture : © iStock.com/gwengoat
Photo de l'autrice : © Gustav Bergman

*Pour en savoir davantage sur Les Argonautes Éditeur
et suivre l'actualité de la littérature européenne,
abonnez-vous à la newsletter sur notre site.*
www.argonautes-editeur.fr

« Bienvenue chez moi. Venez-y librement ; et laissez un peu du bonheur que vous apportez. »

Bram Stoker

En arrivant à Florence, la première chose qu'elle remarque et qui la stupéfie, ce sont les couples. Ils sont partout, sous les arcades voûtées du centre-ville, et un entrelacs de solives noires court au-dessus de leur tête. Tout est brûlant et grandiose, aux antipodes de ce qu'elle avait imaginé autrefois, quand son train avait marqué un long arrêt en gare de Florence. De larges flocons de neige tombaient doucement sur ce qui lui était apparu alors comme une ville frêle, froide, endormie. Or à présent, donc : des amants partout dans la chaleur. On les entend par les fenêtres ouvertes et même à travers les murs de l'appartement. Des cris de femmes suivis un peu plus tard de murmures et de rires.

– Est-ce que tout le monde baise comme ça tout le temps ?

– Oui. Tu trouves ça bizarre ?

– Non, dit-elle. Pas du tout.

Elle pense qu'elle est pour sa part issue d'un coin particulièrement aride, qu'elle a beaucoup à apprendre, et que cet homme est peut-être celui qui l'aidera à pénétrer cette réalité nouvelle. Les tuiles couleur ocre se déploient devant eux depuis le toit-terrasse de l'appartement. Vue d'en haut, Florence est la ville du deuxième chakra, celui du bas-ventre, dont la couleur est l'orange. L'ocre orangé est l'une des couleurs dominantes de cette ville. Tout coïncide, se dit-elle. Ça y est, tout coïncide, enfin.

La sueur se dépose sur leur peau telle une pellicule permanente. Elle aime l'odeur de sa sueur. Elle aime tout chez cet homme, bien qu'il soit si terriblement laid. Ses cheveux sont longs, noirs, mal peignés, et il les ramène sans cesse vers ses tempes et ses joues comme s'il voulait se cacher. Mais un tel visage n'est pas dissimulable et elle approche ses mains pour repousser la tignasse de l'homme jusque derrière ses oreilles. Il dit qu'il a honte. Elle dit qu'il a tort : son visage donne une dimension supplémentaire à sa virilité. De plus, il contraste délicieusement avec la grâce féminine de la ville. Il esquisse un sourire incrédule, presque timide. Les gens qu'ils croisent dans la rue le dévisagent, avant de tourner leur regard vers elle, puis de nouveau vers lui. Il dit que c'est la première fois que ça lui arrive.

– Ils nous regardent ainsi parce qu'ils ne comprennent pas comment quelqu'un comme toi peut être avec quelqu'un comme moi, dit-il.

Mais certaines femmes le comprennent. Elles le comprennent même très bien. Et manifestent leur intérêt de la manière propre à certaines femmes latines. Un jour au parc, alors qu'ils sont assis sur un banc, une femme s'approche pour boire à la fontaine voisine. Se plaçant juste à côté de lui, elle se penche de telle façon que son cul se retrouve à moins de cinquante centimètres de son visage. Il sourit avec satisfaction.

– C'est parce que je suis avec toi, chuchote-t-il. D'habitude, elles ne me voient même pas.

Naturellement, elle envisage la possibilité qu'il soit déjà en train de lui mentir. Mais elle ne s'y attarde pas. Il est là, après tout, à côté d'elle, détendu, les bras écartés et posés sur le dossier du banc, avec l'odeur de sa sueur qui monte de ses aisselles. Il n'y a aucune raison de s'inquiéter. Il est inoffensif ; il rebute toutes les femmes sauf elle. Il n'est rien de plus qu'un petit gros inoffensif. Plus tard, elle songera (amèrement) que les petits gros inoffensifs, ça n'existe pas.

Rapidement, les femmes se prennent à le remarquer de plus en plus. Cela le ravit, elle le voit bien, et au début elle ne peut s'empêcher d'en sourire. Cette transformation, après tout, c'est à elle qu'il la doit. C'est elle qui est aux manettes. Elle qui ramasse tous ses t-shirts gris délavés et les jette. Elle qui fait en sorte qu'il s'achète des chemises en lin de couleur claire, un déodorant, un nouveau jean.

– Un jean, explique-t-elle, peut créer un corps ou le ravager, au choix.

Par exemple, on ne peut pas porter un jean délavé avec des chaussures noires, étroites et brillantes, dont le talon claque contre les pavés à chaque pas.

– À moins de vouloir passer pour un vendeur de guidages pour poids lourds, ajoute-t-elle.

– Mais c'est à peu près ce que je suis, non ?

Elle rit, gênée.

– Oui, c'est vrai. Mais ça ne devrait pas t'empêcher de garder tes belles chaussures noires pour les enterrements et porter plutôt des baskets au quotidien.

Il absorbe et apprend. Il la suit dans le centre commercial et achète docilement tout ce qui, d'après elle, pourra lui aller. Lorsqu'elle lui suggère de se raser entièrement la tête, ou de ne laisser qu'un millimètre de tapis noir, comme Shane dans la série *The Walking Dead*, il va voir sur Internet et acquiesce.

– Mais mon visage alors ? s'inquiète-t-il l'instant d'après. Les gens vont avoir peur !

– Je crois que tu auras l'air différent. Comme si tu ne cherchais pas à dissimuler quelque chose. Comme si tu étais fier de ton côté effrayant.

Il obéit. Tôt le matin, avant que la chaleur ne dépose une membrane poisseuse sur la ville, elle court avec lui dans les parcs. Peu à peu, le gras du bide s'estompe. Elle l'emmène à la salle de sport ; pendant qu'elle fait des abdos sur le tapis, il exerce ses biceps devant le miroir.

– J'ai l'air d'un *cazzone*, constate-t-il. Une bite géante occupée à faire des tractions. C'est parce que je n'ai plus de cheveux.

Elle rit. Elle adore l'entendre parler ainsi, prononcer des gros mots en transpirant, elle l'écoute telle une affamée. Là d'où elle vient, il y a si peu de place pour l'auto-ironie.

La transformation continue. Salade tous les soirs, fruits au petit déjeuner et, en guise de garniture, des tonnes de sexe pour que la virilité s'exhale par chacun de ses pores lorsqu'il quitte l'appartement. Elle se tient à la fenêtre. Satisfaite (mais naïve), elle contemple son œuvre, son miracle, faire sa sortie dans le monde.

Les aspects pratiques doivent être définis et réglés le plus tôt possible, pour qu'ils sachent tous deux à quoi s'en tenir.

– Bien sûr, dit-il. Vas-y.

Tout d'abord : quand elle a acheté son billet de train, elle a pris un aller simple, oui, il a bien entendu. Pas de billet de retour. Après tout, elle n'avait aucune idée de ce qui allait se passer une fois sur place. Mais son boulot alors ? Elle doit bien avoir un boulot, là-bas, chez elle ? Non, elle a donné sa démission. Elle n'avait plus la force de continuer. Elle haïssait cet emploi, il la dévorait, une petite bouchée d'elle était engloutie chaque jour, et à la fin elle en a eu marre.

– Tu as *démissionné* ?

– C'est ça.

Un matin elle s'est décidée. Elle est allée voir le chef, lui a expliqué qu'elle en avait assez de la vie de bureau, de la moquette couleur chair et des encadrements de fenêtres marron, et qu'elle avait en conséquence décidé de quitter son travail.

Il s'inquiète.

– Mais de quoi vas-tu vivre ?

– De toi, dit-elle.

L'espace d'un instant il a l'air exactement aussi effaré qu'elle l'espérait.

– *Quoi* ?

– Pourquoi, tu n'as pas assez d'argent ? Moi qui te prenais pour le genre d'homme sur lequel on pouvait compter.

La terreur semble s'être agrippée à ses traits.

– Oui, bien sûr, mais…

Elle rit et ajoute qu'il n'a pas de raison de flipper. Elle a de quoi vivre.

– Combien ?

– Assez pour ne pas devoir te faire payer pour le sexe.

Il toussote nerveusement. Elle dit que c'était une blague. Que c'est plutôt lui qui pourra se reposer sur elle le cas échéant. Il dit qu'il n'a jamais fait cela. Jamais profité d'une femme, jamais abandonné un poste, jamais eu de l'argent « comme ça » sur son compte en banque. Elle hausse les épaules. On est tous différents. Il dit qu'il vient d'une famille d'agriculteurs. Chez lui, dès lors qu'on choisissait de quitter la terre, il n'était pas question de démissionner d'un boulot sans en avoir auparavant décroché un autre. Elle hausse à nouveau les épaules. Comme je le disais, on est tous différents. Si elle reste longtemps à Florence, il faudra qu'elle s'active à un moment donné, qu'elle suive une formation et prenne un job, peut-être dans l'industrie, peut-être traduire des modes d'emploi. De plus, elle a toujours voulu apprendre l'interprétation simultanée et, à Florence, il existe deux écoles. OK, dit-il. C'est possible. Elle peut habiter chez lui quelque temps, comme ça elle n'aura pas à payer de loyer. Si elle a envie de rester un moment en Italie, chez lui, c'est OK. Elle pourra faire à dîner le soir. Comme ça ils seront quittes.

Elle fait le tour de l'appartement sous les toits, qui lui apparaît comme un royaume céleste. Deux salles de bains avec une douche dans chacune d'elles. Les toits de tuile, la coupole de Santa Maria del Fiore dominant tout le reste. Quelqu'un fredonne en bas dans la cour. Les jardinières du voisin débordent de fleurs. Le frigo contient du vin blanc bien froid. Les couronnes des pins se détachent sur le fond du ciel et, au crépuscule, une odeur acidulée de sève brûlée entre par la fenêtre de la chambre à coucher.

Les premiers temps, elle éprouve un contentement intense qui ne la quitte pratiquement pas. Dieu a créé la femme, et elle est pour sa part en train de créer l'homme. Peut-être est-ce pour cette raison que ça va déraper dans les grandes largeurs. Car le récit où elle croit vivre n'a au fond jamais existé. La femme ne crée pas l'homme. Aucune légende ou représentation historique n'en témoigne. Cependant, il apparaît bien vite que cette transformation qu'il lui doit lui ouvre sans cesse de nouvelles portes. Au dîner, il parle joyeusement des femmes qui lui ont signifié leur approbation pendant la journée. L'une est venue chercher son café à la machine qui se trouve pile devant son bureau, et pendant tout le temps que le café coulait, elle a gardé son fantastique cul tourné vers lui, comment donc est-il censé travailler dans ces conditions ? Il rit, non sans timidité, car il est encore suffisamment rondouillard pour ça. Elle sent qu'il veut qu'elle rie avec lui. Elle ne le fait pas. Il poursuit son histoire. Il aimerait tellement qu'elle puisse se réjouir, elle aussi, de la tournure favorable inespérée qu'est en train de prendre son existence. Il lui montre une vidéo de lui en train de faire des pompes sur les poings, beaucoup de pompes d'affilée, avec un grand sourire.

– Qui a pris cette vidéo ? demande-t-elle.
– Giorgio.
– Je ne te crois pas.
– Mais si, c'est Giorgio.
– C'est une femme qui te filme.
– Comment le sais-tu ?
– Ça se voit à ton expression, tu essaies de l'impressionner, tu ne sourirais pas ainsi à un homme.
Il la dévisage un instant. Puis :
– Tu es paranoïaque. Moi qui te croyais au-dessus des autres, comme une rose au bout d'une tige de chardon. Mais tu piques, en fait.
– Pourquoi ne pas te contenter d'avouer ? D'ailleurs, les roses aussi ont des épines. Dis-moi qui a tourné cette vidéo.
La vérité finit par sortir. Un nom de femme. Elle se met à crier.
– Comment veux-tu que je me sente en sécurité quand tu pars au travail ?
Elle lit dans son regard de la surprise, mais aussi la réponse à sa question. Cette réponse est très simple. Il ne s'agit pas d'elle et de sa sécurité. Il s'agit de son plaisir à lui et des hauteurs qu'il va pouvoir atteindre désormais.

Au quotidien, malgré la peine qu'il commence déjà à lui causer, il est d'un commerce agréable. Il se douche deux fois par jour et dépose ses chemises neuves chez le teinturier, si bien qu'elles sont toujours impeccablement repassées. Il porte un parfum de qualité ainsi qu'une lotion unisexe de marque espagnole dont il s'enduit le crâne. Intérieurement, elle le surnomme « Le Propre-sur-Lui ». Elle l'examine et découvre avec étonnement qu'il ne lui inspire presque aucune irritation. Elle l'observe, et il l'observe en retour. Il lui fait remarquer qu'elle est incroyablement silencieuse. Comme une petite souris, dit-il, ajoutant qu'il a toujours souhaité avoir une femme discrète comme une petite souris. Une Minnie Mouse qui ne fait pas d'histoires.

– Une *Minnie Mouse* ?

– Oui. Tiens, cela te va bien. Ça te dérange si je t'appelle Minnie ?

Elle hausse les épaules.

– Si je suis Minnie, alors il va de soi que tu es Mickey.

Il se regarde dans le miroir.

– Peut-être pourrais-tu me trouver un autre nom ?

– Par exemple ?

– *Il toro* ? *Il toro divino* ?

Ils rient. Elle enchaîne.

– Mickey c'est très bien. Qu'est-ce que tu veux dire quand tu dis que je ne « fais pas d'histoires » ?

Ah oui, réplique-t-il. C'est ça qui est formidable chez elle : elle parle toujours à voix basse et, quand elle s'active dans l'appartement, on ne l'entend pas. Même quand elle ouvre et referme les portes, les armoires, les placards, etc., elle le fait en silence.

C'est parce qu'elle a horreur du bruit, dit-elle. Et que les gens bruyants l'effraient.

– Tu es une princesse fragile.

– Pas du tout. Je sais me servir d'une perceuse et faire marche arrière avec une remorque, alors ne dis pas ça. Pour moi c'est une insulte.

– Mais, Minnie, ça ne me dérange pas si tu veux être un peu fragile avec moi. Les femmes fortes nous rendent faibles, nous les hommes. Si nous n'avons pas la possibilité d'être forts, que veux-tu que nous fassions de toute cette virilité qui nous encombre ?

Elle réfléchit.

– D'accord. Je veux bien être un peu faible. Maintenant que tu le dis, je sens que ça fait longtemps que j'en ai envie.

– Tu es parfaite, dit-il. Parfaite pour moi.

Elle est contente. Elle perçoit dans ses paroles un compliment de bon augure. Ce qu'elle ne saisit pas sur le moment, c'est que le compliment contient aussi une mise en garde. Elle doit continuer à être parfaite pour lui. Ne pas profiter de la première occasion venue pour saboter cette perfection qu'il croit percevoir chez elle. Sur le moment, elle se demande plutôt comment elle va réussir à masquer ses innombrables défauts afin de continuer à être parfaite à ses yeux. En réalité bien sûr, elle sait comme lui que sa perfection est une chimère. Ses défauts sont si nombreux que, si elle voulait en dresser la liste, elle ne saurait pas par où commencer. L'aspect physique, à vrai dire, elle n'a même pas la force d'y songer. Dès qu'elle prend du poids, par exemple, son apparence devient molle et blanchâtre, le gras se dépose autour de sa taille, elle devient grassouillette de partout, comme un cylindre, ou un genre de chamallow. Si elle reste trop longtemps au soleil, ses traits se dissolvent, des taches de couperose se répandent sur son nez et sur ses joues. Et ses cheveux ont toujours été raides et épais, plus proches du crin de cheval que du cheveu humain. Pour ne mentionner que quelques détails. Un autre défaut est la phobie sociale qui la submerge parfois. Cette peur des autres est mal vue dans son pays natal, mais bien plus encore dans un pays latin tel que celui-ci, où la vie sociale constitue l'arène même de l'existence. Où l'on doit oser faire sa place, parler d'une voix forte, occuper la scène, laisser la pièce de théâtre se déployer autour de soi sans lâcher son propre rôle, qui est un rôle central par définition. Le Propre-sur-Lui ne serait pas content s'il découvrait toute l'ampleur de la faculté qu'elle a de se dérober au monde et de se réfugier au fond d'elle-même. Dans son pays, il lui arrive de ne pas quitter son appartement pendant des jours parce qu'elle n'en a tout simplement pas le courage, et si elle le fait quand même, elle choisit les horaires où personne ne sera dehors. Pourquoi ? Elle n'en sait rien. Une autre de ses petites particularités, c'est que depuis ses études de traductrice et ses jobs occasionnels d'interprète, il lui arrive dans les situations de stress de ressasser son ressenti de façon compulsive, dans toutes les langues qu'elle connaît. Si elle n'y arrive pas, si un mot lui fait défaut, alors elle reste bloquée, incapable de passer à autre chose. Dans ce cas, elle se fige littéralement, car si elle continue ce qu'elle faisait, alors qu'elle n'a pas trouvé le mot qu'elle cherchait dans telle ou telle langue, une malédiction risque de se déclencher. Qui en a décidé ? Elle l'ignore, mais sait qu'il en est ainsi, et, parfois, il lui suffit de penser à quelque chose d'une certaine manière pour donner naissance à une sorte de réalité miniature, qui menace aussitôt d'enfler, de se répandre partout et de prendre possession de l'autre réalité, celle, à l'extérieur, qu'elle est en train de vivre. Voilà encore un défaut qu'il n'apprécierait pas : le fait qu'elle croie à certaines choses qui ne s'expliquent pas rationnellement. Ce n'est pas qu'elle y pense en permanence. Mais, pour être tout à fait franche, elle y croit. En ce qui concerne la phobie sociale et la malédiction potentielle associée aux mots, elle a lu suffisamment de livres de psychologie et de développement personnel pour savoir qu'il est possible de les classer dans la catégorie des névroses. Les névroses peuvent être bénignes ; d'ailleurs la plupart des gens souffrent d'une névrose quelconque ; mais il y a une limite, qui est franchie dès lors qu'il devient problématique de coexister avec elle, lorsque cette névrose se met à constituer un obstacle à la vie quotidienne. Elle n'est pas en mesure d'évaluer si sa névrose constitue un tel obstacle. Elle pense que non. Après tout, elle vit, et elle réussit à mener à bien la plupart des choses qu'elle entreprend. Toutefois, sa névrose est capable de provoquer chez elle un fort malaise et de la saboter en douce. Elle a envisagé de consulter un psy. Mais alors elle a songé à tous ceux qui ont de vrais problèmes, qui fuient la guerre, ou qui vivent dans une pauvreté extrême, et elle s'est dit qu'elle n'a pas le droit d'être névrosée. Ce mal est précisément celui qui caractérise les princesses fragiles, or elle ne veut pas être une princesse fragile, car alors elle se sent honteuse, gâtée et trop sensible. Or ça, c'est un sentiment qu'elle déteste, et qui lui donne la sensation d'être salie, en fait, à la fois par le confort matériel et par un air du temps bizarre. Salie de privilèges et d'idiotie. La nature l'aide, de façon générale. Les arbres absorbent et décomposent ce qu'elle trouve lourd à porter. Mais à Florence, il n'y a pas de nature. Il n'y a que des collines chauves, des vignobles clos, des terrains de chasse privés et des zones d'urbanisme. Les cyprès qu'on aperçoit au loin appartiennent toujours à quelqu'un. On ne peut pas se rendre à cet endroit, marcher sous les cyprès, inspirer leur odeur ou toucher leur tronc. Ils sont là, c'est tout, comme un décor de théâtre ou un tableau. Aussi solennels qu'inaccessibles. Elle ne sait pas très bien comment elle va pouvoir tenir le coup, à terme, à Florence, sans accès à une nature digne de ce nom, capable d'assimiler ses maux. D'un autre côté, c'est à Florence que vit le Propre-sur-Lui. Et l'abondance d'avantages que cela représente, elle ne peut franchement pas la refuser.

Au cours de ces premiers temps, il arrive qu'ils aillent faire un tour en voiture le soir. Elle adore être assise à côté de lui quand il conduit. Empruntant des tunnels creusés dans la montagne, ils quittent la Toscane, font incursion en Émilie-Romagne, longent des champs ponctués de maisons abandonnées qui étaient autrefois des fermes. Des fermes anciennes, couleur ocre, magnifiques, avec des oliveraies, des figuiers, de longues tables dans les jardins. Des balcons avec vue sur les villes.

– Pourquoi personne n'achète-t-il ces maisons pour les rénover ?

Il n'a pas vraiment de réponse. Mais pourquoi irait-on s'encombrer d'une vieille ruine quand on peut acheter un appartement où tout est déjà tip-top, avec piscine, climatisation et parking en sous-sol ? Ces vieilles fermes sont remarquablement bien situées, objecte-t-elle. Assez isolées quand même, dit-il. Il met de la musique, monte le son, ouvre le toit et laisse entrer le vent chaud.

Un soir, ils vont jusqu'à une zone industrielle près de Bologne. Intérieurement, elle est morte de rire. Il ne lui est encore jamais arrivé de se rendre en balade dans une zone industrielle. Une idée pareille ne lui serait jamais venue. Mais au Propre-sur-Lui, apparemment, si, car le voilà qui freine, s'engage sur une aire de stationnement et coupe le moteur. Le soleil s'apprête à plonger derrière l'horizon, éclairant l'enseigne de l'usine où les lettres FIAT se détachent en jaune sur le fond orangé du crépuscule.

– Si seulement je pouvais travailler ici, déclare le Propre-sur-Lui d'un air songeur.

– Pardon ?

– Si seulement je pouvais obtenir un emploi ici, répète-t-il.

Elle parcourt du regard le parking désert.

– Ça ne me paraît pas très agréable… Plutôt un cauchemar, en fait.

Il semble très surpris de sa réaction.

– Un cauchemar ? Tu te rends compte du nombre de gens qui aimeraient travailler là ?

Non, elle ne se rend pas compte.

– Qui aimerait travailler *ici* ? demande-t-elle, incrédule. Dans cette usine ?

– Et toi, dans quel monde vis-tu ?

Elle se tait. Elle regarde son profil tandis qu'il lève les yeux pour contempler, *contempler*, l'enseigne de Fiat. Comme s'il était face à quelque chose d'inouï. Tournant son propre regard vers l'enseigne, elle la contemple à son tour, en essayant de saisir la beauté qu'il semble y déceler. Elle s'efforce d'imaginer une autre sorte de beauté, une beauté à laquelle elle n'est peut-être pas habituée, mais qui n'en existe sûrement pas moins, et qui se manifeste avec évidence pour qui possède cette forme de sensibilité particulière.

– Si seulement je pouvais décrocher un boulot ici, continue le Propre-sur-Lui, sur le même ton rêveur. Alors je me baladerais en BMW.

– Ah bon ? Mais si on travaille chez Fiat, on doit rouler en Fiat, non ?

Elle dit ça comme une blague, car elle ne peut en aucun cas imaginer le Propre-sur-Lui au volant d'une Fiat. D'abord, il faudrait l'y faire entrer à coups de bélier et ensuite, ce serait vraiment une vision stupéfiante, le Propre-sur-Lui, la Fiat, cet homme énorme dans cette voiture minuscule. Mais le Propre-sur-Lui n'apprécie pas la plaisanterie. Tout en remettant le contact, il déclare :

– Tous les chefs roulent en BMW. C'est une loi de la nature.

Ah oui ? a-t-elle envie de crier. Et quand ils harcèlent sexuellement leurs employées, c'est peut-être une loi de la nature aussi ? Toi, en tout cas, c'est ce que tu fais, c'est exactement ce que tu fais. Mais elle ne crie pas, elle reste assise à sa place, la place du passager, et elle prend sur elle tandis que, dans le rétroviseur, l'enseigne Fiat s'éloigne puis disparaît dans le crépuscule.

Il y a un avant et un après le début de la manipulation. La méfiance s'installe telle l'humidité dans l'épaisseur d'une façade dont le crépi finit par éclater, une nuit, quand les gouttelettes se dilatent et se transforment en glace. Elle doit à tout prix obtenir qu'il ne se rende plus à son bureau. Qu'il passe en télétravail. Elle essaie de rendre l'appartement aussi agréable que possible. Elle fait le ménage, elle débarrasse la cuisine de sa couche épaisse de gras et de poussière, elle prépare de bons petits plats. Mais chaque jour à la fin du déjeuner, il se lève de table en s'excusant, faut qu'il y aille, et non, le télétravail n'est pas envisageable. Elle sent qu'une grave maladie est en train de prendre possession d'elle. Elle en souffre, mais, en même temps, quelquefois, alors qu'elle se repose, hébétée et engourdie, l'état de son organisme pique sa curiosité. C'est comme si elle devait explorer la nature de sa maladie, faire connaissance avec elle, lui parler. Quand le Propre-sur-Lui n'est pas là, elle passe de longs moments allongée à *examiner son ressenti.* Elle comprend bien que ce n'est pas sain. Pour autant, elle doit avoir le droit de le faire. Comme de plonger ses doigts froids dans une glaise chaude : voilà l'effet que ça lui fait de se familiariser avec sa maladie. Celle-ci est à la fois douce et bestiale, *dolce e bestiale allo stesso tempo, dulce y feroz al mismo tiempo*. Un poison sucré qui en même temps la corrode tel un acide. Parfois elle reste couchée même après qu'il est rentré le soir. Quand il franchit le seuil de l'appartement, son dîner ne l'attend plus sur la table. Elle passe tellement de temps au lit qu'elle en perd l'appétit. Il n'est pas content. Elle doit manger, dit-il. Jeune fille, l'une de ses sœurs était atteinte d'anorexie, et ça l'a énormément marqué, les souvenirs qu'il en garde lui pèsent encore aujourd'hui. Elle sourit faiblement en entendant cela. Il existe donc une faille dans son armure ? Une fissure où il serait possible d'introduire quelque chose ?

– Aha, dit-elle. Raconte.

Il s'assied sur le bord du lit et secoue sa tête chauve. Il préfère ne plus évoquer sa sœur. Il en a les larmes aux yeux. Il n'en a jamais parlé à quiconque. Elle le regarde en silence.

– Il faut que ça sorte, lui dit-elle pour finir. Tu gardes ça en toi et ça te dévore, je le vois bien.

Il hoche la tête.

– Je suis d'accord. Je veux en parler, mais je ne sais pas comment.

– Est-ce qu'elle te ressemblait ?

– Non, pas du tout. Elle était incroyablement belle. Avant sa maladie, c'était la plus belle fille du quartier, peut-être même de tout Bari. Tous les hommes étaient fous d'elle. Dès qu'elle arrivait quelque part, tout s'arrêtait. Puis elle s'est mise à maigrir. Au début, ça a renforcé son magnétisme. Plus elle devenait fragile, et comme friable, plus on avait envie de l'embrasser et de la protéger. Puis un jour…

– Oui ?

– … le cadavre en elle est devenu visible.

Il a les yeux qui débordent. Les larmes coulent, larges et solitaires, le long de ses joues.

– Le cadavre est apparu, reprend-il. Les orbites noires, la fixité du regard, la coloration maladive du blanc des yeux. Peu à peu son corps est devenu osseux, sans vie, grisâtre. Ses hanches si rondes et douces sont devenues anguleuses, la lourdeur de ses fesses a disparu, remplacée par un vide pendouillant. Sa bouche n'était plus qu'un trou obscur, un cri muet, un appel à l'aide dans une agonie indéfiniment prolongée. Sa belle chevelure noire et brillante n'était plus qu'une tignasse hirsute, figée, couleur de cendre. Son apparence était *affreuse.* Terrifiante, Minnie. Comme si une morte était sortie de sa tombe et s'était mise à errer dans les rues de Bari.

Il est obligé de marquer une pause, tant les mots qui se bousculent dans sa gorge ne forment plus qu'une bouillie. Elle est touchée. Elle a rarement vu des hommes pleurer, et elle n'aurait jamais pu imaginer que cela pourrait arriver au Propre-sur-Lui, *il cazzone* en personne.

– J'ai un souvenir, reprend-il sur un ton de désespoir. Et il est si affreux, si honteux…

– Raconte.

Il secoue la tête.

– Je ne peux pas. Ça fait trop mal. J'ai trop honte.

– Si on s'exprime ouvertement, la honte disparaît. La honte n'est que la couche de moisissure que l'âme dépose sur toutes les choses qu'elle a encapsulées au lieu de leur permettre de cicatriser au grand air.

Elle pose la main sur son bras. Un bras puissant. Un bras viril, bronzé, avec une belle montre, une manche relevée, des poils noirs et drus. Est-elle la première dont les doigts ont été autorisés à effleurer ce bras aujourd'hui ? Elle ne pose pas la question. Il ravale la boule qu'il a dans la gorge, s'éclaircit la voix.

– OK, dit-il. OK, je vais essayer.

– Prends le temps qu'il te faut. J'aime t'écouter.

– OK, Minnie. Voilà. À cette époque, je travaillais comme garde du corps pour un politicien local, qui passait l'été à l'étranger, ce qui donnait quelques semaines de congé à toute l'équipe. Le premier dimanche de ces vacances, nous sommes partis en bande à la plage. Cinq garçons à la plage, ce n'est peut-être pas nécessaire de préciser que nous espérions dénicher un groupe de filles. Ma sœur était déjà très malade, mais elle avait commencé à aller voir une psy. Après coup, j'ai réalisé que celle-ci avait dû l'encourager à surmonter sa honte, à ne pas hésiter à s'exposer, malgré son état. Faut croire qu'à l'époque c'était l'approche à la mode pour ce genre de trouble. Nous voilà donc allongés sur le sable, moi et le reste de l'équipe, quand soudain ma sœur surgit. Je la repère alors qu'elle est encore sur la promenade, là-haut. Elle descend sur la plage, elle avance telle une ombre noire, et moi, je me détourne. Pourvu qu'elle ne s'approche pas de nous. Ce que nous cherchons, c'est un groupe de filles en bonne santé. Et puis je ne veux pas que mes collègues sachent que ce type de maladie existe dans ma famille, je ne veux pas qu'à l'avenir, en me voyant, ils aient toujours à l'esprit son image à elle, l'image de la maladie mentale, ce n'est pas bon dans ce genre de boulot où on doit être capable de mobiliser sa puissance et son courage à fond, en un tournemain. Mais voilà. Ma sœur est là, et elle balaie la plage du regard, lentement. Je la surveille du coin de l'œil tout en m'aplatissant sur ma serviette. Soudain je l'entends qui m'appelle. À haute et intelligible voix, elle crie mon nom. Je ferme les yeux et fais semblant de dormir. J'ai l'impression que les autres ne l'ont pas entendue, le bruit des vagues couvre sa voix. Elle cesse de m'appeler. J'ouvre lentement les yeux et je vois qu'elle s'est remise en marche. J'ai peur qu'elle se dirige vers moi, mais non, elle descend vers le rivage. Elle est à une cinquantaine de mètres de nous. Elle défait sa natte. Elle enlève sa tunique. Et elle reste debout pour faire tout ça, alors qu'elle aurait tout aussi bien pu s'asseoir. Pourquoi te déshabilles-tu debout, espèce de pauvre imbécile malade ? Voilà ce que je pense tandis qu'elle retire son vêtement de plage sous le soleil, dans la brise marine. Une fois la tunique ôtée, c'est une vision brutale. Son corps rayonne une blancheur de spectre. On le voit très, très nettement : le cadavre, la mort qu'exhale chacun de ses pores. Ses orbites, ses yeux vides, sa tête de mort. Elle regarde autour d'elle et, remarquant que les gens la fixent, elle leur sourit. Elle leur *sourit*, tu comprends ? On ne peut pas sourire quand on a cette tête-là ! Les cadavres souriants, ça n'existe pas ! D'ailleurs ce n'est pas un sourire, c'est un rictus. Sur la plage, toutes les voix se sont tues. La rumeur infinie de la mer est le seul bruit qui subsiste dans le monde – voilà l'impression que j'ai en cet instant. Elle rajuste les fines cordelettes du bikini sur ses hanches inexistantes, elle les renoue lentement, avec soin, de ses doigts squelettiques. Pourvu qu'elle s'allonge sur sa serviette maintenant. Pourvu que le spectacle soit terminé. Mais non. Voilà qu'elle se met à *marcher*. Tu comprends, Minnie ? Elle se met à déambuler sur la plage. Elle se dirige vers la mer et, à l'instant où ses pieds touchent l'eau, elle pivote d'un quart de tour et se met à longer le rivage, exposée aux regards de tous les vacanciers terrorisés qui écarquillent les yeux. Ce doit être un genre d'exercice absurde que la psychologue l'a persuadée de pratiquer pour se sentir mieux. J'ai envie de disparaître. Tous les gars de l'équipe se sont redressés sur leur serviette et la suivent du regard eux aussi, mais ils ne savent évidemment pas que c'est ma sœur. C'est quoi, ce machin ? demande l'un. Oh, bordel de merde, jamais vu un truc pareil, renchérit un autre. Une morte-vivante, *una morta viva, cazzo, porca putana*, dit le troisième. Je suis toujours allongé sur le ventre, la joue collée contre le sable chaud. La sensation de brûlure est renforcée par la honte. Et je pense, merde à la fin, rentre chez toi. Rentre chez toi, rentre chez toi, cache-toi, les malades qui vont mourir ne doivent pas se promener sur les plages où les vivants bronzent au soleil et prennent du bon temps. Mais elle fait tout le contraire. Après quelques allers et retours, alors que tous les regards sont encore rivés sur elle, elle choisit d'aller s'asseoir à un autre endroit. Elle – ma sœur –, mais aussi ce quasi-cadavre qu'elle est devenue, s'approche d'une *famille*. Elle s'installe à un mètre à peine de la jeune mère qui allaite son dernier-né sous un parasol. À côté, deux enfants d'environ cinq ans, et un homme qui doit être leur père. Ma sœur s'assied sur le sable. Puis elle regarde la femme et sourit. Je vois, et je comprends, qu'elle n'a aucune conscience de son apparence grotesque. Ça fait partie de la maladie. On ne se rend pas compte de l'allure qu'on a, on est aveugle à son ombre mortelle. La femme, bébé au sein, est comme pétrifiée, réduite à une statue de sel sous le soleil. Un long moment, elle dévisage fixement ma sœur. Puis elle se lève d'un bond, le bébé toujours pendu à son sein, et se met à crier. Va-t'en ! Va-t'en, éloigne-toi de mes enfants, éloigne-toi de ma famille ! L'homme se lève vivement et, entourant les épaules de sa femme, il la tire en arrière, faisant de son propre corps un rempart entre ma sœur et elle. Comme si ma sœur, qui est contaminée par la mort, était capable de les contaminer à son tour. S'il vous plaît, allez-vous-en, lui dit-il. Je comprends que vous êtes malade, mais je vous demande cependant de trouver un autre endroit. Il y a de la place, vous n'êtes pas obligée de vous asseoir là où il y a des enfants. Je vois le sourire de ma sœur s'effacer. La tête de mort fixe le père de ses orbites creuses. J'ai le droit d'être là, dit-elle pour finir. Je suis peut-être malade, mais j'ai le droit d'être là. Je ne suis pas contagieuse. Ce que j'ai n'est pas contagieux. L'homme hoche la tête. Il retourne auprès de sa femme et de ses enfants et referme leur parasol. Il replie les serviettes de plage, ramasse vêtements et jouets éparpillés dans le sable. Sa femme le regarde en serrant son bébé contre elle. Ils se mettent en marche vers l'autre bout de la plage. De nombreux estivants les imitent. Pour finir, ma sœur est seule au centre d'un cercle d'un rayon de cinq mètres environ, qui irradie la désolation. Elle reste assise et tourne son regard vers la mer. J'ai la sensation qu'un morceau de ferraille m'obstrue la gorge. Au bout d'un long moment, je me lève et je rentre chez moi. Il me semble que ma sœur se lève à son tour et que son regard me suit depuis le centre du cercle vide, mais je ne me retourne pas.

Le Propre-sur-Lui pleure à chaudes larmes à présent. C'est la honte qui sort, la moisissure. Sous la honte, il y a de la douleur pure. Désormais elle va pouvoir l'aider, endosser le poids de son fardeau et, ainsi, se rapprocher de lui. Elle veut partager ce moment jusqu'au bout. Elle veut se tenir près de lui, un être humain aux côtés de son prochain, endurer ce qu'il endure, apaiser ce qui le fait souffrir, vu qu'elle perçoit si nettement la façon dont le souvenir de sa sœur lui transperce l'âme. Mais c'est impossible. Car même si elle ressent certaines choses, elle ne réussit pas à atteindre la compassion en elle. Cette capacité-là est déjà trop abîmée par sa propre peine. À la fois trop forte et trop faible, elle ne peut oublier, même un instant, le pouvoir qu'il a sur elle, la faculté qu'il détient de lui faire mal à tout moment avec une facilité déconcertante. Au lieu d'éprouver de la compassion, elle enregistre donc froidement, stratégiquement, qu'il a un point sensible, et qu'il vient de le lui montrer. Elle sait à présent quel est ce point. Elle peut y enfoncer le doigt et, de là, téléguider le Propre-sur-Lui quand elle veut. C'est malveillant et manipulateur. C'est en même temps une délicieuse garantie de victoire. Elle oublie complètement de lui demander ce qu'est devenue sa sœur, et si elle va bien aujourd'hui. Entre-temps, le Propre-sur-Lui s'est ressaisi. Il a compris ce qu'il se passait, et déclare en s'essuyant les yeux :

– Je ne veux plus jamais parler de ça. Je te remercie de m'avoir écouté, mais je ne veux plus jamais en parler.

Elle a envie de crier qu'elle n'est pas en état de recevoir le cadeau qu'il vient de lui faire. C'est impossible de s'intéresser à la douleur des autres quand on a commencé à saigner comme cela lui arrive. Voilà ce qu'elle voudrait lui dire, mais elle reste inerte sur le lit, pétrifiée, incapable de réagir. Il lui offre même une dernière chance. Debout devant elle, chaussures aux pieds, mains sur les hanches, il semble attendre qu'elle ajoute quelque chose, qu'elle se comporte enfin de façon digne, mais elle ne le peut pas. Alors elle se contente de fixer le bout de ses chaussures en silence, car elle sait que tout ce qu'elle pourrait dire à présent sonnerait faux et qu'il ne serait pas dupe. Pour finir, il se détourne du lit. Le bruit de ses pas s'éloigne. Elle entend la porte de l'appartement se refermer.

Le lendemain soir, elle essaie de se rattraper en lui demandant de raconter un détail de son enfance.

– Bah, c'est ce que j'ai fait hier, dit-il.

– Ton histoire d'hier ne datait pas de ton enfance. Je pense à un moment où tu étais *vraiment* petit.

Il passe la main sur son crâne rasé. Puis il dit qu'il est issu d'une famille nombreuse, quatre frères, deux sœurs, un père qui cultivait les olives et une mère qui capturait de petits oiseaux. Elle posait ses pièges sur la lande de genêts et passait ses proies dans le moulin à viande, telles quelles, becs et griffes compris. Ça faisait des petites boulettes qui croquaient sous la dent.

Il se tait.

– C'est tout ?

– C'est tout.

– Que sont devenus tes frères et sœurs ?

– Ils font leur vie, dit-il en se levant. Ils font leur vie, sans trop s'appesantir sur les détails sans importance. Et c'est exactement ce que nous devrions faire nous aussi, toi et moi, Minnie.

Elle aurait aimé qu'il l'interroge sur son enfance à elle. Mais il ne le fait pas.

S'il l'avait interrogée sur son enfance, elle aurait pu l'informer de choses et d'autres. Par exemple, du fait qu'elle vient d'un village où une fille a été tuée de façon bestiale alors qu'elle-même était encore petite. Or la maison où elle vivait avec ses parents était à seulement deux ou trois kilomètres de celle de l'assassin. Une demi-heure de promenade à travers la forêt, et la voilà : une petite bicoque humide d'assassin aux murs suintants caressés par de grands arbres sombres. Cela aurait pu faire une bonne histoire, s'il lui avait laissé la possibilité de la raconter. Une histoire vraie, par-dessus le marché. L'assassin de la forêt, et puis elle, petite fille, qui se baladait tout à côté de chez lui. Cette histoire aurait éventuellement aussi pu expliquer certains traits de caractère chez elle. La peur qu'elle est capable d'éprouver au contact des autres, par exemple. À la différence de la plupart des gens, elle sait en effet ce que peut dissimuler un visage. Celui de l'assassin était doux, comme s'il avait été mis à tremper et gonfler dans de l'eau, ou comme s'il était fait de champignons mixés pendant des heures. Il faisait ses courses dans la même supérette qu'eux et, parfois, elle le voyait, silencieux, dans la file d'attente, à la caisse, tenant ses marchandises dans ses bras. Il avait de petites lunettes carrées, et son regard encadré par la monture était lourd, comme si ses yeux avaient besoin de cette clôture pour empêcher le mal de s'échapper et de prendre possession du monde. Il arrivait que ce regard-là tombe sur elle ou sur l'une de ses copines. Alors elle se taisait aussitôt, car elle pensait avoir fait quelque chose pour l'attirer, et qu'il existait sans doute une punition pour cela, même si elle ne savait pas en quoi consistait sa faute, ni quelle serait la punition. Personne ne savait qu'il était le tueur. Pendant des années, le crime avait été attribué à « quelqu'un de l'extérieur », à un « individu de passage », ou peut-être carrément à un ou plusieurs « malfaiteurs venus du continent ». Quand la vérité avait enfin éclaté, personne ne s'était cependant déclaré surpris. On s'était toujours douté que c'était lui. Cet homme-là, tapi tel un ermite tout seul dans sa maison de la forêt et qui, lorsqu'il lui arrivait, rarement, d'être invité à une fête, tenait des propos bizarres sur la violence et les femmes. Un ermite avec, à l'intérieur de lui, un démon. Voilà comment elle-même s'est toujours expliqué la chose. Un ermite qui hébergeait en lui un démon et, quand il enlevait ses lunettes, son regard devenait celui du démon. Lorsqu'elle pense à l'assassin dans sa petite maison, elle se sent le plus souvent tout à fait tranquille. Il est mort, après tout. Pendu avec un drap, dans sa cellule. Mais il lui arrive encore d'éprouver une peur panique quand elle pense à lui. Qu'aurait-elle fait si elle était tombée entre ses mains ? Si elle l'avait croisé lors d'une promenade en forêt, s'il était passé par là alors qu'elle se trouvait seule dans la vieille carcasse de voiture qui traînait dans la forêt, pile entre la maison de ses parents et la sienne ? Que serait-il arrivé si la réalité avait pivoté d'un degré ou deux, si tout avait pris une direction légèrement différente ? L'aurait-il entraînée dans la maison de la mort, l'aurait-il torturée comme il avait torturé l'autre fille ? Il est des hurlements qui transpercent la nuit, et des nuits qui ne finissent pas.

Mais pourquoi pense-t-elle à tout cela maintenant ? À ces vieilles idées noires archi-usées qu'elle rumine depuis tant d'années et qui ne mènent nulle part ? Ne pourrait-elle pas se contenter de vivre dans le présent ? Parfois, c'est la seule solution. Florence n'est-elle pas une belle ville ? Le contraire même du village où elle a grandi ? Alors ne pourrait-elle pas faire preuve d'un peu de gratitude ? S'autoriser simplement à vivre ici avec le Propre-sur-Lui et à devenir quelqu'un d'autre ? Elle doit repousser le passé car, quand on le laisse prendre trop de place, on se noie. Tout le monde a ses blessures. Venir à Florence, c'est une possibilité de métamorphose, une intervention chirurgicale qui va ôter d'elle une couche entière de tissu cicatriciel et d'adhérences. Voilà comment elle devrait se représenter la chose : enfin se débarrasser d'une couche entière d'adhérences et de tissu cicatriciel.

Le matin elle reste au lit. La glaise chaude et maladive qu'elle porte en elle la rend paresseuse. Elle ne prend pas de petit déjeuner. Le Propre-sur-Lui apporte un café et une assiette de fruits, mais elle fait non de la tête. Il finit par partir au travail, mais la rappelle plusieurs fois au cours de la matinée. Alors elle jubile et ronronne comme un chat. L'après-midi il reste à la maison. Il s'assied à côté d'elle tout en prenant part à des réunions téléphoniques. Il lui demande d'enlever sa culotte et de s'allonger sur le flanc, jambes croisées. Pendant qu'elle dort, il pose la main sur ses fesses. Elle pourrait rester ainsi jusqu'à la fin des temps. Le monde pourrait s'écrouler autour d'eux. Calme et heureuse, elle se laisse dissoudre sous la chaleur de sa main pendant qu'à l'intérieur, l'étau se resserre et durcit. De plus en plus, elle est prise au piège du désir. Moins elle mange, plus elle est lasse, mais ça ne fait rien, car maintenant il lui accorde toute son attention. Être en forme et forte sont des avantages surestimés. Si on est forte, il va sans dire qu'on doit porter des fardeaux beaucoup plus lourds.

Un après-midi cependant elle se réveille sous les assauts de la faim qui vient de se déclarer tel un animal féroce, comme si elle avait soudain pris vie et lui lacérait les entrailles en lui ordonnant de la nourrir *à n'importe quel prix*. Une puissance primitive. Quand il lui annonce qu'il doit se rendre à son travail inopinément pour régler une affaire, pour une fois elle n'est pas inquiète, mais reconnaissante.

– Bien sûr, dit-elle. Je me repose ici en t'attendant.

Elle l'entend changer de chemise, enduire son crâne de lotion, enfiler ses baskets. Il sort. Une minute plus tard elle se lève et s'approche de la fenêtre. Le voilà, il se dirige vers sa voiture. Elle ôte sa chemise de nuit et enfile une robe. Puis elle descend les escaliers et entre dans le restaurant d'en face, celui où les asphalteurs du coin ont l'habitude de manger leur viande grasse et leurs haricots géants tous les jours de la semaine. Elle passe sa commande. Puis elle mange. D'abord le pain dans sa panière, puis la viande tendineuse et les légumes bouillis. Quand elle réclame une deuxième portion, le cuistot sort de sa cuisine et la dévisage en se demandant clairement d'où elle vient, et si toutes les femmes de son pays mangent autant qu'elle. Mais elle n'en a rien à faire. Par ici la bouffe, c'est tout. Elle dévore son plat jusqu'à la dernière bouchée, puis le dessert, en arrosant le tout de litres de soda, et, après avoir fini, elle sauce l'ultime reste de panna cotta avec son dernier bout de pain. En levant la tête, elle constate que les ouvriers de la table voisine l'observent avec des yeux ronds. Alors elle se lève et, le dos droit, retenant un rot, se dirige vers la caisse pour payer. Puis elle remonte à pas de loup jusqu'à l'appartement. Tel un saurien repu, elle s'allonge sur le lit et entame sa digestion. Ce soir-là, le Propre-sur-Lui rapporte de quoi manger. Il y a là des sushis raffinés qu'il a choisis exprès pour elle, mais elle secoue la tête d'un air las.

– Mais il faut que tu manges !

– Un autre jour, murmure-t-elle.

– Tu m'inquiètes.

C'est jouissif. Elle a la sensation de fouailler littéralement l'intérieur de son point sensible avec un bâton.

Soudain le Propre-sur-lui reprend la parole :

– Tu sais quoi ? Il s'est passé un truc étrange aujourd'hui, Minnie. J'avais oublié un papier à la maison et, quand je suis remonté le chercher, tu n'étais plus là. Mais en redescendant, je t'ai vue. Tu étais attablée dans le restaurant d'en face. J'ai cru avoir la berlue, et j'ai dû revenir sur mes pas pour m'assurer que c'était bien toi. Mais oui, c'était toi, et tu mangeais comme…

Il émet un petit rire sec.

– Je ne savais pas qu'une femme était capable de manger comme ça. Pas même mon père ne mangeait ainsi après avoir travaillé aux champs toute la journée. Je suis resté un long moment à t'observer. Tu étais bien trop occupée par la nourriture pour me voir.

Son sentiment de honte est tel qu'elle a l'impression que ses yeux vont bouillir dans leurs orbites. Il l'a donc vue. Il l'a percée à jour. Le point sensible s'est rebouché, vlan, avec une grosse couche de ciment par-dessus, elle n'y aura plus jamais accès. Elle fait figure d'imbécile. Pour lui, avec son code méridional de l'honneur, elle doit apparaître comme une pouffiasse patentée, une pure dingue délirante du Nord.

– Aïe, aïe, Minnie Mouse, ajoute-t-il en lui caressant les cheveux. Minnie, qui espère que Mickey la croit mourante, qui veut que Mickey s'occupe d'elle. Qu'il reste à la maison pour prendre soin d'elle…

Va-t'en, pense-t-elle, car elle n'a rigoureusement rien à lui répondre. Laisse-moi me consumer dans ma honte en paix.

– Mais au fond ça ne change rien, murmure-t-il, car je n'ai jamais cru que tu allais mourir.

Il continue de lui caresser la tête.

– C'est à cause de tes cheveux… Rien à voir avec ceux d'une agonisante. Les tiens sont lustrés et montrent que tu tiens le coup, que tu n'es pas vraiment malade, et que, le jour où tu te relèveras, tu auras encore plus de force qu'avant. Tu vas vivre, Minnie.

Elle ne bouge pas. Il s'assied sur le bord du lit et elle l'entend fredonner, d'une voix calme et chaude. Mais ensuite, la croyant enfin endormie, il se lève et sort d'un pas prudent. Elle voudrait lui sauter dessus telle une chauve-souris géante et hurler : Où vas-tu ? Où vas-tu, qui vas-tu retrouver, pourquoi est-ce que je ne te suffis pas ? Mais elle ne bouge pas. Elle sait qu'elle doit garder le silence et travailler à regagner son respect. Elle doit montrer plus d'endurance que ça. Peut-être pourrait-elle s'inventer de petits secrets rien qu'à elle, pour faire contrepoids ?

Voilà de quelle manière elle raisonne.

La prise se resserre encore un peu, il a la main un peu plus dure avec elle, mais tout reste à peu près correct. Il la soulève du sol plus souvent, l'empoigne plus brutalement quand il est excité ; il arrive qu'il la saisisse par les cheveux et tire d'un coup sec. Un soir, après quelques verres de vin, elle lui demande :

– Peux-tu me promettre que tu ne vas pas me casser ?

Il rit.

– C'est aussi pour toi, ajoute-t-elle. Je veux dire, ce ne serait pas bon pour toi non plus.

Il se penche vers elle. Ses yeux noirs ne sont plus que deux fentes.

– Ne me dis pas ce que je dois faire ou non. Tu n'as aucun pouvoir sur moi. Si ça se trouve, je vais devoir te casser pour que tu redeviennes entière. Je suis peut-être la seule force qui te maintient pour le moment. Tu ne peux pas le savoir, et tu n'es pas censée le savoir. Tout ce que tu as besoin de savoir, c'est que tu dois t'en remettre à moi. Si tu ne t'abandonnes pas entre mes mains, tu me voles ma virilité, et alors je ne veux plus de toi.

Tout s'accélère maintenant. Ça commence par des inflexions ou des insinuations qui dégénèrent en disputes, qui dégénèrent à leur tour en querelles spectaculaires. À quelques reprises, les voisins cognent au mur en criant *Ho, vous allez vous calmer, oui ?*. Ce n'est pas possible, pense-t-elle. Ceci n'est pas la réalité. Je ne suis pas quelqu'un dont le comportement pousse les voisins à cogner aux murs. Je suis une personne réfléchie, calme, qui se maîtrise. Mais quand elle s'entend hurler, elle comprend qu'elle se trompe. Son image d'elle-même est déformée, pas besoin d'être anorexique pour se voir autrement qu'on n'est. Elle cherche une explication. L'explication se trouve du côté du désir sexuel. Excitation et agressivité peuvent être liées et se potentialiser l'une l'autre, parfois rien ne les sépare sinon une très fine membrane. Voilà ce qui lui arrive. Tout se mélange. En plus, certaines formes de sexualité sont transgressives en elles-mêmes. Si, en tant que femme, on recherche ce type de sexualité, on ne peut pas exiger en même temps que la transgression s'arrête pile au moment qu'on aura soi-même choisi. Un homme ne fonctionne pas de cette façon. Un homme n'est pas un tableau de bord, il n'y a pas de bouton « stop », c'est pourquoi on doit éviter certaines situations, car il en est qui ne peuvent conduire qu'à la fusion du cœur du réacteur, dès lors que la surchauffe atteint un certain point qui rend impossible de faire marche arrière. De plus, la sexualité d'une personne ne se limite pas aux murs de sa chambre à coucher. C'est une tonalité de base, qui s'entend aussi dans toutes les autres pièces. Sa tonalité à lui est plus puissante que la sienne. Elle le sent. De ce point de vue, il la domine, et elle se hait pour la jouissance que lui procure cette position d'infériorité. Si seulement elle pouvait lui faire confiance. Si seulement elle y arrivait, il serait plus facile de s'en remettre à lui. Mais de plus en plus souvent, une fois la situation enclenchée, elle ne sait pas comment s'en extraire. Lui devrait y penser. Il devrait être suffisamment homme pour lui créer un cocon de sécurité, en veillant à ce que la paroi du cocon tienne le coup. S'il faisait ça, elle pourrait se sentir plus tranquille, plus libre. Là, elle n'a aucune sécurité, et elle en est réduite à devoir se persuader elle-même, encore et encore, de quelques vérités élémentaires. Par exemple que les jeux sexuels ne sont pas dangereux tant qu'on ne blesse pas l'autre. Deux adultes consentants, du sexe, rien de dommageable en soi. Voilà ce qu'elle se répète. Pour lui, ces jeux font office de piment. Ainsi parfois, il a envie de se la représenter avec d'autres hommes. Aucun mal à cela, n'est-ce pas ? Il ne lui demande pas d'y aller pour de vrai, il ne met pas leur couple en danger en lui ordonnant de faire des choses avec un autre, non, de ce point de vue ses fantasmes sont totalement innocents.

Dans la chaleur de l'action, il est ainsi capable de lui lancer :

– Raconte-moi la fois où tu as baisé avec ton chef.

– Mais je n'ai jamais baisé avec mon chef !

– Pas grave. Raconte *comme si* tu l'avais fait.

– Je trouve ça un peu bizarre, parce qu'il n'était vraiment pas mon genre.

Elle pense à son ex-patron, qui était marié à une certaine Gunnel. Un guignol à attaché-case, démarche bondissante, des pellicules tombant de ses cheveux. Ses épaules étaient toujours couvertes d'une fine couche de neige farineuse.

– Vas-y, Minnie, c'est tout.

– Mais enfin, je ne sais pas… Il ne m'attirait vraiment pas.

– OK, on s'en fout, raconte-moi juste la fois où tu as couché avec lui. Vas-y ! Fais semblant, Minnie, bordel, imagine que c'était quelqu'un d'autre, fais un effort !

OK, d'accord. Elle imagine un autre homme à la place du patron. Quelqu'un de plus appétissant. À tâtons, elle commence à élaborer une séquence. Un geste conduisant à un autre, ils se sont retrouvés au lit. Elle, son chef, et un collègue à lui. Elle perçoit l'excitation du Propre-sur-Lui. Son excitation est contagieuse. Des détails, il veut plus de détails, et, au fond, ce n'est pas difficile, elle est capable d'inventer une histoire sans trop d'efforts, elle sait ce qu'il a envie d'entendre et, pour lui faire plaisir, bricole un scénario à son goût, qui illumine d'étoiles son crâne chauve et lui met le corps en feu. Si elle le fait, c'est parce qu'elle veut qu'il soit content, lui donner le meilleur sexe qu'il ait jamais eu, être la meilleure pour lui, et pour cela, elle s'oublie, fait semblant d'être quelqu'un d'autre, quelqu'un qui couche avec son chef tous les jours, le chef et son copain, tous les jours, partout, à la photocopieuse, sur le bureau du chef, en voiture, à l'hôtel, et après la fermeture du restaurant pendant qu'un serveur fait le ménage…

– Merveilleux, déclare-t-il une fois revenu sur le dos, à reprendre son souffle. Merveilleux.

Mais voilà que plus tard, alors qu'ils flânent ensemble dehors dans la lumière du soir, il revient sur le sujet.

– Tu sais quoi, Minnie ? Cette histoire avec le chef, vraiment, je ne t'aurais pas crue capable de ça.

– De quoi ?

– De baiser comme une dingue de cette façon-là avec ton patron, et un autre type, en plus.

– Mais Mickey, voyons, je ne l'ai jamais fait. Tu m'as demandé…

– Tss, tss, ne joue pas à la petite dame avec moi. Dans ce que tu m'as raconté, il y a des trucs qu'on est obligé d'avoir faits par soi-même, on ne peut pas les inventer.

– Mais si, Mickey, je t'assure, moi, je le peux, c'est un petit don que j'ai. Je sais décrire les choses comme ça, comme si je les avais vécues, c'est facile pour moi. Tiens, demande-moi de le refaire, là tout de suite, je vais te montrer.

– *Can't bullshit a bullshitter*, Minnie. On ne baratine pas un baratineur.

– Mickey. Je ne suis pas comme ça. Ça ne me dit rien, et d'ailleurs je ne suis pas non plus la baiseuse insatiable que tu as l'air de voir en moi, je suis quelqu'un de tout à fait normal.

– Tout à fait normale ? Toi ? *Ma dai, Minnie, per favore !*

Elle se sent sale. Elle se promet de ne plus jamais lui faire cadeau du moindre fantasme. Désormais, ce sera muet entre eux. Muet et raide comme une soirée dans une maison sans fenêtres du sud de l'Italie, un endroit morne où le désir est tenu en laisse. C'est seulement ainsi qu'elle gagnera son respect.

À quel moment est-ce que ça déraille ? Quelques semaines plus tard, elle essaiera de reconstituer le fil pour comprendre à quel instant précis sa boussole a perdu le nord. Et, malgré sa misère, elle sourira en se rappelant la joie des débuts. Comment le Propre-sur-Lui avait réchauffé sa terre, comment il l'avait décongelée, tel un soleil de printemps inondant de chaleur un jardin hivernal. Quand on vit cela, on se réjouit d'être capable de germer, d'avoir été gratifiée de cette chance inespérée, inouïe, d'expérimenter le mystère de la chair. D'avoir la possibilité de prendre forme et croître à partir du terreau d'un autre, d'être au centre de cette lumière qui vous réchauffe et vous illumine, encore et encore. Mais ensuite vient la peur. Que la lumière disparaisse, qu'elle aille éclairer un autre corps, qu'une autre femme ait la chance de connaître cette joie. Même si elle le voulait, elle serait incapable d'accepter l'idée qu'il puisse connaître le corps d'autres femmes, comme il connaît son corps à elle : mieux qu'elle ne le connaît elle-même. Cette idée est trop destructrice pour être supportable. Qu'elle ne soit pas l'unique, qu'une autre femme puisse éprouver ce qu'elle éprouve, elle ne peut l'admettre ni l'accepter.

– Et la solidarité féminine dans tout ça ? demande-t-il avec un sourire tordu. Tu la mets où ?

Elle est incapable de répondre. Elle ne peut même pas faire semblant de sourire, tout occupée qu'elle est à repousser sa hantise. En vain. Elle devient lourde. Elle ne le souhaite à aucun prix, mais c'est ce qu'elle devient. Possédée et pesante. Elle doit avoir le droit de garder cet homme pour elle. Voilà l'abîme. Le désir de possession est l'abîme. C'est quand on est confrontée à ce désir d'exclusivité qu'on doit prendre du recul. Elle sait quand même qu'ils ne combattent pas dans la même catégorie, elle et lui. Tout ce dont elle croit avoir besoin, elle ne va pas nécessairement le recevoir. Alors il faut savoir battre en retraite. Mais elle ne le peut pas. Bien qu'il le lui demande très poliment. Bien qu'il lui explique avec calme qu'elle ne doit pas croire un instant qu'il lui appartient. Il l'aime beaucoup, certes, mais ce n'est pas pour autant qu'il va se trancher la bite et la lui offrir, enrubannée de soie. Jamais elle ne pourra se promener ainsi à travers la ville, sa bite à la ceinture, pendue à un ruban rose, tel un suprême trophée féminin. Elle doit respecter qu'il soit qui il est. Non, rétorque-t-elle, non, ce n'est pas possible. S'il veut être avec elle, il doit lui témoigner du respect. Elle est monogame, alors il doit l'être aussi. À peine a-t-elle dit cela que, contrôlant sa rage, il lui ordonne d'arrêter ça *tout de suite*. Elle n'a qu'à faire comme les femmes latines. Détourner le regard, ou se procurer son propre passe-temps. *Un passe-temps à elle ?* Est-il devenu fou ? Mais il insiste : elle n'a pas le droit d'aller dans cette direction.

– Recule, dit-il, et son regard est noir. Recule.

L'espace d'un instant, elle croit voir la partie saine en elle remporter la mise. Elle se lève, prend sa valise, part s'installer à l'hôtel. Mais dans la réalité, elle reste assise en pensant qu'il doit pourtant bien exister un moyen. Le Propre-sur-Lui doit pouvoir n'appartenir qu'à elle. Même si elle ne l'a pas encore trouvé, il doit bien exister un moyen.

Ils sont au lit. La porte du balcon est ouverte. Elle lit Jung, il lit Grisham. L'appartement est silencieux. Quand elle lève la tête, elle voit la poussière tomber lentement à travers les derniers rayons du soleil de l'après-midi. Elle espère que les voisins sont chez eux et entendent à quel point ils sont calmes, à quel point leur coexistence est *réellement* paisible. Soudain elle lit quelques lignes qui lui semblent s'adresser directement à elle, à eux. Elle demande au Propre-sur-Lui s'il veut les entendre. Il soupire.

– C'est encore ton psychologue, là ?

– Oui. Tu peux envisager d'écouter ?

Il dit qu'il est tout ouïe. Elle lit à voix haute.

– *La spiritualité et la sexualité ne sont pas des qualités que vous possédez, des choses qui vous appartiendraient et que vous contiendriez en vous. Au contraire, ce sont elles qui vous possèdent et vous contiennent ; car elles sont des* daimôns *puissants, des manifestations des dieux, et elles vous dépassent, car elles existent par elles-mêmes*[1].

Il soupire encore.

– Et ?

– *Et ?*

– Oui. Et alors ?

– Tu ne saisis vraiment pas ? Tu ne vois pas le lien ? Tu ne vois pas que nous sommes, toi et moi, complètement décrits par ces quelques lignes ?

Il rigole.

– Sacrée Minnie.

– Tu ne comprends donc pas ?

– Non. Ce que je comprends, par contre, c'est que tu devrais lire autre chose.

Il brandit le livre de Grisham en déclarant qu'elle pourra l'avoir quand il aura fini et se remet à lire. Allongée, en silence, elle regarde par la fenêtre. Le ciel est complètement rouge. À part quelques nuages solitaires, il est partout d'un rouge orangé, comme si l'ocre des toits avait déteint sur lui.

– Regarde le ciel, dit-elle. On dirait qu'il saigne.

– Change de livre, Minnie, et tu verras que tout va s'arranger.

Lors du premier vrai dérapage, il pose la main sur son cou et appuie. Elle chuchote *Non, non, non, ne me tue pas*. Ça le fait rire. Il est ceinture noire de karaté, il a travaillé dix ans comme garde du corps, il est né à Bari et a vécu plusieurs années à Alger. Croit-elle donc qu'il ne sait pas exactement où se situe la limite, si bien qu'elle n'a pas besoin de s'inquiéter à l'idée de *mourir* ?

– *Figuriamoci*, tu crois que je ne sais pas quand je suis en train de tuer quelqu'un ?

Elle doit lui faire *confiance*. Sans desserrer sa prise, il repousse sa tête en arrière par-dessus le bord du lit et appuie plus fort.

– *Maintenant* je te tue, dit-il. Ça se fait *comme ça*.

Elle essaie de lui dire d'arrêter, mais les mots ne sortent plus. Elle réussit malgré tout à garder son calme et à formuler la pensée qu'en cet instant, le Propre-sur-Lui est mu par une force animale primitive. Si on croise une bête dans la forêt et qu'on se met à courir, la bête vous courra après. C'est automatique. Ça déclenche quelque chose chez le prédateur. Mais si on reste tranquille et qu'on recule tout doucement, alors on a une chance de s'en sortir. Dominant sa panique, elle s'immobilise entièrement et ferme même les yeux. Il lâche prise. C'est alors seulement qu'elle remarque qu'elle s'est fait pipi dessus. Il le découvre aussi et se lève d'un bond, effaré, avant de rester planté au milieu de la chambre à la fixer du regard. Elle s'assied sur le drap trempé et ne bouge plus. Elle a tellement honte que les larmes lui montent aux yeux. La honte se répand partout, jusqu'à la recouvrir entièrement de sa rougeur.

– Ne me regarde pas, marmonne-t-elle. Pas comme ça.

– Pardon, s'écrie-t-il. Pardon, pardon, pardon !

Elle se lève, retire sa culotte et son soutien-gorge et file dans la salle de bains. Ses cuisses sont mouillées et le rouge de la honte continue de la brûler sur tout le corps. Pendant ce temps, il fourre draps et sous-vêtements dans le lave-linge. Elle croit entendre qu'il sanglote, mais elle n'en est pas sûre. Le matelas est déplacé sur le balcon pour y être aéré, mais l'âcre odeur de rognon ne disparaît pas et ce soir-là, une fois au lit, elle lui parvient aux narines, comme un relent, un effluve, une réminiscence de la journée écoulée.

– Ça y est, tu m'as pardonné ? chuchote-t-il.

– Dors.

Cette ville, pense-t-elle juste avant de s'endormir. Et puis cette odeur d'urine, et eux deux, dont la laideur intérieure s'intensifie à toute vitesse. Comme s'ils se transformaient à présent en une variante monstrueuse d'eux-mêmes. Elle voudrait pleurer, se vider d'une forme de chagrin, mais laquelle ? L'émotion ne se laisse pas saisir.

Plus tard cette nuit-là, une chauve-souris entre dans la chambre. Il fait une chaleur inhabituelle. Peut-être est-ce cela qui a mis le Propre-sur-Lui de mauvaise humeur ? Elle renifle. Il lui semble que la chambre sent le sauna à fumée finlandais : relent de bois brûlé sur fond de chlorure d'ammonium.

La chauve-souris tourne désespérément sous les boiseries du plafond, dans le noir. Elle sait que la chauve-souris symbolise la mort mais, dans le monde du symbolisme, ce n'est pas nécessairement négatif. La mort signifie une fin, or toute fin implique indirectement une naissance. Qu'est-ce que cela pourrait donc être ? Seraient-ils parvenus au bout d'un chemin et va-t-il à présent y avoir un virage ? Soudain la chauve-souris est si près de son visage qu'elle sent l'air bouger. Effrayée, elle se redresse et allume la lampe.

– Tu dois faire sortir cette chauve-souris, dit-elle.

Il pipistrello. Quel drôle de mot. *Murciélago* en espagnol, *pipistrello* en italien, *chauve-souris* en français, *bat* en anglais, *fladdermus* en suédois. Le genre de mot qui a du mal à se reconnaître lui-même.

Il ouvre un œil, mal réveillé, perplexe.

– Tu fais des exercices de traduction en pleine nuit maintenant ?

– Non, mais c'est un mot intéressant.

– Je vais la faire sortir. Mickey s'occupe de tout, tu peux être tranquille.

En voyant son dos nu encadré par la lucarne ouverte du toit, elle pense qu'il paraît très seul, et qu'il y a sans doute malgré tout beaucoup de bonté en lui.

Elle n'a pas d'amis. Personne à appeler, personne à qui elle pourrait se confier. Quand cela est-il arrivé ? Quand est-elle devenue ainsi, quelqu'un qui « n'a pas d'amis » ? Elle a pourtant bien dû en avoir jadis ? La sensation de l'amitié lui revient, et c'est aussitôt comme si elle entendait à travers l'espace-temps des conversations qui se déroulent encore, au loin, dans une autre dimension. Des confidences, de l'intérêt, de la compréhension, de la chaleur, de la générosité. Mais à présent, elle porte son fardeau toute seule, car c'est plus simple ainsi. Elle ne veut pas se faire une belle amie ici à Florence, et devoir ensuite la présenter au Propre-sur-Lui, être témoin des regards qu'il posera sur elle et du comportement qu'il adoptera en sa présence. À la fois méfiant et avide. À ce stade de leur histoire, elle sait comment il fonctionne. Alors peut-être une amie laide ? Mais ça ne lui paraît pas une meilleure solution. Pourquoi ? En toute franchise, elle n'a pas la force de rendre compte à une tierce personne de ce qui lui arrive, ni du fait même d'en être arrivée là : la honte de soi, la moisissure de l'âme. Une amie la regarderait avec les yeux de la réalité. Une amie lui dirait qu'elle est engagée sur une mauvaise voie qui ne la mènera nulle part, ou alors tout droit en enfer. Et elle n'a pas la force d'entendre ces mots précis. C'est un problème. Voilà ce qu'il en est. C'est absolument un problème que la voie sur laquelle elle est engagée la conduise en enfer et de ne pas avoir quelqu'un qui puisse l'aider à reprendre ses esprits.

Mais ce ne sont là que deux de ses soucis et, aussi consternant que ça puisse paraître, ils sont très loin d'être les pires.

Ils sont censés se retrouver à dix-sept heures sur la piazza della Santissima Annunziata. Elle quitte l'appartement à quatorze heures avec l'idée de se rendre d'abord dans quelques magasins de vêtements du centre-ville, chez Benetton et Promod, car elle veut être au top pour le Propre-sur-Lui. Elle veut qu'il soit fier d'elle. Les Italiens aiment être fiers de leurs femmes. Elle essaie des vêtements, puis d'autres. Rien ne lui va. Les pantalons ne tombent pas comme il faut, tout paraît bizarre, elle a l'air tendue et malheureuse. À la fin, elle achète un pantalon bleu marine qui lui arrive aux chevilles et un tee-shirt à rayures. Elle se change dans les toilettes d'un bar, fourre ses vieux habits dans son sac à main. Le Propre-sur-Lui ne remarque même pas sa tenue neuve. Il est distrait. Assis à une terrasse sur la place, dans le soleil du soir, il pense à quelque chose qu'il ne souhaite pas lui communiquer. Ils boivent du prosecco. Le nouveau pantalon la serre aux cuisses et la sueur au creux de ses aisselles est froide.

Être un homme, pense-t-elle en le voyant assis ainsi, c'est comme vivre au Guatemala. Pas de saisons, pas de cycles, aucun mouvement de balancier, du soleil en permanence et une température constante, vingt-cinq degrés toute l'année.

Être un homme, c'est être un passager clandestin en première classe jouissant de la vue et de tous les avantages du pont supérieur. Pendant que d'autres sont embarquées sur un rafiot dont les moteurs crachotants menacent de tomber en panne d'un moment à l'autre, à trimer en plein océan Arctique tout en priant pour ne pas rencontrer un iceberg et pour réussir à couvrir quelques milles encore à une vitesse acceptable.

Elle comprend aussi autre chose, sur cette terrasse, dans le soleil du soir, c'est qu'elle ne *choisit* plus d'être avec lui. Elle est *commotionnée* par lui. Si elle pouvait, elle le quitterait tout de suite. Mais c'est impossible. Elle est prise dans une sorte de poigne, d'étau, qui ne se desserre pas. Peut-être devrait-elle simplement accepter la situation telle qu'elle est. Cesser de lutter. Se laisser écraser sans résistance. Cette pensée lui apporte aussitôt un semblant de répit. Un soulagement inspiré par une sagesse ancestrale, que l'époque contemporaine lui aurait jusqu'à présent masquée. L'époque contemporaine affirme que ni l'homme, ni personne (va savoir qui cela pourrait être) n'a le droit d'écraser la femme. Mais il existe un récit bien plus ancien et plus profond, selon lequel la femme est, de fait, écrasée en permanence. Et il n'y a pas grand-chose à en dire, sinon que c'est comme ça. Elle songe que c'est là un récit atroce, qui ne lui est absolument pas favorable. Mais qui se soucie de savoir ce qu'elle tient pour atroce ou non ? Personne. Et d'ailleurs, qui ne souffre pas ? Échapper à la souffrance serait un privilège exorbitant. Pourquoi serait-elle la première dans l'histoire de l'humanité à se voir accorder un tel privilège ? Il serait vraiment arrogant de sa part d'y prétendre. Oui, le fait de comprendre tout cela lui procure indéniablement un soulagement. Pourquoi d'ailleurs s'échine-t-elle à lutter ? Ce n'est que son destin, après tout. Elle n'a aucune mission spéciale à accomplir, aucune tâche spectaculaire qui lui serait spécifiquement réservée. L'univers se fiche de tout, il est d'une neutralité glaçante. Le Propre-sur-Lui va la détruire. Elle va être détruite par lui. En cela, du moins, elle sera pure, pure comme la cendre laissée par le feu. Elle appartient à une branche de la féminité qui n'est pas représentative de la civilisation ; une branche où, pas plus que l'indignation, l'estime de soi ne trouve de point d'accroche, une branche où on tombe dans des situations où n'irait jamais se fourrer une femme plus intelligente. Elle est une impasse, une aberration. Elle ne possède pas en elle d'amour authentique, seulement une bêtise digne d'une vache. Elle se méprise. Elle voudrait être quelqu'un d'autre. Pas n'importe qui, mais quelqu'un d'autre, absolument. Pourquoi a-t-elle ces pensées ? Combien de verres de prosecco a-t-elle bus ? Le vent effleure ses cheveux. Elle sent qu'il pose la main sur sa tête.

– Viens, dit-il. On rentre.

L'air du soir est étrange et un peu froid tandis qu'ils marchent à travers la ville.

Comme s'il était de mèche avec le récit qui parle d'eux, de leur histoire.

Plusieurs fois déjà, elle s'est rendue à la pharmacie du quartier. Elle y a acheté des comprimés anti-migraine, de la lotion démaquillante, des médicaments pour la tension et d'autres, sur ordonnance, que le Propre-sur-Lui lui a demandé d'aller lui chercher. La pharmacienne commence à la reconnaître et devient plus bavarde à chacune de ses visites. Elle n'est pas sûre que cela lui plaise. La familiarité peut être agréable, mais a aussi ses inconvénients. Un beau jour, elle entrera dans la pharmacie avec le Propre-sur-Lui et il aura un comportement bizarre, il parlera trop fort, ou alors il détaillera trop intensément une belle fille quelconque, et après cela, l'attitude de la pharmacienne ne sera plus la même vis-à-vis d'elle, il y aura un soupçon de froideur et de mépris dans sa voix. C'est pourquoi elle reste réservée et sur ses gardes, car elle n'a pas la force de supporter un tel changement ; dans ce cas elle préfère se passer d'emblée de l'amabilité de la pharmacienne.

Un jour elle achète du gel lubrifiant. La femme entre la référence du produit dans son ordinateur et dit comme en passant que la sécheresse est un problème qui s'accentue avec l'âge.

– Je n'ai que trente-deux ans, dit-elle.

La pharmacienne émet un petit rire.

– Alors tu es à la limite.

– De quoi ?

– De l'abîme.

Elle ne sait comment réagir. La pharmacienne semble trouver ça drôle et poursuit sur sa lancée.

– Plus jeune, je sentais le pain frais sous les aisselles et entre les jambes. Mon mari *adorait ça*. Maintenant, je n'ai plus d'odeur et il en a rencontré une autre.

Elle lui tend le sac en papier.

– Et voilà ! Comme ça, maintenant, tu es au courant. *Arrivederci.*

Muette, elle prend le sachet. Une graine de panique germe en elle. Se dessécher, se vider de sa substance... Sur le chemin du retour, elle essaie de se persuader qu'elle est une femme très aquatique qui ne se desséchera jamais. Il doit exister des femmes dont c'est le cas mais, quoi qu'il en soit, elle comprend soudain qu'il va être impossible de vieillir aux côtés du Propre-sur-Lui, puisqu'elle ne peut pas imaginer le *moindre* défaut lié à l'âge qu'elle supporterait de lui montrer. Devant lui, elle doit exhiber toute la perfection dont elle est capable, et le vieillissement est tout à fait exclu. Un phénomène aussi dévastateur n'aurait absolument pas sa place entre eux.

Plus tard, ce soir-là, elle lui demande quelle opinion il a de ses fluides corporels. Il lui sourit.

– J'adore tout chez toi, parce que tu me laisses faire ce que je veux.

– Je *te laisse*... ? Mais tu ne me demandes aucune permission. Tu te sers, c'est tout.

– Il y a résistance et résistance. En tant qu'homme, on doit être capable de percevoir la nuance, sinon on se fourvoie.

– Que veux-tu dire ?

– Avec toi, Minnie, je n'ai jamais besoin de douter.

Elle baisse les yeux. La conversation a pris un tour fâcheux, comme si souvent avec le Propre-sur-Lui. Elle a quelque chose en tête, mais il surgit alors telle une batte de baseball et la percute tant et si bien qu'elle est obligée de continuer dans une direction complètement différente, vers un but inconnu qu'elle n'aurait jamais été capable de découvrir par elle-même.

Elle le lui dit. Il rit.

– Fais-moi confiance, Minnie. Je ne te ferai pas de mal. Tes fluides corporels sont OK. Et ce que j'aime le plus, de toute façon, c'est ce qui a lieu à *l'intérieur* de toi. Dans ton cerveau.

Sa terreur grandit encore. La pharmacienne lui a fait comprendre que bientôt, dans un avenir plus ou moins proche, elle verra le regard du Propre-sur-Lui se voiler d'une taie d'ennui. Quand son corps se sera desséché, quand tout aura déjà eu lieu dans son cerveau et qu'il ne la désirera plus. Or elle est incapable d'imaginer le Propre-sur-Lui sans son désir pour elle ; c'est comme s'il ne possédait aucune existence en dehors de cela. Ils ne partageront jamais autre chose – comme se promener ensemble dans la forêt, lire les mêmes livres ou avoir des amis en commun. Que fera-t-elle alors, quand il ne voudra plus d'elle ? Elle se dit qu'elle pourra toujours se suicider. À cette idée, un grand soulagement l'envahit.

Une nuit, elle se réveille et ne parvient pas à se rendormir. Il est étendu à côté d'elle, le souffle lourd. Il s'est débarrassé du drap, si bien qu'elle peut contempler son corps nu à son aise. Elle le connaît bien, mais en apercevant ses pieds elle se rend compte qu'elle n'a jamais sérieusement observé ses orteils. Sans bruit, elle s'en approche. Ses orteils sont longs, pâles et robustes. Mais ce qui les caractérise surtout, c'est qu'ils sont légèrement penchés vers le côté, et ceux de l'autre pied penchent en sens inverse, comme des algues ou des herbiers sous-marins effleurés par le courant et immobilisés en pleine ondulation. On dirait qu'ils n'appartiennent pas à un être humain, plutôt à une créature préhistorique équipée dès la naissance d'une dose décuplée de libido et d'agressivité qui, n'ayant pas sa place dans le monde contemporain, aurait adapté son apparence aux critères du moment et comprimé sa chair dans un costume, tout en conservant la forme de ses orteils comme un hommage secret à son être profond. Elle se sent envahie par une sorte de tendresse. Le Propre-sur-Lui lui semble soudain désarmé, avec ses orteils bizarres pointant dans des directions opposées. Elle voudrait les caresser, éprouver leurs défauts contre sa peau, les baiser, les embrasser, mais elle se retient. S'il se réveillait pendant qu'elle lui touche les orteils, il ne comprendrait pas, et si elle essayait de lui expliquer la préhistoire, les défauts, la tendresse, il la prendrait encore plus pour une folle que ce n'est déjà le cas. Et ce serait un argument de plus en sa défaveur.

Alors elle se recouche et ramasse l'un des livres apportés de chez elle, qui s'empilent de son côté du lit. Elle ouvre au hasard *Sombre printemps*, d'Unica Zürn, et lit, non sans un léger tremblement : *On est entouré de dangers. Toutes les deux le savent. Mais ces dangers sont prometteurs de tentations perverses – comme une délivrance de la monotonie quotidienne, de l'ennui accablant*[2].

Elle adore les petits matins. L'air frais et pur pénétrant dans l'appartement, les toits et les coupoles, avec les collines à l'arrière-plan, la promesse d'un renouveau, la possibilité de tout faire autrement. Il sort de la douche, se parfume, enduit de lotion son crâne rasé et la gratifie d'un regard sombre qui signifie : *Pas de bêtises. Je t'aurai prévenue.* Elle se contente de baisser les yeux sans sourire. Elle sait quel effet ça a sur lui : excitation maximale, quand elle ne se montre pas accueillante mais au contraire, dure, réservée, froide. La lutte, a-t-il dit un jour. Il faut me laisser lutter. Je dois pouvoir conquérir le trophée, pas sentir qu'on me l'abandonne, car alors il n'a aucun goût. Je ne suis pas un charognard, moi. Je suis un chasseur.

Le mépris fonctionne formidablement bien sur un chasseur. Le voilà qui la suit d'un pas traînant à travers l'appartement.

– Que veux-tu ?

– Rien.

– Tu as de la chance, dit-elle en se dirigeant vers la cuisine.

– Ah bon ? Comment ça ?

– De la chance de ne rien vouloir, car dans le cas contraire, tu n'obtiendrais rien. Tu es trop vieux, trop laid. Je pourrais avoir tellement mieux que toi.

Dans quelques rares circonstances, il accepte qu'elle lui tienne ce discours. C'est quand il a rendez-vous avec une autre femme plus tard dans la journée. Alors il se laisse faire, et rit, même, un peu. Pour elle, c'est le coup d'envoi de l'inquiétude, non, c'est le coup d'envoi du cauchemar. *Mardröm* en suédois. *Incubo, pessadilla, nightmare.* Mais s'il n'a pas l'intention de lui être infidèle, ça devient le coup d'envoi de son désir à lui. Alors il l'entreprend, avec un mélange de persuasion et de violence douce. Impossible d'y résister. Quand il lui parle ainsi, c'est directement à son corps, à sa chair qu'il s'adresse. Son âme peut bien crier tant qu'elle veut qu'il faut partir en courant, fuir, prendre ses jambes à son cou, la chair n'obéit pas à l'âme, la chair suit sa propre voie, et puisque c'est la chair qui est la matière, l'âme n'a d'autre choix que de suivre le mouvement.

Après coup, elle sait toujours qu'elle vient de perdre quelque chose. Comme si elle s'était promenée dans ses propres chambres intérieures avec des chaussures sales. Ça lui fait des tiraillements dans le pectoral gauche. Elle perd une partie de son âme chaque fois qu'elle laisse la chair décider. C'est le prix de la passion. L'âme se racornit. La dignité s'effrite, la respectabilité, tout ce qui est soi, le noyau intime de soi – tout cela s'étiole. Seule la chair s'épanouit. Et s'il arrive que la chair soit blessée, elle cicatrise rapidement, et la voilà prête pour de nouvelles empoignades.

Il est absolument sûr de sa virilité. Tant qu'elle n'a pas encore dégénéré, aucune des humiliations verbales qu'elle lui inflige ne l'atteint. Il est capable d'admettre que oui, c'est vrai, il n'est qu'un minable, un pauvre type avec un membre riquiqui qui ne vaut pas grand-chose. Seul un homme qui ne doute de rien peut dire ou entendre une chose pareille. Elle le comprend. C'est en partie une conséquence du fait qu'elle l'a rendu plus fort en lui abandonnant sa propre puissance, mais c'est aussi parce que, tout au fond de lui, il sait ce qu'il est. Or avec le temps, cela aussi se transforme. Il la vide de sa substance, mais elle le vide également. Elle ne peut plus rien dire de méprisant sur sa virilité sans que ça revienne à jeter une allumette sur une mer d'essence. Avec le temps, il perd lui aussi de son endurance. Il se détruit à force d'excès. Son pouls, sa tension, sa graisse affectent sa puissance sexuelle. Plus celle-ci est entamée, plus le sujet devient sensible. À la fin, il n'est même plus possible de l'effleurer sans qu'il devienne fou de rage. Une minuscule allusion au thème de l'impuissance, et c'est tout son corps qui réagit ; chaque fibre de son ego hurle sa douleur. Sa virilité est le totem autour duquel tourne leur lien. C'est l'accord tacite qui n'a pas besoin d'être formulé. Sa virilité doit être entretenue et protégée. Vénérée. *You must worship his dick.* Elle a reçu ce conseil d'une amie autrefois. Une amie féministe, il faut le préciser. Celle-ci avait parlé longuement de la lutte des femmes, et du côté ingérable des hommes, allant jusqu'à dire que tous les hommes sont des violeurs en puissance. Elle n'écoutait presque plus quand soudain son amie avait fait volte-face : « Cela étant, si tu veux connaître le cœur du sujet, le voici, et c'est une vérité fondamentale : *Si tu veux vraiment avoir une bonne relation avec un homme, tu dois vénérer sa queue.* » Le conseil paraissait un peu choquant, vu le profil féministe de l'amie en question. Mais *les eaux silencieuses sont les plus profondes.* Voilà ce qu'il en est. Et, malgré tout : ce fut un conseil utile. Elle a découvert que ça fonctionnait. Tant que leur relation pivotait autour de ce principe de la vénération, elle a toujours pu plaisanter avec lui. Mais quand la confiance a commencé à faillir, quand elle a cessé de vénérer, tout est devenu plus difficile. On peut plaisanter, mais sans exagération. On doit savoir où passe la frontière. Elle, pour sa part, sait où passe la frontière. Quand elle la transgresse, ce n'est pas qu'elle ne l'a pas identifiée, mais qu'elle est tellement en colère contre lui qu'elle le transforme en porc et le pousse par là-même à se haïr. Le prix à payer, ce sont les coups. Mais parfois ça en vaut la peine.

Voilà ce qu'a fait Circé. Elle a transformé les hommes d'Ulysse en porcs.

Circé ? Il n'a pas lu Homère. Il confond Circé avec Cersei, de *Game of Thrones* et il ne voit pas ce que Cersei vient faire dans leur relation.

Elle rit. Mais elle ne peut le mépriser que durant de brefs laps de temps.

Il l'écrase sans cesse.

Rien qu'en marchant à ses côtés dans Florence et en étant témoin de sa complicité avec toute la gent féminine, elle est anéantie.

Un soir, enfin, elle a l'occasion de lui parler du meurtre atroce commis autrefois dans son village. Mais rien ne se passe comme elle l'aurait voulu. Ils sont censés regarder une série. Celle-ci débute par une séquence où l'on voit une femme morte ligotée nue à un arbre.

– C'est ça, la scène d'introduction ? lance-t-elle sur un ton acide.

– Oui.

Elle lui explique qu'en raison de son enfance vécue dans un village où une fille a été assassinée de façon bestiale, elle ne regarde pas de films ni de séries ayant pour sujet des femmes assassinées de façon bestiale.

– Si quelqu'un se sent obligé de construire sa narration autour de ça, moi, personnellement, je ne veux pas y être mêlée.

– *Narration ?* Ne peux-tu pas dire « une série » comme le reste de l'humanité ?

– Je peux voir beaucoup de choses. Des séries de zombies, par exemple. Ça te dit qu'on regarde une série de zombies ?

– Ou une *narration* de zombies peut-être ? Sans femme bestialement assassinée ?

Il rit méchamment et ajoute qu'il a quand même envie de regarder cette série. Il paraît qu'elle est super. Il trouve bien entendu regrettable qu'elle soit originaire d'un village où une fille a été assassinée, mais ces choses-là arrivent partout, et ses collègues de bureau n'ont que cette série à la bouche. Elle propose qu'ils aillent faire un tour en voiture. Peut-être jusqu'à l'usine Fiat en Émilie-Romagne ? Il fait non de la tête. Il a l'intention de regarder cette série. Elle dit que dans ce cas, elle va lire au lit. Il lâche un rire sec.

– Minnie, je sais exactement ce que tu vas devenir dans quelques années. Une de ces féministes grises qu'on voit parfois sortir de leur trou, qui sentent le vieux livre, le chandail en laine moisie, et qui n'ont pas baisé depuis des lunes.

– Tais-toi.

Il se tait. Elle va se coucher mais, incapable de s'endormir, l'entend enchaîner les épisodes de façon compulsive jusqu'au petit matin. De temps à autre, il se lève et va en fredonnant dans la cuisine remplir son verre de porto. Old Invalid, si sa mémoire est bonne. La marque de son porto. Old Invalid. Elle rit toute seule, pas trop fort. Mais elle ne réussit pas à se rendormir et reste allongée, les yeux grands ouverts dans la nuit, avec la série assassine en bruit de fond.

Un jour, elle se décide à aller visiter l'une des deux écoles d'interprétariat de la ville. Elle découvre qu'il existe une formation d'interprétation simultanée qui dure sept mois, qui est moins chère qu'elle ne le craignait et qui lui garantit plus ou moins de trouver du boulot à la sortie.

– L'industrie textile est très présente dans cette partie de la Toscane, lui dit la femme du secrétariat. Vous aurez du travail tous les jours.

Elle croit que c'est peut-être une solution, une façon de leur inoculer une dose de normalité. Si elle quitte la maison le matin comme lui, alors il s'instaurera une sorte d'équilibre. Une vie normale. Pas une vie où l'on passe ses journées au lit enfermée dans le brouillard de la maladie. Cependant, l'école veut tester ses connaissances linguistiques, car ils ont déjà eu des problèmes avec des élèves dont la langue maternelle n'était pas l'italien, l'interprétation simultanée se révélant vite trop ardue pour leurs capacités. Elle se concentre de toutes ses forces et réussit les tests. Le soir, elle annonce la nouvelle au Propre-sur-Lui en espérant qu'il appréciera son initiative et qu'il sera un peu fier d'elle, après tout elle a réussi à entrer dans cette école alors que l'italien n'est pas sa langue maternelle. Mais il se contente de la dévisager en silence.

– Tu n'es pas content, constate-t-elle.

– C'est juste que je ne comprends pas bien ce que tu espères prouver, Minnie.

– J'espère gagner un peu d'argent.

– Je croyais que tu en avais, de l'argent.

– Il tire sur sa fin.

– D'après ce que tu avais l'air de dire, il y en avait beaucoup.

– Oui, mais maintenant il tire sur sa fin, comme je viens de le dire.

Il hausse les épaules.

– Tu peux vivre à mes crochets. On peut arrêter de manger au restaurant et passer plus de temps à la maison.

Elle voit tout de suite le danger. L'obscurité se resserrerait autour d'eux, la ville serait mise à distance, ils passeraient le plus clair de leur temps seuls tous les deux dans l'appartement. Elle avec son désir d'ailleurs. Lui avec le pouvoir.

– Je vais le faire, contre-t-elle d'une voix résolue. Tu peux dire ce que tu voudras, je ne compte pas passer ma vie à t'attendre. Toi non plus, d'ailleurs, je suis sûre que tu n'as aucun désir que je reste collée à toi comme une sangsue.

Il hoche la tête en haussant les sourcils comme s'il pensait : « Certes. »

Puis :

– Est-ce qu'il y a beaucoup d'hommes là-bas ?

– Où ça ?

– À l'école des interprètes.

Elle le regarde, surprise. *Beaucoup d'hommes ?*

Puis elle comprend, et éclate de rire. Il est inquiet à l'idée qu'elle rencontre quelqu'un. Ça lui fait plaisir, elle le prend comme une manifestation de tendresse, une preuve qu'il n'a pas envie de la perdre. Elle ne se dit pas, mais elle le fera après coup, qu'on appréhende les autres à travers son prisme personnel, et si on s'inquiète d'une infidélité possible dès qu'on a le dos tourné, c'est sans doute qu'on a soi-même l'habitude d'être infidèle. Le voleur prend tout un chacun pour un voleur, *piensa el ladron que todos son de su condicion.* Mais, sur le moment, ce n'est pas ce qu'elle entend. Elle se contente de le regarder en clignant des yeux et de répondre que l'interprétation simultanée, ça suppose d'être multitâche. Aucun homme, autrement dit.

Avec un faible sourire, il pointe un doigt vers elle et hoche la tête comme on le fait face à une personne extraordinairement bête qui aurait pour une fois émis une remarque pertinente.

– Je t'accompagne, dit-il ensuite. Comme ça, je verrai par moi-même ce que c'est que cet endroit.

Le Propre-sur-Lui l'accompagne à l'école d'interprétariat. Il marche vite, en silence, en la tenant par la main, y compris dans les escaliers et jusque dans la salle de classe où patientent douze femmes, qui sourient aimablement à leur entrée. Le Propre-sur-Lui prend un air épanoui et annonce à la cantonade qu'il est content, sa *ragazza* va se faire un tas d'amies, et il espère bien les recevoir toutes chez lui un de ces soirs, il peut leur proposer du prosecco et des pâtes au *radiccio* et aux *fave*. Elle, qui a honte comme on a honte d'un parent, lui chuchote à l'oreille de partir.

– Et maintenant, pour tout arranger, elle me renvoie !

Les femmes rient.

– Alors je m'en vais. Sinon elle va me tuer ce soir en rentrant. À plus ! Occupez-vous bien de ma Minnie, *mi raccomando.*

Et il s'en va. Les femmes continuent de sourire tout en la regardant, mais elle ne sait pas quoi dire et, dans sa gêne, oublie de leur rendre leur sourire.

Un jour, cependant, elle rencontre un autre homme. Pas à l'école, mais peu importe. Le Propre-sur-Lui a annoncé qu'il ne dînerait pas à la maison car il a une réunion importante avec un grand fabricant de trains français qui témoigne de l'intérêt pour leurs produits et ensuite, il doit emmener les Français dîner et leur « montrer Florence sous son meilleur jour ». Quand il lui promet qu'il fera son possible pour rentrer tôt, sa première pensée est qu'elle veut une preuve. C'est quoi, cette histoire ? Peut-il lui montrer un mail prouvant la véracité de ses dires, existe-t-il réellement un fabricant français, un intérêt pour les produits et une réunion qui doit se tenir cet après-midi-là ? Puis elle se dit que, d'un point de vue rationnel, une telle demande n'a aucun sens. En plus, elle a décidé de ne pas entretenir sa paranoïa. Après tout, elle veut se maîtriser afin de gagner son respect. Elle se contente donc de lui souhaiter bonne chance, ajoutant qu'elle espère que tout se passera bien et qu'ils pourront remporter le marché.

Il lui adresse un sourire de gratitude et disparaît. L'après-midi lui semble interminable dans la touffeur de l'appartement. Aucun SMS de lui. Anesthésiée par le silence, elle décide d'acheter des sushis qu'elle ira manger au parc. Elle observera les passants, enlèvera ses sandales, sentira l'herbe sous ses pieds et la fraîcheur de la brise du soir. L'homme en question est assis sur le banc d'en face. Elle plisse les yeux pour mieux l'observer tout en grignotant les sushis avec ses baguettes. Il plisse les yeux et l'observe en retour. Elle croise les jambes, fait osciller son pied. Le Propre-sur-Lui est sans doute en ce moment même en train de prendre du bon temps avec ses superbes collègues féminines. Alors elle peut bien rester là et échanger quelques œillades avec un inconnu, c'est quand même très inoffensif par comparaison. L'homme ne bouge plus à présent ; les yeux clos, il a tourné son visage vers la brise qui descend des collines. Mais il doit sentir son insistance car il finit par rouvrir les yeux avec un sourire et lui lance une question. Est-elle touriste ? Ou de Florence ? Pour sa part, il vient des US. Tant mieux, pense-t-elle. Enfin quelqu'un qui vient d'un endroit contemporain civilisé.

– Vous habitez le quartier, ajoute-t-il. Je vous ai déjà vue, en compagnie d'un homme chauve.

– Oui, il est l'animal préhistorique qui me retient prisonnière.

Ils rient tous les deux. Elle se sent euphorique. Consciente en même temps qu'elle s'aventure sur une glace bien mince. Elle se prépare à être infidèle, elle vient de dire du mal de son compagnon et elle ne sait rien de cet homme. Tout peut devenir très dangereux très vite quand on s'expose ainsi, quand on acquiesce à ce type de mécanique… Pourtant elle le fait.

– Comment vous appelez-vous ?

Elle dit qu'elle n'a pas de nom particulier, mais qu'il peut l'appeler Minnie.

– Minnie ? *That's weird.*

Lui s'appelle Ben. Un peu plus tard, les voilà en route vers l'appartement de Ben. Ceci est *très* irresponsable, pense-t-elle.

Je m'apprête à tromper le Propre-sur-Lui avec un inconnu. Elle a honte, mais pas suffisamment pour y renoncer. Le Propre-sur-Lui le fait bien, lui. Alors Minnie va le faire aussi. L'intimité avec Ben ne lui donne aucun plaisir, et elle insiste beaucoup sur le fait qu'il doit se protéger. Elle n'a tout de même pas l'intention de tomber enceinte ou d'attraper une maladie. Comment fait le Propre-sur-Lui d'ailleurs ? Est-ce qu'il se protège ? Il est quand même très porté sur l'hygiène, songe-t-elle. Elle en tire la conclusion rassurante qu'il se protège toujours quand il la trompe.

Par pur ennui, elle retourne au parc le lendemain, et le surlendemain. Ben est là tous les après-midis. Des habitudes se prennent. Vers la fin, le préservatif n'est pas toujours aussi rigoureusement exigé, c'est quand même beaucoup plus agréable sans, il jouit d'une manière totalement différente et, de fait, c'est assez merveilleux. Mais elle ne peut pas vraiment se détendre, car si le Propre-sur-Lui apprend la vérité, il la tuera. Ben l'interroge sur lui et elle répond de façon évasive. Ben insiste. Si sa relation avec le Propre-sur-Lui était bonne, dit-il, elle ne serait pas là avec lui en ce moment même. Elle sait qu'il la méprise. Elle est infidèle. Il rêve d'une femme fidèle. Elle se montre donc déjà indigne de lui. Elle pressent qu'il la condamne. D'ailleurs ils n'ont jamais parlé fidélité, alors rien ne dit qu'il n'est pas marié, là-bas, chez lui, à La Nouvelle-Orléans.

La maladie se répand. Vaseuse et lourde, elle la colonise désormais presque entièrement. Jadis, elle était quelqu'un de complètement différent, qui pensait à d'autres choses, à la nature, aux chevaux, à passer du temps dans la forêt, à des poèmes, à des romans. Très rarement au sexe. À l'époque, elle avait un patron aux épaules couvertes de pellicules qui ne l'attirait pas du tout, et c'était parfait, c'était dans l'ordre des choses, ils travaillaient ensemble et faisaient ce qu'ils avaient à faire, menaient une vie ennuyeuse et fonctionnelle. À l'époque, on peut dire qu'elle était relativement saine. Mais maintenant, c'est à croire que la glaise molle et chaude de sa maladie lui a enflammé le cerveau. Le sexe est toujours présent dans ses pensées et charrie dans son sillage un tas de détritus, tel un chalutier raclant le fond de la mer et ramenant des profondeurs un tas de choses mortes et à demi décomposées. Elle devient encore plus critique envers elle-même. *L'auto-observation et ses yeux de glace*, pour reprendre une expression de la grande écrivaine de son pays. Une partie du problème, c'est qu'elle ne sait pas contre qui elle se positionne. Elle aurait besoin de *voir* les autres femmes du Propre-sur-Lui pour évaluer sa place parmi la concurrence. Peut-être en sortirait-elle totalement rassurée ? Dans la rue, il arrive qu'il se retourne sur de véritables sorcières. Que leur trouve-t-il donc ? Au moment de baiser, il a parfois envie de regarder du porno et va chercher de vieux DVD dans une armoire.

– Ça sort d'où, ça ? Des années quatre-vingt ?

Elle est incrédule. Il ne voit pas le problème.

– Quelle importance ? Le sexe est le sexe, depuis les temps préhistoriques.

Elle ne trouve rien d'excitant à ces films.

– On ne pourrait pas choisir quelque chose d'un peu plus moderne ?

– Alors c'est en streaming, ça va remplir mon ordinateur professionnel de merdes.

Il lui parle de Pornhub. Il a lu quelque part que le site recevait quotidiennement quarante millions de visites et que 90 % des internautes concernés étaient des hommes. Le temps moyen d'une visite est de dix minutes, précise-t-il. Pendant ce laps de temps, le visiteur moyen a le temps de regarder 7,2 vidéos et 50 % des visiteurs utilisent leur portable pour leur séance de masturbation.

– Tu piges, Minnie ? Tu piges ?

– Quoi ?

– Mais, Minnie, tu n'écoutes pas ce que je dis ou quoi ? 7,2 vidéos ! Tu imagines ? Les types en train de pianoter fébrilement pour réussir à jouir, le portable dans une main et la bite dans l'autre ? Avec un vrai film comme celui-ci, on a au moins la possibilité de prendre un peu son temps. De passer un moment agréable. Ne dis pas que je ne suis pas un homme sensuel.

Elle fixe l'écran du téléviseur, où des corps pâles et poilus se masturbent et copulent en alternance.

– OK, dit-elle. Comme tu voudras. Mais je ne veux pas voir ces saletés. Je veux sentir que j'existe dans le temps présent, alors tu n'as qu'à t'acheter un autre ordinateur qu'on pourra utiliser rien que pour ça. Ou alors trouve un site sécurisé.

Un court moment, il semble soupeser cette proposition. Puis il secoue la tête en disant que le mois prochain, si elle commence à travailler comme interprète, ils pourront peut-être se servir de cet argent-là pour acheter un ordinateur.

Puis un soir, alors qu'il a un peu trop bu et que son amour pour elle culmine avec les vapeurs de l'alcool, il lui dit qu'il l'aime tellement qu'il a l'intention de se contenter d'elle, désormais, et de jeter tous ses DVD à la poubelle. Il ouvre l'armoire du séjour et commence à jeter par terre tous ses films porno des années quatre-vingt. Elle est un peu plus loin, pieds nus.

– Je ne sais pas, dit-elle. Prends ton temps.

– Ah, non, maintenant je le fais. Vois-le comme un gage de tendresse. Et je vais te dire une chose, c'est que ça vaut largement trois bagues de fiançailles.

Elle le croit, dit-elle. C'est tragique, mais elle croit à sa sincérité. Il fourre toutes les vidéos dans un sac noir qu'il descend jeter dans un conteneur. Une fois dans la rue, il lève la tête vers la fenêtre et lui fait un signe de la main, puis un salut militaire. Elle se demande s'il a toujours su qu'elle l'épie chaque fois qu'il quitte l'immeuble.

– Maintenant, dit-elle lorsqu'il est de retour, j'appelle la commune et je leur demande de venir vider ce conteneur, histoire que tu n'ailles pas récupérer tes films en douce pendant la nuit.

Il éclate de rire.

Elle sent soudain que cette histoire prend un peu trop de place. Les films, encore, elle pouvait les supporter. S'il est possible de choisir ses terrains de bataille, elle en aurait préféré un autre. Et elle a remarqué qu'il se livrait parfois à des actes faussement inattendus pour cacher des choses plus sérieuses. Quand elle pense à ce que cela pourrait être, elle sent tout son corps se figer lentement.

Tout devient plus difficile à présent. La canicule accable Florence et rend l'absence de la mer insupportable. L'Arno roule ses eaux brunes et épaisses dans la chaleur brûlante. En se promenant le long de la berge à l'herbe pelée, elle voit des essaims d'insectes s'agiter à la surface. À mesure que la température monte, leur relation s'infecte davantage. Elle voudrait que Ben brise ce cercle vicieux, qu'il la sorte de sa destructivité, mais il n'y parvient pas. Ses pensées sont sans cesse auprès du Propre-sur-Lui. Que fait-il en cet instant ? Il est en route vers son travail. Les abords de l'entrepôt auquel il se rend sont remplis de putes. *Horor* en suédois. *Putane, putas, whores.* Zone industrielle italienne et putes du monde entier. Le degré de misère des différents coins de la planète se mesure à leurs nationalités. Elle l'a déjà accompagné, et elle a vu. Les filles sont pratiquement nues au bord de la route et, en passant devant elles au volant de sa voiture, le Propre-sur-Lui ralentit. Il ne dit rien, mais elle sait que son regard n'en rate pas une. Elle devrait le quitter immédiatement. Tout cela est ignoble. Comme s'il était un poêle brûlant sur lequel elle aurait posé les mains, qui sont à présent collées. Ça fait atrocement mal, mais lorsqu'elle essaie de bouger, c'est encore pire. Et si elle tentait de s'y arracher, tout partirait en lambeaux. La peau, les mains, les bras, peut-être aussi le torse. Cette force, elle ne l'a pas. Mieux vaut rester là où elle est. Laisser la chair se consumer. C'est le prix à payer pour s'être laissé charmer, pour s'être laissé piéger, pour ne pas avoir résisté comme elle aurait dû le faire. Les collègues féminines du Propre-sur-Lui... Elle essaie de ne pas penser à elles, mais elles sont dans son esprit comme une dissonance de chaque instant, un acouphène émotionnel, tantôt plus fort, tantôt assourdi, mais constant et actif. Elle lit quelque part que la jalousie est semblable au scorpion qui se pique lui-même avec la pointe de son dard, s'emplit de son propre venin et meurt. S'est-elle piquée elle-même ? Peut-elle être sauvée ?

Un jour, Ben annonce qu'il rentre chez lui, à La Nouvelle-Orléans, et demande si elle veut l'accompagner. Elle pourra dormir chez lui. Il habite une petite maison rose qu'il a rénovée assez joliment, après Katrina.

– Quoi ?

Elle ne comprend pas. Il lui demande si elle veut l'accompagner *à La Nouvelle-Orléans* ? Un panorama totalement neuf s'ouvre devant elle. Mais cela voudrait dire qu'elle doit quitter le Propre-sur-Lui ? Elle pérore en boucle, nerveusement, pendant que Ben, assis au soleil, l'observe sans un mot. Soudain il éclate de rire, comme si elle se rendait ridicule. Elle se tait et baisse les yeux.

– Qu'est-ce qu'il y a ? demande-t-elle.

– De quoi as-tu si peur ?

– Peur ? Moi ?

– Oui, toi, Minnie.

Il rit de nouveau. Elle ne trouve pas de réponse valable.

Puis elle aperçoit l'enseigne de la pharmacie et se rappelle la femme aux fluides corporels.

– De vieillir, dit-elle enfin, et de tomber en morceaux. *To crack.*

Il se cale contre le dossier de sa chaise, réfléchit un moment, puis se penche par-dessus la table et lui prend la main. Il dit qu'elle n'a pas de raison de s'inquiéter. Elle a un beau petit corps. Un corps qui tient ses promesses. Il dit aussi qu'elle est une Porsche, et qu'une Porsche a beau vieillir, elle ne cesse pas d'être une Porsche. Il dit encore que la Porsche – elle, donc – a l'air d'avoir été conduite depuis longtemps en sixième sur une route de campagne. C'est ainsi que la conduit le type avec qui elle est. Mais, si on veut conduire ainsi, autant s'acheter une Volvo break. Lui, en revanche, est capable de passer les vitesses en fonction des besoins. Il peut poser le pied au bon endroit et faire en sorte qu'elle dépasse toutes les autres voitures. Si elle ose. Si elle ose venir jusqu'à lui, à La Nouvelle-Orléans. Mais c'est une ville qui a ses exigences.

– Comment cela ?

– La Nouvelle-Orléans est belle comme aucune autre ville. Mais elle est aussi violente d'une manière que tu ne peux même pas te représenter.

Il dit qu'elle devrait l'accompagner et voir ce qu'il en est. *See for yourself.* Il ajoute que, quelle que soit sa décision, elle doit quitter le Propre-sur-Lui. Il a vu ses bleus, il a compris deux, trois trucs. Si elle reste, cet homme la tuera. Tôt ou tard, demain ou dans dix ans, il la tuera. À l'instant même de sa mort elle comprendra. Comme lorsqu'une pluie de verre dessine un motif sous le regard de l'observateur.

– Et que montrera ce motif ? demande-t-elle.

– Qu'en te liant avec ce monstre, tu t'es coupée de Dieu. Quand tu comprendras, tes remords seront atroces, et tu approcheras de ta fin en hurlant. Parce que tout sera *ta propre faute.*

– Mais quel enfer !

Il ajoute qu'elle est une naufragée, à qui il tend à présent la main du haut de son bateau. Elle peut la saisir, ou la refuser. Au choix.

Elle l'accompagne à l'aéroport.

– Je t'attendrai trois semaines, dit-il avant de s'éloigner vers le contrôle de sécurité. Trois semaines, ensuite je te lâche. Je te donne trois semaines, Minnie.

C'est seulement après le départ de Ben qu'elle comprend en quoi consiste *en vrai* sa vie avec le Propre-sur-Lui. Le quotidien d'un couple d'infidèles peut être tissé d'habitudes, lui aussi ; et un équilibre s'instaure dès lors que chacun a un amant ou une amante. Mais à présent, Ben n'est plus là. D'un autre côté, il lui a proposé de le rejoindre. Ça veut dire qu'il y a quelque chose entre eux, ce n'était pas uniquement du sexe. Elle a donc encore Ben. Et le Propre-sur-Lui a celle ou celles avec qui il fricote à son travail. La preuve, c'est qu'ils ne baisent plus tous les soirs et, d'une certaine façon, ils s'y sont habitués, ils y ont acquiescé. Elle aborde le sujet.

– En Italie, tout le monde est infidèle.

– Oui, approuve-t-il. C'est une sorte de *sottovegetazione* par ici.

Ils sont dans un bar, à boire du vin en grignotant des chips. La serveuse porte un short moulant en cuir marron ; il ne peut s'empêcher de la suivre du regard. Il ne *peut pas* s'en empêcher. Elle hait l'Italie, et notamment Florence. Si seulement toute cette beauté pouvait se limiter aux bâtiments, aux statues, aux parcs et aux points de vue. Mais non, elle déborde et contamine tout, y compris les humains. Au fond, ces femmes ne sont pas plus belles que celles de son pays ; la différence tient à la manière qu'elles ont de faire *fructifier* leur beauté en permanence. Elles en tirent le maximum. Et puis il y a le fait que leurs hommes ne cessent de les valider par leur regard. Le Propre-sur-Lui continue de parler de la *sottovegetazione.* Il se lamente sur ses compatriotes, toujours si prompts, si disposés à séjourner dans cette *sottovegetazione d'infedeltà.* Cette sous-végétation d'infidélité.

– Et toi alors ? demande-t-elle. Te dresses-tu telle une fleur de lotus au-dessus de la boue de cette sous-végétation ?

Il sourit, un sourire sombre. Puis il se penche et lui attrape la cuisse.

– Arrête de te plaindre de moi, Minnie. Allez viens, on rentre.

L'interprétariat n'arrange rien. Elle obtient rapidement du travail, bien avant la fin de sa formation, et passe ses journées entre neuf et quinze dans une cabine exiguë en compagnie d'une collègue collet monté. Elles se relayent toutes les quinze minutes. Elle a beau faire de son mieux, son italien n'est pas toujours excellent. Sa collègue la hait, elle l'a senti dès la première seconde. Quand elle a une longue harangue à traduire et que sa collègue est censée en noter les points principaux au fur et à mesure sur le bloc-notes posé entre elles sur la table, afin qu'elle ne soit pas obligée de tout mémoriser, il arrive que l'autre reste assise, bras croisés. Alors elle s'emmêle les pinceaux et, tout à son effort de retenir les chiffres, perd le fil de ce qu'est en train de raconter l'intervenant. Un jour, on vient la voir en lui disant qu'elle va devoir mieux faire, faute de quoi il faudra malheureusement songer à la remplacer. Sa névrose langagière s'aggrave. Désormais elle se récite des listes de mots partout, tout le temps, en rentrant à l'appartement, en faisant les courses… Quand ses yeux tombent sur une voiture, elle essaie d'en énumérer toutes les composantes en trois langues, carrosserie, capot, boîte de vitesses, jantes, essuie-glaces. Quand le Propre-sur-Lui parle, elle traduit intérieurement ce qu'il dit dans d'autres langues. Il lui arrive de chercher un débouché, ou un dérivatif, dans le sexe. Parfois ça marche. Mais ensuite les nuages s'amoncellent de nouveau. La maladie, la névrose, la sensation que le Propre-sur-Lui la mène en bateau en permanence, Ben qui l'attend à La Nouvelle-Orléans. Elle doit agir, elle doit passer à l'action, bientôt il sera trop tard.

Depuis que Ben est reparti pour La Nouvelle-Orléans, elle a l'impression qu'une femme passe du temps devant la porte du Propre-sur-Lui, à l'attendre. Comme il ne s'agit que d'une impression et qu'elle n'a aucun élément de preuve, elle ne peut lui en parler, par crainte de provoquer sa rage, une rage qui ne connaît désormais plus de frein. Leur histoire est devenue une toile répugnante où elle remarque de plus en plus de filaments neufs et terrifiants. Parfois, sans qu'elle puisse se l'expliquer, elle *sait* qu'il a fait une certaine chose. Et un soir au dîner, sous le coup de l'ivresse, il reconnaît que c'est vrai. Elle a l'esprit à ce point focalisé sur lui que rien ne lui échappe.

– OK, c'est vrai, dit-il. Tu *sais* des choses et je ne sais pas comment tu te débrouilles pour les savoir, mais c'est putain d'énervant.

Elle connaît ce mécanisme. L'inconscient n'obéit pas au temps. Ce qu'il perçoit est d'une autre nature. Jung a tenté de démêler le processus, tout en admettant que c'est impossible. Nous *savons* que ça a lieu, mais pas *de quelle façon.* Le Propre-sur-Lui reconnaît dans son ivresse que c'est un don effrayant qu'elle a. Parfois elle l'appelle, très inquiète, à un moment où il est en train de la tromper.

– Dis-moi à quel moment, par exemple. Donne-moi un exemple, s'il te plaît, pour ne pas que je devienne folle. Pour que je sache où passe la frontière, chez moi, entre intuition et paranoïa.

Il la regarde comme si c'était elle, la malade. En réalité, c'est lui, ils le savent parfaitement l'un et l'autre. Mais il est le malade qui a le contrôle. Jusqu'à présent, cela n'a jamais été dit explicitement entre eux. Si le Propre-sur-Lui avait dû formuler une pensée sur ce sujet, il aurait sans doute affirmé que le véritable contrôle, c'est elle qui le détient, pas lui. OK, aurait-il concédé, je suis peut-être sergent-chef. Mais la vraie graine de général, c'est toi.

D'ailleurs, le voilà justement qui fait un commentaire en ce sens.

– Tu aurais fait un chef de guerre redoutable, Minnie. Tu n'aurais laissé derrière toi que des ruines fumantes.

– Je suis quelqu'un de bienveillant, réplique-t-elle. Je suis bienveillante et réceptive, et mon cou est toujours exposé. Il n'y a qu'à y planter les dents.

– C'est vrai, ton cou est toujours exposé. Mais quand on mord dedans, on s'aperçoit qu'il est en acier.

Elle agite la main, ce n'est pas si simple. Il n'y a pas d'« acier », aucune puissance secrète qui lui permettrait de se tirer d'affaire quoi qu'il arrive. De plus, elle a beaucoup dégénéré, car elle lui a abandonné une grande partie de ses forces. La maladie s'est développée. Infiltrée, propagée et aggravée. Elle est désormais très souffrante et ce n'est pas elle qui tient la barre. Il est malade lui aussi, c'est vrai, mais la barre, c'est lui qui la tient. Entre être malade et tenir la barre, ou être malade et ne pas la tenir, la nuance est de taille. Dans le premier cas, on est debout sur le pont, le vent frais sur le visage. Dans le second on erre dans l'obscurité des coursives, au fond du bateau, d'ailleurs on ne sait même pas où il va, car on ne voit rien, ni icebergs ni bâtiments ennemis. Elle est complètement entre ses mains, ne le voit-il donc pas ?

Il ajoute :

– *Tout est une question de sexe, sauf le sexe, qui est une question de pouvoir.* N'est-ce pas, Minnie ? N'est-ce pas un de tes écrivains qui a dit ça ? Et maintenant, tu sens que tu n'as pas réussi à garder le pouvoir jusqu'au bout, et ça t'inquiète. Tu viens d'un pays où les femmes mènent les hommes. Mais ça ne prend pas avec Mickey. À la fin des fins, c'est Mickey qui mène Minnie, et c'est dans l'ordre des choses.

Elle est sur le point de mordre à l'hameçon et d'embrayer sur ce qu'il vient de dire. Puis soudain, elle se rappelle que ce n'est pas de cela qu'ils parlaient au départ, mais de son intuition à elle. Elle voulait parler de la femme qui attend parfois devant la porte de l'appartement, et il s'est arrangé pour détourner son attention, mais elle ne va pas se laisser faire. Elle est devenue plus intelligente que ça. Elle revient donc à son sujet. Son sujet, c'est la femme dans l'escalier. Alors elle dit que ce jour-là, par exemple, en revenant des courses, elle a senti quelque chose à peine entrée dans le hall en bas, au moment où la porte de l'immeuble s'est refermée et qu'elle s'est immobilisée quelques secondes dans le silence. Il y avait une *présence.* Une présence féminine qui était là encore à l'instant et qui venait de s'évaporer. Il fait presque toujours frais dans ce hall, avec ses murs blanchis à la chaux et son escalier à la rampe en fer délicatement ouvragé. Elle apprécie la fraîcheur du hall après la chaleur de la rue. Mais depuis quelque temps, en montant les escaliers, plus elle se rapproche de leur étage, plus elle sent cette présence virtuelle. Comme si l'autre femme venait de s'en aller, ou qu'elle l'observait, cachée quelque part.

– Parfois, lui confie-t-elle encore au cours du dîner, j'ai l'impression quand je rentre que quelqu'un a attendu sur le palier, en frappant à la porte et en appelant : *Ohé, tu es là ? Ouvre !*

– Attendu quoi ?

– Toi, dit-elle. Quelqu'un t'attendait, *toi*.

Et elle ajoute :

– Peut-être une de tes putes infectées ?

L'espace d'un instant, le silence se fait. Un chien aboie dans la cour. Un voisin gare sa mobylette.

Elle sait qu'elle vient de franchir les bornes. Il dit que c'est insupportable. Il se lève, se prend la tête dans les mains, déclare qu'il n'en peut plus de sa paranoïa. Il l'aime, mais elle doit le traiter avec respect.

– Une de tes putes infectées de la rue, insiste-t-elle. Je suis certaine qu'il y avait une femme assise devant la porte avant mon arrivée.

– Une preuve ? demande-t-il en faisant un pas vers elle. Une preuve de ce que tu avances ?

– Comment pourrais-je avoir la moindre preuve alors que tu me caches tout ? Comment pourrais-je avoir la moindre preuve alors que tu mens comme un cheval trotte et que tu sembles prêt à tout pour battre ton propre record dans ta corrida pourrie où c'est toi le torero et où le taureau, c'est moi ?

– Viens ici, dit-il et son regard est noir.

Elle se lève, se détourne au ralenti et court vers la chambre, le lit. Il la rattrape avant même qu'elle ait franchi le seuil.

Elle envoie à Ben une photo de son visage couvert d'ecchymoses. Elle s'attend à de la compassion, mais ce n'est pas ce qu'elle reçoit. Il écrit :

Je sais qu'il y a des hommes, des types dégénérés, que les femmes battues excitent, mais je ne fais pas partie du lot. Cette photo ne prouve qu'une chose, Minnie, et c'est ton statut de pauvre débile patentée. C'est quoi, pour toi, ta souffrance ? Une piscine tiède, une plume à ton chapeau ? Tu mérites ce monstre. J'espère que tu connaîtras au moins la paix après ta mort. /Ben

D'abord elle en éprouve de la déception. Puis elle pense que ça règle le problème. Elle doit partir. Elle doit rejoindre Ben, qui lui propose une autre vie, une vie digne. Elle va réserver ses billets. Firenze-London, London-New Orleans. Elle écrit à Ben qui lui répond sans enthousiasme, OK, elle peut prendre ses billets et lui dire quand elle arrive, il viendra la chercher à l'aéroport.

Une fois le plan diabolique devenu un projet concret, Florence retrouve toute sa beauté. Il fait encore une chaleur accablante, mais en marchant dans les rues elle ne perçoit plus tant la brûlure du soleil que l'ombre des murs de pierre, le parfum ou l'après-rasage dans le sillage des passants. Il ne lui semble plus que la couleur dominante de la ville soit l'ocre, mais plutôt un gris-vert très clair, une couleur calme aux reflets d'olive et de maçonnerie ivoire. Les piétons sont élégants, ils ont l'air de sortir de la douche, des effluves de nourriture s'échappent des tavernes et l'eau glacée, dans sa bouteille, lui décape agréablement le gosier quand elle boit. Le fleuve lui paraît plus sombre, plus profond, plus frais, le côté marron stagnant semble avoir disparu. Quand elle pense à Ben, et au fait qu'elle va réellement bientôt s'envoler pour La Nouvelle-Orléans, le Propre-sur-Lui rétrécit d'autant. Ils marchent dans la ville, dans le soleil du soir.

– Voilà à quoi devrait ressembler la vie à Florence, pas vrai, Mickey ? Comme si on se baladait dans un film.

Il hoche la tête sans répondre. Elle fredonne tout bas. Sa propre traîtrise lui procure comme une douceur acidulée dans la poitrine. Chaque fois qu'il se retourne sur une autre femme, elle sourit intérieurement. Tu vas voir. Bientôt, tu vas voir ce que tu vas voir. Ils s'installent à la terrasse d'un bar sur la piazza Santo Spirito pour observer le ballet des passants. Comme d'habitude il déshabille chaque femme du regard, mais cela ne l'atteint plus. Elle pense à Ben, à ce qu'il lui a dit à propos de la Porsche. Peut-être est-ce une tirade qu'il sert à toutes les femmes qu'il rencontre, mais peu importe, car l'idée de la Porsche l'a mise de bonne humeur et maintenant voilà qu'elle s'en repaît plusieurs fois de suite, dans la brise légère qui monte du fleuve. Elle fantasme sur le vol à venir.

– Tu es déjà allé à La Nouvelle-Orléans ? demande-t-elle à brûle-pourpoint au Propre-sur-Lui.

Non, dit-il, il a seulement visité Chicago, et là-bas il a rencontré une femme à la beauté absolument renversante. Ah bon. Oh oui, dit-il. Puis il se lance dans l'un de ses interminables récits, qui ne font désormais que l'ennuyer. Alors qu'il lui raconte Chicago, elle se voit en train de faire sa valise pendant qu'il est au travail. Elle lui laisse un mot sur la table avant de disparaître, pouf ! Ou peut-être est-il préférable de *ne pas* laisser de mot ? Disparaître, purement et simplement ? Elle imagine sa tête au moment de s'apercevoir, en rentrant chez lui, qu'elle n'est plus là. Et ses affaires non plus. Elle l'imagine dans sa cuisine, totalement sonné, abasourdi. *Ma che cazzo… ?* Quelque chose en lui l'aime à la folie, elle le sait. Malgré toutes les femmes qu'il ne peut s'empêcher de regarder, quelque chose d'elle est littéralement cloué à l'intérieur de lui. Suspendu à un long clou rouillé, dans les profondeurs du Propre-sur-Lui. Un clou qu'il ne parvient pas à extraire. Pour lui, il s'agit de l'âme. Il s'est entiché de son âme à elle, et elle, de son côté, s'est entichée de sa chair à lui. Funeste déséquilibre. La chair crie plus fort, mais l'âme coule plus profond. De la chair, on en trouve partout, les âmes sont plus difficiles à dénicher. Elle l'appellera de La Nouvelle-Orléans après quelques jours. Elle lui dira au téléphone combien il l'a blessée, qu'elle est avec un autre homme maintenant, qu'il aurait dû mieux s'occuper d'elle car maintenant elle a un nouvel homme dans sa vie. Il aurait dû mieux s'occuper d'elle, hurlera-t-elle, encore et encore, jusqu'à ce qu'il comprenne. Puis elle reprend ses esprits, il ne comprendra jamais, elle aura beau crier, rien à faire, c'est bien le problème. Elle peut crier tant qu'elle veut, de plus en plus fort, le moment où il l'entendra enfin sera celui où il la tuera. Et il trouvera un moyen de la tuer. C'est la malédiction qui veut ça. Elle le sait. La spirale inarrêtable de la violence. Et elle peut à peine lui en vouloir, puisqu'il n'aura pas le choix. La malédiction aura décidé pour eux, cette malédiction qu'ils ont acceptée en embrassant la maladie et ses lois. Il y a une fin pour eux, et cette fin est qu'elle va mourir. Une nuit, elle lui a demandé ce qu'il fera au moment où il constatera qu'il l'a tuée. Je me tirerai une balle dans la tête, a-t-il répondu. Il l'a dit sans hésiter et sur un ton d'évidence, comme s'il avait déjà envisagé la chose jusqu'au bout. Elle a regardé autour d'elle dans la chambre en se demandant où diable il cachait son arme, ou ses armes. En se remémorant cette scène, elle frissonne un peu dans le soir tiède. Et c'est à cet instant que le serveur vient prendre leur commande et que le Propre-sur-Lui se ridiculise en déclarant qu'il veut un « rouge sec ». Elle réussit à détourner le regard pour ne pas qu'il lise le mépris dans ses yeux, mais le serveur, lui, éclate de rire et répond qu'un rouge sec, ça n'existe pas. Le Propre-sur-Lui se reprend, il voulait dire « âpre », mais le mal est fait. Le serveur rigole encore en lui demandant s'il prendra peut-être aussi des glaçons avec son verre de vin ? Le Propre-sur-Lui garde le silence et évite de regarder le serveur.

– Laisse tomber, ça n'a aucune importance, dit-elle tandis que le serveur s'éloigne en ricanant pour passer la commande au bar.

Le Propre-sur-Lui se lève. Alors elle fait de même. Il marche devant. Elle n'arrive pas à suivre, est obligée de trottiner derrière. Une humiliation parmi d'autres. Une humiliation dans un long collier de perles humiliantes. Tout le reste de la soirée, elle sera punie pour le mépris affiché par le serveur. Le Propre-sur-Lui focalisera sa haine sur elle, car elle fait partie des personnes qui se croient supérieures à lui. Elle, qui a l'arrogance de penser que ce serait un cauchemar de travailler chez Fiat. Elle qui suit une formation d'interprète pour participer à des conférences où elle parle librement avec des gens de toutes nationalités. Il y a quelque chose de putassier là-dedans, les vraies femmes qui se respectent ne parlent pas autant de langues. D'ailleurs, ajoute-t-il, cette manière de s'exhiber et de se mettre en avant est le contraire d'excitante, tout cela ne lui inspire que dédain. Pour sa part, il n'est qu'un homme qui vend des systèmes de verrouillage. Elle lit la haine dans son regard. Le mépris plein de haine que lui inspire l'aisance sociale qu'elle manifeste à l'occasion. Si elle doit être sa femme, elle devra se contenir. Pas de problème. Elle sacrifierait au moins deux de ses langues, avec joie, si en échange elle pouvait jouir de son attention sans partage. Elle donnerait tout ce qu'elle a lu, elle n'hésiterait pas à aller vivre avec lui dans une caverne, si seulement elle pouvait être *l'unique* à ses yeux. Il lui demande de fermer sa gueule. C'est tout de même étrange, songe-t-elle, que la personne qui occupe la position dominante dans un couple puisse nourrir une telle haine vis-à-vis de celle qui est en position d'infériorité. Elle doit partir. C'est la seule option. Et c'est ce qu'elle va faire. Les billets sont réservés. Elle entamera le reste des préparatifs dès demain.

Boucler sa valise, faire sa demande de visa en ligne. Appeler Ben, engager la conversation avec lui. Y a-t-il quelque chose qui lui ferait plaisir, qu'elle pourrait lui apporter de Florence ? D'ici là elle doit se tenir prête, vigilance maximale, car un jour ou l'autre il la tuera. Combien d'alertes rouges déjà ? Une fois, ça ne compte pas, dit-on. Deux fois, c'est deux fois de trop, mais maintenant ? Vingt ? Trente ? En même temps que le soleil disparaît derrière les collines, elle s'aperçoit qu'elle a perdu le compte.

Cette nuit-là, elle fait le rêve décisif qui orientera désormais chacun de ses actes. Elle est avec le Propre-sur-Lui, sur une lande. C'est la nuit, la lune répand une lumière froide sur les terres arides. Ils ont froid. Ils sont seuls. Ils examinent la situation. Où peuvent-ils aller, que vont-ils faire, combien de temps avant qu'ils ne meurent gelés ? Soudain ils aperçoivent deux grandes ombres qui se dressent un peu plus loin dans le paysage. On y va, dit le Propre-sur-Lui. Lentement, ils se dirigent vers les ombres. En approchant, à la lueur de la lune, ils distinguent deux statues de pierre grise, à peine plus hautes qu'eux, mais beaucoup plus larges. Elles ont les yeux ouverts et semblent regarder droit devant elles. Ce sont des statues, dit-elle. Attends, l'interrompt le Propre-sur-Lui, il y a un truc qui cloche. Il se hausse sur la pointe des pieds et tend la main vers le visage de l'une des statues. Ce ne devrait pas être possible de soulever la lèvre de pierre, mais il le fait. Il la soulève comme si elle n'était pas de pierre, mais de chair grise. À l'intérieur, une bouche garnie de gencives rouges et de longues canines blanches de fauve. Ces statues sont vivantes, constate le Propre-sur-Lui dans le rêve. Leur immobilité est une attitude, elles attendent. Quoi ? demande-t-elle. Il la dévisage longuement. Que nous nous mettions à courir, dit-il. Que faut-il faire ? murmure-t-elle. Je ne sais pas, répond-il. Les secondes passent. La lune brille. Les statues attendent.

Le lendemain au petit déjeuner, elle lui raconte son rêve. Le Propre-sur-Lui l'écoute d'un air incrédule tout en mâchonnant son pain grillé et en avalant son café. Quand elle a fini, il hoche imperceptiblement la tête et dit : *Cazzo*, Minnie, *ma tu mi fai proprio paura. Chi sei ?* Bordel, Minnie, tu me fais vraiment peur. Qui es-tu ?

Elle répond, comme toujours, qu'elle est une personne parfaitement ordinaire mais que ce rêve veut lui communiquer quelque chose. Les images du rêve contiennent un message, et ce serait peut-être bien pour eux deux d'essayer de l'interpréter. Il hausse les épaules.

– Je ne sais pas, je ne suis pas quelqu'un qui analyse les rêves. Tout ce que je dis, en attendant, c'est que ce n'est pas tout le monde qui fait un rêve comme celui-là. Tu as un truc, Minnie.

Elle dit, peu importe, on est comme on est, mais pourrait-il simplement l'écouter à présent ?

– Suppose un instant, commence-t-elle.

– Quoi ?

– Ne sois pas si impatient. Écoute-moi, et accepte d'envisager l'hypothèse que je vais formuler à présent.

– Je suis tout ouïe.

– Promets de m'écouter jusqu'au bout sans m'interrompre. Ce rêve m'a donné une théorie sur nous.

Devant son air sceptique et vaguement amusé, elle réagit :

– Peux-tu simplement m'écouter sans idées préconçues, s'il te plaît ?

Il hoche la tête et se carre dans son fauteuil.

– OK, capitaine. J'écoute. Sans idées préconçues.

– Alors voilà mon hypothèse : et si les deux statues de mon rêve étaient des démons ?

– Des *démons* ?

– Oui. Imagine qu'ils aient élu domicile en nous et qu'ils soient en train de se livrer un combat mortel. Imagine la chose. Un démon chez toi, et un autre chez moi. Ils se sont glissés en nous à la faveur d'un moment où nous avons perdu le contrôle, pendant une dispute, quand ça a dégénéré, ou quand nous nous livrions à des formes de sexe illicites. Bref, ils en ont profité pour s'introduire en nous. Et nos démons se veulent mutuellement du mal, et ils se servent de nous pour se blesser l'un l'autre. Tu comprends ? Les statues du rêve, ce sont ces démons. Et ils n'attendent qu'une chose, c'est que nous nous mettions à courir. Tant que nous restons tranquilles, ils ne peuvent rien faire. Mais si nous nous excitons, alors ils ont tout loisir de se servir de nous pour livrer leur propre combat. Le rêve signifie que nous devons rester calmes.

Le Propre-sur-Lui grimace.

– Bon, alors, avec tout le respect que je te dois, Minnie… À ton tour d'envisager une hypothèse.

– D'accord.

– Est-il possible que tu sois devenue folle ?

– Folle ? Non. Mais réfléchis, essaie de laisser une chance à cette idée de démons. Toi et moi, nous sommes des gens gentils, au fond. Ou, peut-être pas gentils, mais dans les limites de la normalité en tout cas. Tu me dis que tu n'avais jamais frappé une femme avant de me rencontrer et je sais de mon côté qu'avant de te rencontrer je n'avais jamais poussé un homme à la folie. Imagine que quelque chose ait pris le contrôle sur nous, de l'intérieur. Quelque chose qui se réveille en certaines occasions et qui nous manipule. Je trouve tout à fait logique de penser que c'est précisément cela qui nous arrive.

Le Propre-sur-Lui pousse un profond soupir et jette un coup d'œil à sa montre.

– Ça expliquerait énormément de choses, insiste-t-elle. Tu n'es pas d'accord ?

– Tu ne vas pas bien, Minnie. Je suis terriblement désolé. C'est moi qui t'ai démolie. Tu étais une femme fantastique et regarde-toi maintenant. Une vraie loque.

– Merde à la fin ! s'écrie-t-elle. Veux-tu bien m'écouter pour une fois ? La question de savoir comment nous *allons* est un peu à côté de la plaque à l'heure qu'il est, non ? On n'en est plus là. Peux-tu au moins y réfléchir ? Envisager mon hypothèse ? Laisser cette possibilité germer en toi au cours de la journée, et on en reparle ce soir ?

Il ne répond pas, se contente de la regarder, une ride verticale entre les sourcils. Elle se calme, toussote, reprend.

– Peux-tu me faire confiance ? Il se trouve que je *sais* certaines choses qui ne s'expliquent que par l'existence des démons. Des choses situées *de l'autre côté* de la lumière.

– Quelle lumière ?

– La lumière. La lumière, Mickey, la lumière. Pense par images, fais un petit effort.

Il se penche vers elle et la regarde au fond des yeux.

– Minnie, c'est toi qui vas m'écouter maintenant. Je suis né dans les Pouilles. Je viens de là. Tu connais cette région, tu y es déjà allée, toi qui as voyagé dans toute l'Italie. Alors tu t'es fait une idée. Tu as vu. Tu sais à quoi ça peut ressembler là-bas. Bon. Chez nous, dans mon enfance, il y avait des femmes qui étaient devenues folles et qui raisonnaient à peu près comme toi. C'étaient des femmes sans hommes, des femmes vêtues de noir tous les jours de la semaine sauf le vendredi, où elles s'habillaient en marron. Elles faisaient peur aux gens. Elles étaient désagréables. Elles ramassaient des plantes bizarres pour fabriquer des potions. Minnie, j'ai dû lutter pour quitter les Pouilles. Un endroit atroce, où on jette de mauvais sorts, où on s'adonne au chantage, où on fait sauter les gens – et là je ne parle pas par images. Un endroit épouvantable, mais beau en même temps. Beau comme une belle pute immémoriale. Bref – après avoir tant lutté pour m'extirper de là, je refuse de me retrouver à la colle avec une femme du Nord qui se révèle à l'usage être pire que le pire calibre d'Italienne du Sud du siècle dernier. Tu piges ? Je n'ai pas fait tout ce chemin pour revenir à mon point de départ. Tu comprends maintenant pourquoi tu ne peux pas continuer comme ça ? Pourquoi je ne peux pas l'accepter ?

Elle se lève, se dirige vers le réfrigérateur, dévisse la capsule de la bouteille de vodka et boit d'un trait, au goulot.

– De l'alcool dès huit heures du matin ? Bon sang, Minnie, ne me dis pas que le démon qui t'habite est alcoolique par-dessus le marché !

Il pianote un moment sur l'écran de son portable avant de se préparer à partir au travail. Pendant ce temps, elle se rassied et observe fixement la façade en brique de l'autre côté de la rue. Soudain il s'approche, se penche vers elle et murmure, la bouche contre son cou :

– Il était une fois une Minnie et un Mickey. Deux souris perdues qui voguaient sur un océan, deux petits rongeurs sur un radeau dérivant au gré des vents démoniaques. Il faisait terriblement sombre sur la mer. Minnie Mouse, dis piip pour que Mickey sache que tu es là… Où es-tu ?… Piip, piip, Minnie…

Elle est parfaitement immobile. Il reste ainsi, en suspens, lèvres frôlant sa peau. Comme s'ils étaient devenus de glace. Combien de temps reste-t-il ainsi penché sur elle ? Combien de temps reste-t-elle sans bouger ? Un bref instant, elle est persuadée qu'il va la mordre, enfoncer ses dents dans sa chair et lui arracher une veine. Puis il se dirige vers l'entrée et, l'instant d'après, elle entend claquer la porte de l'appartement.

La violence. Il lui arrive de regretter qu'elle ne soit pas plus sexuelle. Une violence sexuelle douce. Mais ce n'est pas le cas. Ce n'est pas l'excitation qui fait perdre le contrôle au Propre-sur-Lui. Ce n'est pas comme dans certains récits qu'elle a lus ou entendus, où les auteurs de violences semblent téléguidés par une pulsion sexuelle profonde que leurs victimes auraient activée via leur puissance de séduction trop intense. Comme si ces femmes étaient irrésistibles au point que la violence ne pouvait davantage être contenue, comme si ces hommes étaient obligés de sortir d'eux-mêmes, d'abandonner soudain le noyau intime de leur être afin d'être en mesure de gérer l'attraction magnétique exercée par ces femmes. Dans leur cas, ce n'est pas de ça qu'il s'agit.

Certes, elle n'est pas psychologue. Mais elle a connu pas mal de gens, vu un certain nombre de choses et tiré ses propres conclusions. La violence n'a rien de crypto-romantique. Quelqu'un a écrit un jour que le vrai visage de la réalité était celui d'un chien castré et c'est vrai, le vrai visage de la réalité est celui d'un chien castré. Il y a de la place pour l'euphorie et pour toutes sortes de dimensions, mais quand la réalité montre son véritable visage, elle ne dégage absolument rien de séduisant.

Elle sait aussi que lorsqu'on a vécu un traumatisme réel, on ne veut pas en parler. Et si la victime est obligée d'en parler malgré tout, c'est toujours avec une sorte de rage, de hargne incontrôlable dirigée vers celui qui dit vouloir écouter, puisque celui-ci est un agresseur en soi. Un agresseur indécent, ignoble, avide de jouissance, qui désire enfoncer ses doigts dans vos blessures les plus intimes et se réchauffer grâce au pus et au sang de votre misère.

Certaines victimes sont naturellement capables de parler et, à force de répétition, et de dilution progressive du vécu, elles peuvent connaître une forme de soulagement. Mais les traumas non travaillés, eux, se cachent en général. Les traumas non travaillés sont marqués du sceau de la honte. En voyant des femmes se battre pour prendre la parole dans certaines émissions télé et décrire en détail ce que des hommes leur ont fait, elle éprouve de la répulsion. Petit à petit, elle se détourne du monde et se referme sur elle-même.

La violence du Propre-sur-Lui est une haine pure, sans mélange. Un gourdin, un pieu sale et brut brandi au-dessus de sa tête à elle.

La date du départ approche. Ben l'attend à La Nouvelle-Orléans. Elle fait tout son possible pour préserver une ambiance calme au cours de ces derniers jours. Bientôt elle sera en sécurité ; elle doit simplement réussir à négocier le laps de temps qui reste, ensuite tout ira bien. Une fois qu'elle aura embarqué, une fois que l'avion aura décollé, elle sera en sécurité.

Au cours d'une excursion à San Gimignano, ils se tiennent assis dans la chaleur, adossés au mur d'une église. Le Propre-sur-Lui tourne son visage vers la lumière.

– Tu n'es pas un vrai Italien, dit-elle.

– Pourquoi ?

– Un Italien ne s'exposerait jamais ainsi au soleil.

– Ce n'est pas moi. C'est le Nordique que je suis devenu avec toi.

Elle ferme les yeux.

– Je vais peut-être partir un moment, dit-elle.

– Où ça ?

– Je ne sais pas. Quelque part où je pourrai prendre du recul et me retrouver un peu moi-même.

Il soupire.

– Tu ne t'en sortiras pas sans moi, Minnie. Tu crois que si, mais non. Lâche cette idée. Si tu essaies, ça sera juste pénible pour nous deux.

Il continue de lézarder au soleil et elle continue de l'observer. Son crâne est en train de rougir. Il arrive qu'elle se réveille la nuit en sentant une odeur dans la chambre. La première fois, elle n'a su en déterminer l'origine, mais la deuxième, oui. C'était la tête du Propre-sur-Lui. La peau de son crâne. Quand elle s'est penchée vers lui, dans le lit, l'odeur l'a enveloppée et elle en a eu un haut-le-cœur. Elle sait que c'est l'odeur du stress, tout le stress qu'il accumule pendant la journée et que son organisme essaie désespérément de métaboliser durant la nuit. L'odeur qui monte de son crâne est toxique, un poison de stress dont le corps cherche à se débarrasser mais impossible de le faire dans les urines ou les selles car là, c'est déjà saturé de déchets, impossible d'en tasser davantage. D'ailleurs il n'y a peut-être pas que le stress. La testostérone aussi. Voilà : c'est un mélange de testostérone et d'hormones de stress qui suinte par le scalp du Propre-sur-Lui. La testostérone, qui devrait normalement se concentrer dans les organes génitaux, peut-elle être évacuée par la tête ? Elle se dit qu'on ne peut pas être à San Gimignano par un après-midi ensoleillé et nourrir des pensées pareilles, n'empêche que dans le cas du Propre-sur-Lui, c'est quand même sans doute exactement cela qui a lieu, son cerveau marine et mijote dans la testostérone, voilà pourquoi il se comporte ainsi, voilà pourquoi il se sent obligé de disséquer du regard chaque femme qu'il croise et même de se retourner sur elle après l'avoir croisée. Elle rit doucement.

– Si tu savais ce que je pense de toi en ce moment.

– Quoi ?

– Tu n'as pas envie de le savoir.

– Dis-le.

– Non.

– Dis-le.

Elle sent que ça commence à remuer en lui. Le démon s'étire, ouvre les yeux après un long sommeil et jette tranquillement un coup d'œil à la ronde. Elle doit faire diversion.

– J'ai peur de toi, Mickey. Voilà ce que je pensais à l'instant.

Le calme revient.

– Bon, très bien. C'est dans l'ordre des choses, Minnie. C'est bien que tu aies un peu peur de moi. Ça te rend plus prudente.

Elle se dit qu'elle est stupide comme une vache, mais comme une vache stupide qui a au moins appris à écarter le danger.

– Est-ce que tu aurais envie de faire une petite gâterie à Mickey ?

– Comment ça ?

– Tu sais très bien. On rentre à la maison et tu fais une petite gâterie à Mickey.

Ils se lèvent, se dirigent vers la voiture. Il lui entoure les épaules de son bras. Sa main est chaude, un morceau de charbon ardent qui imprime une nouvelle marque incandescente sur son corps déjà brûlé de partout.

Elle est allongée, les doigts dans la glaise chaude. La maladie est si agréable. Une manucure corrosive de l'âme. Quand elle se recouche après avoir avalé son café du matin, mangé un muffin et bu un trait de vodka, alors la maladie est très agréable, un sauna chauffé au feu de bois par une froide nuit d'hiver. Bientôt elle va partir et recouvrer la santé ; mais d'abord encore un petit moment à jouir de la glaise chaude. Elle pense à la manière dont le démon semble parfois s'assoupir de longues heures d'affilée, et au calme qui se répand alors en elle. Quand le démon dort, tout est différent. Comme s'il n'avait jamais existé. Au début, quand ils étaient adossés au mur de cette église à San Gimignano, tout était calme exactement de cette manière. Peut-être parce que c'était un lieu sacré ? Ou peut-être pour la même raison qui pousse le fœtus à dormir dans la journée, bercé par le mouvement, et à ne s'activer qu'au moment où la femme enceinte s'allonge pour se reposer ?

Délicieuse, elle l'est, en tout cas. La maladie.

Un soir, alors qu'il ne reste plus qu'une semaine avant son vol pour La Nouvelle-Orléans, le Propre-sur-Lui rentre du travail avec une surprise. Une enveloppe légèrement cartonnée, d'un jaune pâle. Il la lui tend.

– Ouvre, dit-il avec satisfaction.

Elle l'ouvre. L'enveloppe contient une carte de visite. Celle d'une *dottoressa*, une *psicologa*, qui a pour nom Anna Chiara dei Grassi.

– Ah, fait-elle. Et alors ?

– Alors on va y aller. On va aller la voir et on va se soigner la tête. Tous les deux, toi et moi.

– Pardon ?

Il la contemple. À supposer qu'il soit capable de rayonner, c'est précisément ce qu'il fait en cet instant. Les yeux noirs du Propre-sur-Lui rayonnent littéralement de joie et d'espoir.

– Tu vas être débarrassée de ta paranoïa, tu vas cesser de croire aux démons, et moi je vais cesser de te blesser sans arrêt. Surtout, je vais arrêter de te battre. On doit se serrer les coudes, toi et moi. On est trop amochés pour s'en sortir seuls. Tout le mal qu'on s'est infligé l'un à l'autre nous a tellement détraqués que si on ne réussit pas à remettre notre couple sur le droit chemin, on vivra mutilés pour toujours, même en changeant de partenaire. Alors il vaut bien mieux nous occuper l'un de l'autre et cicatriser ensemble. Pas vrai ?

Elle n'en revient pas. Elle lui dit qu'elle a besoin de faire pipi. Une fois aux toilettes, elle prend la pleine mesure de la trahison qu'elle mijote. Par son initiative, le Propre-sur-Lui a démontré qu'il était au moins sincère dans son amour. Contrairement à elle. Elle qui s'est pendant ce temps sournoisement bricolé une échappatoire. Le Propre-sur-Lui veut qu'ils aillent voir une psychologue, qu'ils retroussent leurs manches et entreprennent un travail sur eux. Il est obsédé par le sexe et bourré de défauts mais, d'une certaine manière, pur malgré tout. Elle sent les larmes lui piquer les yeux. Le Propre-sur-Lui frappe à la porte des W.-C.

– Minnie ?

– Oui, oui, sanglote-t-elle. Je suis un peu émue, c'est tout.

Elle actionne la chasse d'eau et va à la cuisine, ouvre le réfrigérateur et boit un trait de vodka au goulot.

– Une psychologue, alors, tu disais ?

– J'ai parlé à ma sœur. Je lui ai tout raconté. Comment tu allais et comment je te cogn… me comportais. D'après elle, c'est la seule solution. Cette psychologue est très réputée. D'abord vous lui parlerez chacun à votre tour, a dit ma sœur ; et ensuite vous la verrez ensemble.

Ils s'y rendent dès le lendemain. Il s'est douché et aspergé d'après-rasage, et il la tient fermement par la main. Dans la rue, il ne suit pas la moindre inconnue du regard. C'est lui qui paie, a-t-il dit. Deux séances à soixante-dix euros pièce. Inutile d'insister pour payer sa part. Il va devenir un autre homme à présent. C'est lui le responsable. Si elle est tombée malade, si son cerveau a déraillé ainsi, c'est parce qu'elle n'arrive pas à gérer son amour pour lui. Il lui a demandé d'être faible et elle a obéi. Elle lui a fait confiance et il l'a détruite, mais à présent il va la réparer parce qu'il l'aime, et que son plus grand désir est de retrouver la femme formidable qu'il a connue au début. Elle, en avançant dans la rue à ses côtés, se sent plus sournoise que jamais. Femme formidable, et puis quoi encore. Elle doit s'engager dans cette entreprise de manière franche et sincère. Autrement dit, elle doit lâcher Ben et redonner ses chances à cette relation-ci. Elle en prend la décision. Lâcher Ben et donner une chance à ce bourgeonnement nouveau avec le Propre-sur-lui.

Il entre le premier dans le cabinet. La dottoressa a sa consultation chez elle, au dernier étage d'une vieille demeure ocre flanquée d'une tour, pas loin de la piazza della Signoria. De son côté, elle patiente dans la cour où une fontaine murmure dans l'ombre, à côté d'un laurier. Elle s'assied près de l'arbre car les lauriers sont sacrés et, s'il y a un démon en elle, sa puissance sera contrebalancée par la sainteté de l'arbuste. Elle sent le calme se répandre dans son corps tandis qu'elle prête l'oreille au bruit de l'eau. L'Italie, pense-t-elle. Pourquoi vivre ailleurs ? Toutes les années passées loin de l'Italie ne sont que temps perdu et vie gâchée.

Lorsqu'il réapparaît, le Propre-sur-Lui a une expression si neutre qu'elle ne peut rien déchiffrer de ce qu'il pense.

– C'est à toi, dit-il simplement. Je t'attends au café.

Il n'est pas habitué à parler de lui. Pas habitué à s'ouvrir. C'est pour ça qu'il fait cette tête-là, pense-t-elle. Elle, en revanche, va sûrement y arriver sans problème, car elle l'a déjà fait par le passé, avant sa dégénérescence. Mais à l'époque où elle avait des amies, elle se livrait, et ses amies se livraient elles aussi, et elles se rencontraient vraiment, se comprenaient, s'entraidaient, lisaient des livres de développement personnel et se soutenaient les unes les autres.

Elle grimpe les escaliers. Au dernier étage, une grande porte, d'un bois presque noir, est entrouverte.

– *Posso ?* appelle-t-elle en direction de la pénombre de l'autre côté.

– *Entra, bella, entra*, répond une voix de femme.

Elle entre. La dottoressa est énorme. Posée sur un canapé au centre du grand salon, il semble que son corps se soit répandu autour d'elle, tant et si bien qu'il devrait lui être rigoureusement impossible de se lever. Derrière elle, par les grandes baies vitrées, on aperçoit Florence et, au-delà, les collines.

– Que c'est beau !

La dottoressa hoche aimablement la tête et l'invite à s'asseoir.

– Parle-moi, dit-elle.

Elle ne sait pas quoi répondre. La dottoressa lui sourit d'un air encourageant, la tête penchée sur le côté.

– Vas-y, parle.

Mais elle ne peut pas. Elle ne sait pas par où commencer, par le milieu ou par le début, elle sait seulement qu'elle doit s'exprimer de manière détaillée et rationnelle afin que la psy soit en mesure de rassembler les différents fils. La dottoressa s'impatiente quelque peu.

– Il est tellement homme, n'est-ce pas ? lance-t-elle à brûle-pourpoint.

– Que voulez-vous dire ?

La dottoressa hausse les épaules.

– C'est fatigant pour une femme d'être avec un homme tel que lui. C'est comme chevaucher un taureau sauvage, non ? Il faut se maintenir en selle, tenir le coup au milieu des ruades et penser jusqu'au bout que ça en vaut la peine.

Elle ne sait pas ce qu'elle doit répondre. Peut-être : « Il y a suffisamment de femme en moi pour gérer un homme tel que lui », ou alors une phrase lapidaire du genre : « J'ai connu pire. » Mais ce n'est pas le cas, alors elle dit :

– Je l'aime. Simplement, nous nous sommes embourbés et nous avons besoin d'aide pour nous remettre en piste.

La dottoressa sourit. Le genre de sourire qu'un médecin adresse à un patient. Elle dit que son compagnon a mentionné avoir été violent avec elle. Est-ce vrai ?

– Oui, c'est vrai, mais...

Alors elle doit le quitter, l'interrompt la dottoressa. S'il a usé de violence envers elle, elle doit le quitter. Immédiatement.

– Mais si nous sommes venus vous voir, c'est précisément pour que vous nous aidiez à recouvrer la santé. Il n'y a pas que lui qui est malade. Moi aussi je le suis.

La dottoressa pousse un soupir résigné, mais elle insiste.

– C'est lui qui a voulu venir ! C'est lui qui a pris l'initiative, c'est même lui qui paie les séances. Nous voulons vraiment nous en sortir, je veux dire, essayez donc de persuader un homme tel que lui d'aller voir une psy. Lui, un ex-garde du corps, né à Bari ! Si vous me demandez mon avis, c'est un miracle. *Se me lo chiedi a me è proprio un miracolo.*

– Je comprends, dit la dottoressa, mais ça ne marchera pas. Tu ne sembles pas avoir bien compris comment fonctionnent ces choses-là. Mais moi, je le sais, et je te le dis. Ça ne marchera pas.

– Comment pouvez-vous le savoir ?

– Ou alors, si. Ça peut marcher, mais ça demande beaucoup plus que quelques entretiens.

– Nous ne pouvons malheureusement pas lui faire subir une lobotomie, si c'est ce que vous sous-entendez.

– Précisément. Et c'est pourquoi il vaut mieux que tu le quittes tout de suite.

– Le quitter, et quitter Florence par la même occasion, c'est ça ?

En prêtant attention à la vue qui s'étend derrière la dottoressa, elle sent les larmes lui monter aux yeux. Soudain elle ne comprend pas comment elle pourrait jamais quitter Florence, ni comment elle a pu faire tous ces projets avec Ben. Comment une personne saine d'esprit peut-elle nourrir le projet de quitter une ville comme Florence et un homme qui n'est peut-être pas un enfant de chœur, mais qui l'aime et qui est prêt à se battre pour la garder ?

– C'est bien cela, dit la dottoressa. Quittez-le, et quittez Florence. Si c'est l'Italie qui vous pose problème, il y a beaucoup de belles villes dans ce pays. Florence n'est pas la seule.

Non, mais Florence est sa ville à elle, et leur ville à eux, c'est ici que son cœur a pris racine. C'est dans ces rues, cette lumière, c'est ici qu'elle veut être, ici qu'elle veut vivre.

– Et une fois partie, il est important que tu ne répondes sous aucun prétexte à ses appels ni à ses messages. Tu devras te blinder comme tu n'as probablement encore jamais eu à le faire.

– Ce n'est pas possible.

– Bien sûr que si.

Elle secoue la tête.

– Non. Il y a une force que je ne maîtrise pas. Je suis incapable de faire ce que vous dites.

– C'est très facile, dit la dottoressa. Range ton portable et assieds-toi sur tes mains. Si tu es assise sur tes mains, tu ne peux ni écrire de SMS ni répondre au téléphone. Que ce soit là pour toi un dernier recours.

Elle sent une larme rouler le long de sa joue. Elle l'essuie rapidement, ne veut pas que la dottoressa la prenne pour une gonzesse larmoyante. Non, elle est bien plus latine que cela, elle est capable de prendre sur elle et de souffrir sans rien montrer, si besoin est.

– Cet homme-là présente une personnalité narcissique, poursuit la dottoressa. Il m'a suffi de l'entendre quelques minutes pour me faire une idée du tableau. Avoir affaire à ce type de personnalité est un boulot de Sisyphe. Tu devras tout donner de toi et tu ne recevras quasiment rien en retour. C'est comme vouloir cultiver un désert. Pourquoi ne pas choisir un autre terreau, et semer là où tu pourras récolter ? Prends tes jambes à ton cou et laisse derrière toi ce désert qu'il est.

Elle secoue la tête sans bruit. Plus la dottoressa le vilipende, plus elle se sent envahie de tendresse pour le Propre-sur-Lui.

– Je ne peux pas faire ça. Que deviendrait-il, le pauvre ?

– *Lui ?* Ce n'est pas ton problème. Ce genre de personnalité, il faut s'en séparer d'un coup de hache propre et net. Comme pour la tête d'un serpent. On tranche dans le vif et on poursuit sa route sans se retourner. Sinon ça devient vite extrêmement dangereux. Crois-moi, j'en ai vu beaucoup.

Elle ne répond pas. Lèvres serrées, elle regarde la dottoressa et le panorama derrière elle. Le soleil s'apprête à disparaître et la ville est douloureusement belle dans la lumière du couchant.

– C'est lui qui paie ces séances, articule-t-elle enfin d'une voix altérée. Y compris les miennes. N'est-ce pas alors une trahison de votre part de me conseiller de le quitter ? Ne démontre-t-il pas par ce geste tout ce qu'il est prêt à faire pour sauver notre couple ?

La dottoressa fait non de la tête et se penche vers elle.

– Tu ne comprends pas, dit-elle. *Ma tu non capisci proprio.* Là, je te parle de femme à femme. Je veux bien ne pas être payée pour cette séance, si ça te va mieux comme ça, moi, je m'en fiche. L'important, c'est que tu comprennes. Ce qu'il te fait ne va pas changer d'un claquement de doigts. Et un beau jour il te tuera. Un beau jour il t'éclatera le crâne, il te rompra le cou ou il t'étranglera. C'est cela que j'essaie d'empêcher en te disant ce qu'il en est. La simple vérité. Tu vois ?

Elle réagit par le rire, un petit rire sec.

– Mais je l'aime, dit-elle.

La dottoressa soupire.

– L'amour, ce pauvre mot si galvaudé, si maltraité, si terriblement couvert de bleus.

– Vous parlez de ce qu'il me « fait » mais que savez-vous de ce que je lui fais, moi ? Vous ne m'avez posé aucune question là-dessus. Vous ne m'avez pas demandé ce que je fais pour provoquer sa rage.

La dottoressa passe la main sur son front.

– La conviction intime de la femme battue. Toujours prête à se dénigrer et à prendre la faute sur elle. Je peux te dire que tu le défends avec plus de conviction que lui, quand il était assis à ta place tout à l'heure. C'est effrayant à voir.

– Mais que savez-vous ? crie-t-elle à la dottoressa. Que savez-vous sur lui ?

– *Ma calmati*. Calme-toi, enfin. Notre échange, là tout de suite, est un cas d'école. Ton copain et toi, vous n'êtes pas un cas unique, pas une exception. Votre tragédie n'est pas que la vôtre. Il existe des rayonnages entiers de livres qui décortiquent les gens comme vous et les mécanismes auxquels vous obéissez. Les femmes battues endossent volontiers la responsabilité de la situation. C'est une façon inconsciente de se persuader qu'elles y peuvent quelque chose. Seule une personne qui détient un pouvoir ou une responsabilité quelconque a les moyens d'agir, n'est-ce pas ? Alors tu crois que tu as les moyens d'agir. Mais ce n'est pas le cas.

Elle se cabre. OK, d'accord, tout ça sonne peut-être très bien sur le papier, et la dottoressa a sûrement un stock entier de bonnes phrases comme celles-là à balancer à des patientes comme elle. Mais ce qu'elle affirme n'a aucun ancrage dans la réalité. La dottoressa a-t-elle jamais été une femme battue ? Non, la dottoressa secoue la tête et répond que non, jamais. Elle a un mari très gentil et, chez eux, personne ne frappe personne. Alors, reprend-elle, la dottoressa ne sait pas de quoi elle parle. Elle a peut-être lu un tas de théories, elle a peut-être un gentil petit mari avec lequel elle ne couche pas. Mais, dans sa chair, elle n'a aucune idée de la question. Dans sa chair. *Nella sua carne*. C'est ça, le problème, poursuit-elle. Les personnes qui parlent de maltraitance sont rarement elles-mêmes maltraitées, alors il faut leur *expliquer*, comme elle est elle-même précisément en train de le faire avec la dottoressa, mais on a beau leur expliquer, elles ne comprennent rien, elles pensent qu'on est une pauvre victime endoctrinée en train de défendre un individu indéfendable. Alors elle va essayer de lui faire comprendre, une dernière fois. Le fait qu'elle provoque sa rage ne *justifie* pas la réaction du Propre-sur-Lui. Mais il *l'explique*.

– Vous comprenez ? conclut-elle, épuisée. Justifier et expliquer, ce n'est pas pareil. Mais quand je suis calme, alors il est calme aussi.

La dottoressa ne comprend manifestement rien, car elle continue de secouer la tête.

– Franchement, je ne sais pas quoi te dire. Tu me parais juste incroyablement stupide.

– Est-ce vraiment tout ce que vous trouvez à me dire ? En votre qualité de psychologue ?

– Oui. En toute franchise, c'est tout. *Incredibilmente scema.*

La dottoressa détache les syllabes avec une lenteur étudiée. Alors elle sent monter la rage. Fixant la dottoressa au fond des yeux, elle lui demande ce qu'elle sait de la passion, femme obèse qu'elle est, évidemment c'est impossible, comment être passionnée quand on ressemble à une montagne de gras sur pattes ? Elle voit ça d'ici, le gentil petit mari se lançant à l'assaut de la montagne. Mais après ? Une fois qu'il l'a escaladée ? Comment fait-il ? Elle se le demande. Comment fait-il ensuite ?

– Il n'y a aucune raison de me manquer de respect, dit la dottoressa avec froideur.

Mais bien sûr que si ! La dottoressa ne connaît plus le goût du sexe depuis une éternité, ça se sent dans la qualité de l'air, les gens qui n'ont pas baisé depuis longtemps dégagent une odeur particulière, une odeur de fluides corporels stagnants, d'ailleurs c'est ça, l'odeur qu'elle hume en permanence depuis qu'elle est entrée dans ce salon. Le mari de la dottoressa remplit sa fonction, un peu comme une décoration de Noël. Un colifichet dont la dottoressa a besoin pour se rassurer et sentir qu'elle coche toutes les cases de toutes les normes en vigueur dans cette sale société bigote catholique de merde et…

La dottoressa passe la langue sur ses lèvres.

– Tu ne vas pas bien, dit-elle. Tout à l'heure, tu trouvais l'Italie si merveilleuse que tu ne pouvais envisager de la quitter, tu étais amoureuse de la ville et du pays tout entier, disais-tu, pas seulement de cet homme. Et maintenant tu en parles comme d'un monde infernal. Tu ne vas pas bien. Tu as besoin d'aide.

– Je suis simplement ce qu'on appelle *ambivalente.*

– Tu ne vas pas bien, te dis-je. Tu as besoin d'aide.

– Mais vous ne m'aidez pas ! Vous ne pouvez pas et vous ne voulez pas m'aider ! Tout ce que vous voulez, c'est nous enfoncer, moi et l'homme que j'aime ! Vous avez tout appris dans vos livres, ces livres écrits par d'autres doctoresses hypocrites comme vous qui, pas plus que vous, n'ont vécu le problème *dans leur chair.* Vous comprenez ?

Elle se lève, annonce qu'elle s'en va et que tout ça n'est que de l'argent jeté par les fenêtres.

– Je souhaite te dire une dernière chose, réplique la dottoressa.

– Quoi ?

– Rien, et quand je dis rien, je veux vraiment dire *rien*, ne peut attraper quelqu'un qui nage avec ses barbillons rentrés.

– Quoi ?? Qu'est-ce que ça veut dire ?

– C'est pourtant simple. Si cet homme réussit à t'attraper, c'est parce que tu nages avec tes barbillons sortis. Il t'attrape parce que tu te mets à sa disposition.

Elle ne répond pas. Elle tourne les talons et sort. Mais au moment de descendre la première volée de marches, elle s'immobilise. Elle passe la main dans ses cheveux, rajuste sa robe, puis elle revient sur ses pas. Elle retourne chez la dottoressa, reprend place sur le canapé et croise les jambes.

– Encore une chose, dit-elle.

– Oui ? fait la dottoressa d'une voix faible.

– Voilà. Je voudrais savoir si vous croyez possible que, lui et moi, nous soyons possédés par deux démons.

En dévisageant la dottoressa, il lui semble lire dans son regard l'amorce d'un sourire méprisant, réprimé de justesse. Elle poursuit :

– Je me les représente comme deux démons qui se livrent un combat et se servent de nous en guise de corps. Ou de port d'ancrage. Avez-vous déjà entendu parler de cela ? De ports d'ancrage pour démons ?

La dottoressa passe à nouveau la langue sur ses lèvres.

– Non, dit-elle. Décidément, je ne crois pas.

– Je comprends. Vous êtes en colère parce que je vous ai insultée tout à l'heure et vous pensez peut-être que je ne mérite ni aide ni informations, mais je vous serais tout de même très reconnaissante si vous pouviez répondre sincèrement à ma question.

La dottoressa s'éclaircit la voix et semble chercher ses mots.

– Veux-tu me dire que tu crois aux démons ? demande-t-elle pour finir.

– Non, je n'y crois pas. Je *sais* qu'ils existent. Certains événements de mon enfance font que je ne peux pas en douter. J'ai vécu pendant des années à une demi-heure de promenade de chez un grand démon. Il serait impossible pour moi de douter de leur existence.

La dottoressa la dévisage sans ciller.

– Je comprends, dit-elle ensuite. Mais la réponse à ta question est non, il ne peut en être ainsi. Il n'est pas possible que vous soyez possédés par deux démons. En revanche, ce que tu dis témoigne d'un mécanisme de défense psychologique qui s'appelle la dissociation. Ton cerveau dissocie, parce qu'il n'arrive pas à faire tenir ensemble les différents aspects du problème – c'est-à-dire les raisons qui font que tu restes auprès de cet homme, malgré le tort qu'il te cause. Pour éviter d'affronter la réalité du problème, ton cerveau le subdivise sous la forme de différents personnages. Pour l'instant il n'y a que ton démon et toi, mais il peut s'y en ajouter d'autres. Il est également possible que tu aies été victime de violences sexuelles et que la dissociation soit due à un syndrome de stress post-traumatique.

– Ah bon. Eh ben. J'aurai tout de même essayé.

– Essayé quoi ? demande la dottoressa.

– De m'ouvrir. De communiquer. Mais vous, avec vos idées toutes faites, vous êtes incapable de voir le tableau dans son ensemble.

La dottoressa pousse un soupir mais ne dit rien.

– D'ailleurs, poursuit-elle, ça confirme ce que je pense depuis le début de cet entretien.

– Ah, fait la dottoressa d'une petite voix fatiguée. Et c'est quoi ?

– Que vous êtes une psychologue exécrable.

– Ah bon ?

– Oui. Une bonne psychologue accepterait de parler le même langage que moi. Si vous étiez une vraie psychologue, comme Jung par exemple, vous m'auriez dit que oui, il y a effectivement un démon en moi, et ensuite vous m'auriez aidée à m'en débarrasser. Que ce démon existe ou non, que vous y croyiez ou non à titre personnel, vous auriez cherché à comprendre ma perception de la réalité et vous m'auriez permis de la modifier de l'intérieur. Mais ce n'est pas ce que vous faites. Vous, vous me parlez comme si je n'étais pas moi. Vous me parlez comme si je n'étais pas votre patiente, mais votre collègue, avec qui vous pouvez discuter de mon cas en toute liberté.

La dottoressa la dévisage en silence. Puis, non sans difficulté, elle se retourne et consulte les titres des volumes rangés derrière elle. Elle en choisit un et commence à le feuilleter.

– Comme ceci, tu veux dire ? demande-t-elle enfin en levant la tête, avant de se mettre à lire à voix haute : *Que devons-nous répondre à notre malade au carcinome imaginaire ? Je lui dirais : « Oui, mon ami, tu souffres effectivement d'une affection cancériforme. Tu héberges effectivement un mal mortel, mais étant imaginaire il ne tuera pas ton corps. Cependant, en fin de compte, il tuera ton âme. Il a déjà empoisonné et corrompu tes relations humaines et ton bonheur personnel, et il s'étendra de plus en plus, au point d'engloutir ton expérience psychique tout entière ; à la fin tu n'auras plus rien d'humain ; tu seras uniquement une tumeur maligne et destructrice*[3].

– Oui ! C'est tout à fait ça, s'exclame-elle triomphalement. C'est exactement ce que je voulais dire. Voilà comment s'y prenait Jung, et voilà pourquoi il avait tellement plus de succès que vous.

– Écoute-moi bien, dit la dottoressa en reposant le livre.

Si nous avions du temps devant nous, nous pourrions tout à fait jouer à Jung et à la tumeur cancéreuse. Nous pourrions passer des heures à analyser ce que tu crois être ton démon, à nous en saisir, à l'exhiber à la lumière, à contempler son maléfice sans fond et à décortiquer son cœur noir. Je pourrais entrer dans ton cerveau par la porte de service et établir tant bien que mal une relation thérapeutique avec toi. Le seul problème, en l'occurrence, est que le temps presse. Nous ne sommes pas Jung et la tumeur dans une grande maison en Suisse avec vue sur le lac et horloge au tic-tac apaisant. La situation est la suivante : tu es assise sur une voie ferrée, et le train n'est pas vaguement à l'approche, non, on l'aperçoit déjà, il fonce vers toi à toute vitesse et tu dois – *tu dois* – te rejeter sur le côté. Voilà où nous en sommes ! Oublie Jung, oublie la tumeur. Ici c'est littéralement une question de vie ou de mort, et le temps dont tu disposes est quasiment écoulé.

Elle se sent diminuée. Sermonnée, humiliée, aplatie. Elle a envie de dire à cette dottoressa qu'elle n'est rien qu'une donneuse de leçons arrogante. Mais au lieu de cela, elle dit :

– Vous *transpirez.*

La dottoressa sourit tristement.

– Ah ? D'accord. Tu sais, ce n'est pas très facile de parler avec toi.

– Mais vous êtes formée pour ça, non ? Pour parler avec des gens comme moi ?

– Certes, mais je crois que nous sommes arrivées au bout de notre séance. Soixante-dix euros, ça n'achète pas une disponibilité infinie.

– Je veux que vous me rendiez son argent. Il ne doit pas avoir à payer soixante-dix euros alors que vous ne m'avez pas aidée.

– Pour t'aider, il faudrait beaucoup plus de temps.

Entendant cela, elle éclate d'un rire bref et creux.

– Rendez-moi l'argent.

– Du calme. Je vais te le donner. Mais tu dois comprendre une chose, c'est qu'il n'y a pas de démons. Il n'y a que des êtres humains, perdus, stressés et impulsifs qui cherchent un soulagement, ou un dérivatif, à travers leurs désirs, leur violence, leur égoïsme et leurs maladies. C'est tout ce qu'il y a. Pas de démons, ni de ports d'ancrage pour démons. Seulement vous deux, qui vous comportez comme des monstres. Seulement des êtres humains. Rien d'autre !

La dottoressa a les larmes aux yeux. Péniblement, elle se tourne vers un coffret posé sur le guéridon à côté d'elle et en sort trois coupures chiffonnées.

– Tiens, voilà l'argent poisseux de ton pignouf de copain. Pars maintenant, et laisse-moi tranquille.

Elle ramasse les billets jetés au sol, quitte l'appartement et sa vue sublime sur Florence. En se retournant dans le hall, elle voit que la dottoressa s'est replongée dans le récit sur Jung et la tumeur cancéreuse. Parfaitement immobile, comme transformée en statue de glace dans la chaleur.

Elle descend les escaliers, passe devant la fontaine murmurante et rejoint le Propre-sur-Lui au café du coin. Avant d'entrer, elle jette un coup d'œil à l'intérieur pour voir s'il a engagé la conversation avec quelqu'un. Ce n'est pas le cas. Son téléphone est posé sur la table et il ressemble à l'innocence personnifiée.

Sur le chemin du retour, elle lui demande ce que lui a dit la psychologue. Il répond qu'elle l'a traité d'égoïste.

– Ce n'était pas plutôt « narcissique » ?

Le Propre-sur-Lui réfléchit.

– Non, je crois que c'était « égoïste ». Mais c'était peut-être les deux. Égoïste et narcissique.

– Et qu'en penses-tu ?

– Qu'elle a complètement raison.

– Tu ne t'es pas senti insulté ?

– Non. Elle dit la vérité. C'est ce que je suis. Mais même les égoïstes ont le droit d'être aimés, pas vrai ? Comment pouvons-nous nous améliorer si personne ne nous aime ?

Elle sourit.

– Tu as raison. C'est tout à fait ça. Comment pourriez-vous vous améliorer si personne ne vous aime ?

Ils marchent un moment en silence. Il lui prend la main. Sa paume est un peu moite, mais large, chaude, sécurisante.

– Et toi, alors ? Que t'a-t-elle dit ? Prochain arrêt les urgences psychiatriques ?

Elle hausse les épaules.

– En vrai, elle ne m'a rien dit de spécial. Des trucs de psy, c'est tout. Enfin tu vois, tu es comme ceci, tu es comme cela, et ton enfance blablabla, et ainsi de suite.

Il acquiesce.

– Oui. C'est le genre de choses qu'ils disent.

– Ils ont leur répertoire, qu'ils récitent par cœur.

– Tu veux y retourner ?

– Non. J'apprécie ton initiative, mais les psys, c'est pas mon truc.

Il passe le bras autour de sa taille et l'attire contre lui.

– C'est ça, approuve-t-il. Ça marche peut-être avec les personnes normales. Mais pas avec les gens comme nous.

– Exactement. Pour les personnes normales, ça peut éventuellement marcher. Mais pour nous, non.

Elle lève la tête vers lui et, un bref instant, ils sourient tous les deux.

Le lendemain soir, il lui apparaît avec évidence qu'elle doit se conformer à son plan, malgré tout, et rejoindre Ben comme prévu. La visite chez la psychologue était un répit dans sa misère, mais elle ne peut plus reculer l'échéance. Elle voit bien qu'elle n'a plus aucune constance ni consistance désormais, qu'un rien la précipite dans une direction ou dans une autre, sa boussole est cassée, l'aiguille aimantée oscille désespérément à la recherche du nord. Mais, au moins, elle n'est pas obligée de rendre compte à quelqu'un de ces revirements intimes, vu qu'elle est absolument seule. C'est ça que l'isolement a de bien, raisonne-t-elle. On n'est pas obligée de rendre des comptes. L'organisateur de conférences lui a dit qu'ils ont trouvé une autre interprète et n'ont plus besoin de ses services. Elle reste assise dans l'appartement, son téléphone silencieux posé sur la table. Elle sent qu'elle s'est pour ainsi dire attiré une malédiction de plus, et qu'elle a été chassée de l'Eden une fois pour toutes. À présent, elle est non seulement au-delà de toute raison, mais au-delà de toute rédemption possible. Elle est absolument seule, aux commandes d'un gros navire sur une mer déchaînée ; c'est à elle de prendre toutes les décisions concernant la suite du voyage. Or elle ne peut se permettre la moindre erreur car, certaines erreurs, on n'a les moyens de les commettre qu'une seule fois, et quelque part, tout au fond d'elle, elle ne veut pas mourir.

Mais l'escalade reprend le soir même. Elle est incapable de se maîtriser. Elle lui crie qu'elle le hait, lui et toutes ses sales putes. Elle le provoque comme elle ne l'a encore jamais fait. Mais, cette fois, elle s'aperçoit qu'il existe un instant très bref – juste avant que la situation ne devienne ingérable et que la terreur et la panique ne prennent le dessus – où elle jouit de perdre le contrôle. Ne contemple pas l'abîme, écrivait Nietzsche, car à la fin l'abîme te contemple aussi. C'est cela qui se produit. L'abîme a senti son regard et, lentement, a levé les yeux vers elle. Et à présent, il voit au fond d'elle et lui dérobe tout pouvoir. L'apocalypse est totale, les coups font mal, la déchirent et la brûlent. Mais au beau milieu de la douleur et de la confusion il se produit tout à coup comme une fulgurance de la maladie ; un spasme étincelant qui traverse tout son être.

Quand elle était petite, sa mère avait l'habitude de lui dire qu'elle avait dans le cœur un bout de glace, petit, mais pas insignifiant. Ce glaçon était solidement fiché entre ses ventricules, et il y resterait sans doute jusqu'à sa mort. D'après sa mère, il avait un effet protecteur, car il anesthésiait une part de ses émotions.

– Pourvu qu'il ne fonde jamais, disait-elle aux autres mères. S'il fond, ma fille souffrira d'une sensibilité excessive, du genre que nul ne peut supporter à la longue.

Voilà ce qu'elle répliquait à toute personne qui s'avisait de venir se plaindre de sa fille.

L'existence de ce glaçon était plus qu'un constat : un espoir, un souhait. Après que la fillette de dix ans avait été retrouvée dans un sac poubelle, torturée, assassinée et démembrée, toutes les mères du village avaient perdu la raison. À la moindre transgression, sa mère devenait une bête sauvage pleine de fureur et de désespoir – par exemple si elle restait dehors un peu trop tard, si elle oubliait de téléphoner quand elle allait chez une copine après l'école, ou si elle traînait dans la forêt après la tombée de la nuit. L'inquiétude de sa mère était usante, étouffante, un cordon ombilical enroulé autour de son cou, sur lequel sa mère tirait comme sur une laisse d'étranglement à la moindre initiative imprévue, aussi modeste soit-elle. Toutes les cicatrices du village. Toutes les cicatrices qu'elle porte gravées dans le cœur. L'espoir de sa mère, parlant du glaçon dans son cœur. Pourvu que ma fille le garde toujours, pourvu qu'il ne fonde jamais, pourvu qu'elle n'ait jamais à faire l'expérience de la terreur jusqu'au bout.

Au cours des derniers jours à Florence, tout en préparant le café du matin, il arrive qu'elle s'imagine morte. Et alors ce n'est pas au ciel qu'elle pense, car elle sait qu'en ce qui la concerne le ciel est hors de portée. Dans le meilleur des cas, elle n'ira nulle part et, sinon, elle ira en enfer. Il arrive qu'elle se réveille la nuit en pensant à l'enfer. Il arrive même qu'elle s'y aventure par l'imagination. Elle sait qu'elle ne devrait pas, mais elle ne peut s'en empêcher, car l'enfer est comme la maladie, peut-être la maladie et l'enfer sont-ils une seule et même chose. Impossible de leur résister. La bouche sombre de l'enfer est trop tentante, les parfums qui s'en exhalent ne sont pas aussi désagréables qu'on le dit. Elle sent la chaleur contre la plante de ses pieds. Son sang, son sang scandinave gelé jusqu'au tréfonds, dégèle alors. Parfois elle entend leurs voix, là en bas. Sa voix à lui, et sa voix à elle. Il lui arrive alors de rire, non sans en avoir les larmes aux yeux, car c'est très beau d'entendre leurs voix se parler sur ce ton bienveillant, plein d'intérêt. Elle se souvient de son jardin intérieur mordu par le gel, des rayons de soleil venant réchauffer sa terre. Mais un jour elle ne s'en souviendra plus, et lui non plus. Un jour ils auront disparu l'un et l'autre et il n'y aura alors vraisemblablement plus personne pour penser à eux. La dernière image qu'elle aura avant de mourir sera peut-être celle du Propre-sur-Lui. Ce serait affreux, mais pas tout à fait improbable. Une image de lui tout sourire, un de ces sourires faux dont il a le secret, le vernis dont il recouvre toutes ses trahisons. De la même façon, elle imagine qu'il verra avant de mourir une image d'elle. Dressée au-dessus de lui et visiblement pas contente.

Enfin sa décision est prise : elle partira le surlendemain comme prévu. La chaleur pèse sur l'appartement tel un brouillard paralysant, mais sa résolution la remplit à présent tout entière et la rend presque euphorique. Le Propre-sur-Lui est incapable de voir que cette euphorie ne lui doit rien. Il n'a jamais douté du fait que *toute* la joie qu'elle pouvait éprouver était liée à lui comme à son unique source de joie naturelle. Voilà pourquoi la gaieté qu'elle manifeste le réjouit tant. Les hommes adorent nous voir de bonne humeur, pense-t-elle, c'est comme si on les délivrait du péché originel. Et, tout juste, quand elle lève son regard vers lui, le Propre-sur-Lui en a les larmes aux yeux.

– J'adore te voir joyeuse comme ça. Tu es l'amour de ma vie, et je suis infiniment désolé du mal que j'ai pu te faire. Je ne te battrai plus jamais, Minnie. Sois gentille, cache ces bleus, je ne supporte pas de les voir.

Il l'embrasse, et lui propose de déjeuner dehors. Elle a un peu honte, après tout elle est en passe de le quitter pour un autre homme – mais à présent elle doit garder à l'esprit l'équation simple de la violence : dès lors qu'on s'en est rendu coupable, on mérite des représailles sans fin et on est chassé à jamais du cercle des personnes respectables. Le Propre-sur-Lui est un paria. Si elle en croit les conseils, sûrement très sages malgré tout, de la dottoressa, elle ne devrait pas avoir mauvaise conscience. Elle a tous les droits vis-à-vis de lui, car il est un banal auteur de violences qui mérite l'enfer.

N'empêche qu'elle a un pincement au cœur, un élan de pitié pour Mickey tandis qu'elle passe en revue une énième fois les étapes de son évasion. Ils sortent déjeuner, il mange et bavarde avec elle – l'air heureux, il faut bien le dire – et pendant qu'il la ressert de vin et lui touche la cuisse sous la table, pendant qu'il pose le pied entre ses jambes et appuie, elle repense à la manière dont elle va s'y prendre. Arrivée au sorbet citron, elle imagine une fois de plus sa tête quand il rentrera le soir et comprendra qu'elle a décampé. Quand son regard tombera sur le mot qu'elle aura laissé sur la table. La tête qu'il fera !

Dès qu'il sera parti au travail, elle passera à l'action. Écrire à Ben. Ensuite, séance de repassage, boucler sa valise. Elle a déjà dressé la liste de tout ce qu'il ne faudra pas oublier. Pour finir, laisser sur la table le mot où elle aura écrit qu'elle s'en va, parce qu'elle a besoin de temps pour réfléchir. En rentrant du restaurant après le déjeuner, il veut coucher avec elle. Il la tire vers le lit, mais elle se dégage et va s'asseoir sur le canapé. C'est sa limite. Elle ne peut pas continuer à faire l'amour indéfiniment avec lui après avoir pris la décision de le quitter pour Ben. Elle n'est pas parfaite, mais elle tient à être la femme d'un seul homme à la fois. Elle dit que ça la gratte et qu'elle a peut-être attrapé une mycose. Il accepte l'excuse. Il dit qu'il *respecte* son refus. Elle voit qu'il fait désormais tout son possible pour être un homme bon. Elle voit ses efforts, il veut oublier tout le passif, il veut qu'elle reste de bonne humeur, il veut être un homme bon pour sa femme gaie. Tel est son désir à présent. L'un de ses amis l'appelle au même moment, et elle l'entend dire à cet ami qu'elle le maintient en état de chasteté. Il le dit sur un ton blagueur, mais elle entend aussi la menace derrière. Le soir, il se glisse contre elle et lui demande s'il peut la serrer dans ses bras. Tout en feignant de dormir, elle l'autorise à l'attirer contre lui. Elle sent son érection et fait semblant de rien. Après un moment, l'érection cesse et elle entend à sa respiration qu'il dort. Des images défilent dans sa tête : le moment où elle s'est fait pipi dessus, sur le lit ; le zigzag affolé de la chauve-souris sous les poutres de la chambre ; lui en train de rouler au pas en détaillant les putes de la zone industrielle ; lui faisant claquer la porte de l'appartement ; la dottoressa en train de pleurer à cause de sa bêtise à elle. Elle qui éprouve dans sa chair la force de cet homme. Les conséquences de sa force à lui sur sa chair à elle. Les conséquences de sa force à lui et de sa bêtise à elle sur sa propre chair.

D'un autre côté. Tant qu'il ne retourne pas sa force *contre* elle, c'est comme si elle en disposait, elle aussi. Il est tout à fait clair qu'il y a là un attrait. Il est un animal dangereux, mais elle est sa dompteuse. Parfois, en tout cas, elle réussit cet exploit qui est de le *manipuler*. S'il s'en apercevait, il la tuerait sur-le-champ. S'il savait ce qu'elle est en train de concocter avec Ben, il se dresserait d'un bond sur le lit, lèverait le poing et la frapperait jusqu'à lui briser la tête et lui exploser le crâne. *Finche non si rompe la testa, hasta que la cabeza se parta*. Rien ne le met plus en colère que d'être manipulé. Elle a essayé de lui expliquer qu'il n'y a aucune mauvaise intention de sa part, que la manipulation, c'est tout ce qui reste à la personne qui n'a pas le pouvoir. On ne baratine pas un…, telle est sa réponse laconique. *Can't bullshit a…*

Elle quitte donc l'appartement. Elle ne pensait pas que ce serait possible. Mais si, ça l'est. Dès lors qu'on passe à l'action, bien sûr que c'est possible, c'est comme d'aller à l'épicerie ou chez le coiffeur, on pose un pied devant l'autre, on pousse la porte et on sort. Elle prend sa valise, ferme la porte à clé, descend les escaliers en trottinant vers le taxi qui l'attend en bas. Elle a pris une douche, ses cheveux sont mouillés. Son corps, lui, est habité par une tension inhabituelle, comme si elle s'apprêtait à commettre un cambriolage, à faire passer de la drogue en contrebande ou à partir pour une mission d'espionnage. En réalité, elle est simplement en train de fuir un homme qui la tabasse. C'est la perspective qu'elle doit adopter, sinon elle n'arrivera jamais au bout de son projet. Elle s'en convainc elle-même : je prends la fuite pour sauver ma peau. Mais en même temps, elle sent que ces affirmations sont fausses, comme des vers grouillants voraces qui empoisonnent et évident de l'intérieur la substance de ce qu'il y aurait à dire. Mais n'est-ce pas la vérité, peut-être ? Que l'homme qu'elle fuit a déjà failli la tuer à plusieurs reprises ? N'est-ce pas la *seule* vérité qui ait la force de la sauver ? Si ! Voilà ce qu'il en est. Si elle veut vivre, elle doit penser qu'elle est bonne et que le Propre-sur-Lui est mauvais. Elle est bonne et le Propre-sur-Lui est mauvais. Elle est bonne et le Propre-sur-Lui est mauvais. Désormais il ne faudra jamais mettre en doute cette supposition, sous aucun prétexte, ne jamais la questionner ne fût-ce que d'un iota.

Elle fredonne doucement. La porte de l'immeuble se referme. Elle est dans la rue. La lumière est différente aujourd'hui, bienveillante en quelque sorte. Même les façades, les balcons et les jardins ont un air plus bienveillant, comme si les voisins approuvaient son départ.

Quand l'avion décolle de l'aéroport de Florence, elle regarde à travers le hublot. La ville semble nichée au creux d'une combe, ou au fond d'une marmite. Le paysage alentour est vallonné ; de petits villages ponctuent les collines. Elle vivait sa vie dans cette marmite. Dans cette combe et sur ces collines, ils allaient se promener en voiture, le Propre-sur-Lui au volant, elle à côté, avec le toit ouvert et la musique se déversant des enceintes. Elle comprend qu'elle est déjà en train de recouvrer un semblant de santé, même si sa seule initiative jusqu'ici a été de s'asseoir dans cet avion. Car elle se sent à mille lieues de la joie que lui procurait naguère encore une sueur riche en testostérone associée à des murs d'église frais et à un mystère couleur ocre. Au contraire, toute cette beauté lui semble à présent froide, cruelle, stylisée à l'excès. On ne peut pas faire confiance à une beauté qui contient un tel potentiel de saleté et d'avilissement. L'avion traverse la couverture nuageuse ; soudain, tout est limpide, illuminé et glacial.

Elle reste éveillée pendant toute la durée du vol jusqu'à Londres, mais après le décollage de Gatwick, elle avale son somnifère et s'endort. Elle n'aime pas les voyages transatlantiques. En plus, survoler l'abîme noir vertigineux d'un océan tout en songeant qu'elle abrite en elle un démon, c'est un peu au-dessus de ses forces en ce moment. À son réveil, ils approchent déjà de la Louisiane. Ça y est, le Propre-sur-Lui est rentré du travail. Il a lu son mot et compris qu'elle avait décampé. Il l'a déjà appelée mille fois, mais son portable est éteint et rangé dans son sac et elle ne le rallumera pas, même après l'atterrissage. Pendant ce temps il aura téléphoné à tous ses amis et ils auront envisagé ensemble les différents scénarios possibles. Un copain est sans doute déjà passé le prendre à l'heure qu'il est, pour une virée dans les bars à bières. Ou alors il aura rejoint une maîtresse. Ou, s'il est vraiment désespéré, il sera parti à la zone industrielle, et il aura peut-être eu du mal à bander, car c'est un poing froid qui broie son âme chaque fois qu'il se remémore sa trahison ; le dommage est trop grand, même pour un homme à la libido toute-puissante tel que lui.

L'évasion se passe bien, pense-t-elle avec calme. Bien mieux qu'elle n'aurait osé l'espérer.

Mais à l'approche de La Nouvelle-Orléans, une terreur irrationnelle l'envahit. Que fabrique-t-elle au juste ? Elle voit les marécages qui s'étendent sur plusieurs hectares vers l'intérieur des terres, le long des côtes déchiquetées. Elle voit l'eau douce se mêler à l'eau salée, l'eau salée se mêler à l'eau douce, en un no man's land saumâtre, une stagnation malsaine presque phosphorescente. Elle se représente la ville vers laquelle ils viennent d'entamer leur descente. Elle imagine ses habitants : un tohubohu d'humains et de reptiles, sans compter les immondices charriées par le fleuve qui doivent s'accumuler à son embouchure. Les marécages ont dû suinter jusque dans les égouts, le sous-sol grouille sûrement de petits alligators, de grenouilles, de serpents. Elle imagine ces bêtes entassées sous les trottoirs qui pourraient, à la faveur d'un imprévu, surgir de terre et faire irruption dans les maisons. Elle voit le Mississippi traverser la ville tel un chenal de propagation de maladies et de fléaux de toutes sortes ; d'énormes bateaux y circulent, semblables à des paquebots transatlantiques. Son voisin explique justement à un autre passager que ces navires-là font mugir leurs sirènes toute la nuit, et que les habitants de La Nouvelle-Orléans finissent tous, tôt ou tard, par perdre la raison à cause de cette plainte interminable qui transperce la ville dans les petites heures. Elle se rappelle Florence, les façades olivâtres, le soleil du soir, la foule, la chaleur sèche. Elle pense qu'elle va avoir du mal à s'acclimater ici.

– Et c'est de là que provient la violence inouïe de cette ville, poursuit son voisin. L'un des plus forts taux de violence de tous les États-Unis. Les gens deviennent dingues, ils ne supportent plus la tension, alors ils sortent de chez eux et provoquent des tueries, car c'est ce que fait l'être humain lorsqu'il est stressé, il sort de chez lui, il se bagarre, il tue. Il se défend, et quand il n'y a plus de raison de se défendre, il attaque.

Son voisin de rangée se tait. Elle veut sortir de cet avion. Dans quoi s'est-elle fourvoyée ? Après tout, elle ne connaît pas Ben. Et elle a quitté le Propre-sur-Lui sur un coup de tête. Méritait-il vraiment d'être traité ainsi ? Un homme qui, en dépit de ses défauts aussi indiscutables que monumentaux, l'aime au point d'en devenir fou, mérite-t-il d'être quitté sans un mot, sans la moindre explication plausible ? Elle ne veut pas être ainsi. Elle veut être bonne, généreuse, rassurante, mais que doit faire quelqu'un de bon, de généreux et de rassurant dans une situation semblable à la sienne ? Comment en est-elle arrivée là ? Certaines personnes ne se retrouvent peut-être tout simplement jamais dans ce genre de situation. Certaines personnes sont comme enveloppées dans une cape de pluie, aucune négativité ne s'accroche à elles, et réciproquement, car elles sont *au-dessus* de ça. Au-dessus de l'agressivité, de l'hystérie, de l'absence de contrôle. Ben, par exemple. D'ailleurs, elle-même s'était toujours imaginée être ainsi, une personne qui tient tête, qui souffre peut-être à l'intérieur mais qui s'arrange toujours pour garder une forme de distance qui fait qu'elle ne va pas s'écrouler extérieurement. Jusqu'au jour où elle a rencontré le Propre-sur-Lui. Là, tout s'est effondré, et maintenant elle n'a plus la moindre confiance en elle, c'est une certitude à l'heure qu'il est ; et ça, c'est nouveau dans son existence. Elle a toujours eu suffisamment confiance en elle pour ne pas en être réduite à ressasser. Il lui a toujours semblé évident de savoir comment réagir, dans n'importe quelle situation, elle n'a jamais eu besoin de ruminer la chose en tous sens, ses jours ne croulaient pas sous les dilemmes. Si vos jours croulent sous les dilemmes, c'est que vous êtes sur une mauvaise voie. Ce qui est juste est simple. Ce qui est juste apporte le calme de l'esprit.

Au lieu de cela, la voilà dans le ventre d'un énorme corps blindé en train de descendre vers une ville inconnue. Il existe des instants sans retour, et celui-ci en fait partie.

Après avoir récupéré sa valise, elle se dirige vers le hall des arrivées. Ben est là.

– Salut, dit-il.

Contrairement à ce qu'elle espérait, il n'a pas l'air spécialement heureux de la voir. Plutôt mal à l'aise, distant. Sous le coup de la déception, elle ne résiste plus : à peine installée dans la voiture, aux côtés d'un Ben mutique, elle rallume son portable. Soixante-deux appels manqués et cinquante-six messages. Ce n'était pas une bonne idée de rallumer son téléphone. Maintenant le Propre-sur-Lui va voir qu'elle a bien tout reçu, et son absence de réaction va lui sembler d'autant plus arrogante. Si elle n'a pas vu les appels et les messages, c'est une chose. Si elle les a vus, c'en est une autre. Son cœur à lui sur un plateau, tendu vers elle. Il a sa fierté, lui aussi. Si elle ne répond pas, il risque d'être blessé *encore plus profondément qu'il ne l'est déjà*. Mais elle est loin. Et, là où elle est, il ne mettra pas la main sur elle. Il peut être aussi blessé qu'il veut, elle est hors de sa portée. Elle éteint son portable et le range dans son sac.

Ils s'engagent sur l'autoroute. Ben est d'une neutralité parfaite, à la limite de la froideur. Elle imagine le Propre-sur-Lui à son travail, en train d'exécuter les tâches qui lui incombent tandis qu'à l'intérieur, il essuie une tempête de rage et de chagrin. La virilité blessée ne trouve pas à s'apaiser car la blessure est trop large, trop profonde et trop sale. Mais elle le sent aussi à présent. Ce qu'elle fait n'est pas juste. Elle est lâche. La dottoressa l'applaudirait, mais, au fond d'elle-même, elle sait qu'elle l'a trahi pour le monde. Or que sait le monde d'eux, que sait le monde de ce qu'ils ont vécu ? Que sait le monde de leurs nuits, quand ils dormaient dans les bras l'un de l'autre, quand leurs deux souffles s'accordaient à leur insu, quand ils s'unissaient dans l'espace du sommeil ? Soudain elle visualise ses orteils. Ses deux herbiers sous-marins tordus, inclinés en sens inverse l'un de l'autre. Une tendresse l'envahit, si puissante qu'elle lui coupe presque la respiration. Elle est folle. Elle a accepté une invitation pour le moins formelle, une solution d'hébergement offerte du bout des lèvres, et si elle avait été un peu moins pressée de s'enfuir, elle l'aurait senti, que l'invitation était mitigée. Certains hommes ont le don de ce genre d'invite, qu'ils lancent un peu au hasard histoire de ne pas blesser la femme, tout en espérant qu'elle sera assez lucide pour refuser. Elle ne l'a pas refusée. Cela dit quelque chose d'elle, et ce quelque chose-là n'est pas très bon.

Prenons un homme tel que Ben, un homme bienveillant qui, brièvement, a souhaité son bien. Ils ont pris du bon temps ensemble, Ben et elle. Rien de plus. Le fait de connaître la chair de quelqu'un, ou de croire qu'on la connaît, ne signifie pas qu'on connaît quoi que ce soit d'autre de cette personne. Il s'est aperçu de ses ecchymoses et, l'espace d'un instant, il a voulu faire preuve de compassion ; peut-être a-t-il vu en elle une victime démantibulée que, dans un moment de faiblesse, il a cru vouloir réparer.

Ils arrivent devant chez lui. Une maison rose clair dans un labyrinthe de maisons semblables, multicolores. Le quartier lui plaît, la ville lui plaît. À travers le pare-brise, elle observe une femme, une voisine, qui accroche de longs colliers verts aux branches d'un arbre. Les colliers restent là, à osciller lentement dans la chaleur du vent tropical.

Au cours des premiers jours, elle met à peine le nez dehors. Il y a en elle une résistance, elle ne veut pas quitter la maison de Ben. Elle regarde par la fenêtre du séjour. Tout est si différent ici. Les gens, les bâtiments. Certaines toitures arrachées n'ont pas été remplacées depuis Katrina, et celles qu'elle aperçoit de la fenêtre sont pour la plupart des solutions provisoires en tôle. Son déplacement d'un continent à l'autre semble avoir réactivé sa phobie sociale. Or elle devrait s'efforcer de vivre, d'être un peu normale. Mais elle craint que, si elle quitte la maison, quelque chose se précisera de façon beaucoup trop aiguë. Elle ne réussira pas à se fondre dans le paysage, elle ne comprendra pas les codes de ce nouvel endroit. Et cette incapacité poussera Ben à prendre encore plus ses distances.

Finalement, elle rassemble son courage et décide de sortir. Elle lui demande s'il veut l'accompagner mais il secoue la tête d'un air absent. Elle va faire un tour. Longe une longue rue bordée de maisons qui ressemblent à celle de Ben. Toutes sont précédées par une petite véranda. Elle parvient à un endroit d'où s'élancent deux ponts, qui surplombent le quartier. Quelques hommes la regardent approcher. Ils n'ont pas l'air content. Elle essaie de passer devant eux sans se faire remarquer, mais ne peut s'empêcher ensuite de leur jeter un coup d'œil par-dessus son épaule, et constate alors qu'ils se sont mis en marche. Ils la suivent. En groupe. De front. Sans la quitter des yeux. Elle se retourne tout à fait et affronte leur regard. Ils l'observent d'un air froid. Elle a beau s'efforcer de penser que tout le monde est gentil et que quelque chose en elle va pouvoir s'intégrer discrètement à cet endroit – en vertu d'une humanité partagée, peut-être – impossible de ne pas lire la menace dans leurs yeux. Elle n'est pas d'ici, ça se voit, elle est une touriste, on la repère à des kilomètres. Elle pivote sur ses talons et accélère. Les hommes font pareil, ils accélèrent le pas en la suivant. Elle se met à courir. Ils se mettent à courir. Elle les entend rire, l'un d'eux lui crie quelque chose en mexicain. Elle sent monter la panique et se met à courir de toutes ses forces. En les entendant rire à nouveau elle se retourne juste assez pour voir qu'ils sont en train de la rattraper. Elle sent qu'ils pourraient le faire en une seule enjambée, s'ils le voulaient, mais qu'ils ne le font pas, comme s'ils cherchaient à évaluer sa résistance. Au lieu de réduire l'écart, ils gardent à présent une distance constante. Enfin, l'arrière de la maison rose de Ben apparaît. Elle prend le raccourci par le jardin du voisin, entre en trombe par la porte de la cuisine et s'affale sur le sol, où elle reste prostrée, à tenter de reprendre son souffle. D'un pas mal assuré, elle se dirige vers le séjour, où elle trouve Ben sur le canapé, devant la télé, très calme, la télécommande dans une main et une bière dans l'autre.

– Ils m'ont prise en chasse, annonce-t-elle. Un groupe d'hommes.

Ben hoche la tête.

– On voit tout de suite que tu n'es pas d'ici, et La Nouvelle-Orléans n'est pas une ville comme les autres.

Elle s'approche de la fenêtre, jette un regard au-dehors. Les hommes sont invisibles.

– Tu t'en fiches ? demande-t-elle

– De quoi ?

– De moi.

– Non, mais…

La réplique reste en suspens. Elle se tourne vers lui et l'interroge frontalement.

– Dis-moi la vérité, Ben. Est-ce que ma présence te gêne ?

Il garde le silence un moment puis il dit à voix basse, comme s'il avait honte.

– Tu ne me gênes pas. Mais je ne ressens plus de désir pour toi.

– Pourquoi ? demande-t-elle sans cacher sa déception. Qu'est-ce que j'ai fait de mal ?

– Je ne sais pas, dit-il. C'est la vérité, je n'en sais rien.

– Je suis venue de Florence, Ben. Comprends ça. De *Florence.*

Il acquiesce d'un air coupable.

– Le désir, ça ne se commande pas, dit-il.

– Non, mais on pourrait éventuellement essayer quand même. Si on essayait, tu changerais peut-être d'avis.

Il fait non de la tête.

– Je crois que c'est parce que je suis de retour dans mon élément. Ce qu'on avait ensemble ne pouvait peut-être fonctionner que là-bas, à Florence. Ici je suis quelqu'un d'autre. Et toi, tu n'es pas à ta place ici.

– *What ?* Mais tu entends ce que tu dis ?

Il hausse les épaules.

– Tu ne te souviens pas ? Au parc, sur la couverture, avec des nèfles et une bouteille de vin blanc ?

Il secoue négativement la tête, non, ce détail ne lui évoque rien.

– Tout était romantique ! Les nèfles étaient acides, le vin était tiède, les touristes traversaient le parc telle une masse visqueuse… Et pourtant, tout était romantique parce que c'était nous, toi et moi, sur cette couverture, et qu'on se plaisait, et que tu avais envie de moi, tu disais même que j'étais comme une…

Mais ce tableau ne lui évoque manifestement rien. Au lieu de succomber à la nostalgie, voilà qu'il éteint la télé, se lève et sort. Elle reste assise sur le canapé. Pendant un long moment, elle essaie de ne rien éprouver du tout, mais à la fin elle n'y résiste plus, et l'absence du Propre-sur-Lui se referme autour de son cœur comme une griffe d'acier.

Le lendemain matin, elle se réveille seule dans le lit de Ben. La mémoire lui revient, dans son demi-sommeil. Elle est à La Nouvelle-Orléans, chez un homme qui ne veut pas vraiment d'elle. Ils n'ont pas fait l'amour une seule fois depuis son arrivée et elle a la sensation de vivre avec un étranger. Elle n'est pas habituée à être avec un homme qui ne la touche pas. Si Ben l'avait touchée, elle le sait, tout se serait arrangé. Quand le côté physique fonctionne, alors tous les nœuds se dénouent. De plus, elle a besoin d'être avec lui pour nettoyer son organisme des traces du Propre-sur-Lui. C'est comme une réinitialisation. Tout ce qui freine et fait obstacle doit être éliminé. Or Ben la *repousse.* Voilà ce à quoi elle est confrontée à présent. Ben n'a pas envie d'elle et elle habite pourtant chez lui. Encore une variable à prendre en compte dans un océan de variables qui semblent toutes œuvrer en sa défaveur. Mais elle ne doit pas se laisser abattre. Comme il est dit dans la langue du Propre-sur-Lui : « Tu voulais le vélo, alors pédale. » *Volevi la bicicletta, adesso pedala.* Maintenant qu'elle est venue jusque-là, elle doit faire des efforts. Rien n'est gratuit dans la vie. Mais pour faire des efforts, il faut qu'elle ait un but. Quel est ce but ? Avoir une bonne relation avec Ben et que les gens de son entourage sachent qu'ils sont ensemble et qu'ils la respectent comme faisant partie de sa vie. Alors elle pourra vivre avec Ben dans la petite maison rose, alors ils pourront avoir une petite vie à deux, un quotidien, des habitudes, comme deux personnes saines et raisonnables, sans démons qui les grignotent de l'intérieur.

Elle se lève. La vaisselle du dîner de l'avant-veille traîne encore sur le plan de travail. Poulet à l'orange et à la cacahuète, plusieurs verres de vin, et même un alcool blanc qui finit de s'évaporer dans la chaleur et alourdit l'air ambiant. Elle se dit que la vaisselle va être sa priorité numéro un, car autrement des bestioles pourraient remonter des égouts. Elle lave la vaisselle sous un filet d'eau qui semble prêt à se transformer en goutte-à-goutte avant de s'arrêter de couler tout à fait. Même chose quand elle se lave les cheveux un peu plus tard – le jet est si faible qu'elle peut à peine les rincer et avant qu'elle ait fini, soudain : plus d'eau. Elle se sent misérable, dans sa cabine de douche, misérable et pathétique, à poil, les cheveux pleins de shampooing et pas d'eau. Les ecchymoses sont encore visibles. Elles luisent sous le blanc de la mousse et ont désormais un halo vert, comme une moisissure phosphorescente autour du noir, un marécage verdâtre cernant tout ce qui est démoli chez elle. Elle voudrait projeter le pommeau de douche contre le mur et hurler. Laisser libre cours à sa frustration. Elle se sent si désespérément *stupide*. Or ce n'est pas vrai. Elle est sur une mauvaise voie, mais elle n'est pas stupide. Ou bien ? Elle ne sait plus. La dottoressa l'a même traitée d'idiote, c'est quand même un choix de mot costaud de la part d'une psy. Et ici, tout lui est si terriblement étranger, la ville, l'air lui-même, rien ne lui parle. Et la proximité de la mer est effrayante parce qu'il n'y a pas de plage, pas de rivage clairement défini, rien que des marécages. Et le fleuve lui-même est effrayant, de même que ces colliers verts qui semblent se balancer avec reproche au bout des branches de l'arbre dans le jardin de la voisine. Comme si leurs perles étaient des yeux qui la surveillaient. L'Italie lui manque. Les rues rassurantes, le confort. La pression satisfaisante de l'eau dans les robinets, l'absence de bestioles, l'absence de cet air moite et stagnant. Mais elle doit se montrer forte. Rien n'est facile, la vie n'est pas facile, pas plus pour elle que pour quiconque. Elle doit voir le côté positif de la situation, et le seul élément positif, là tout de suite, est qu'elle a résisté à la tentation de prendre son téléphone. Elle n'a pas rallumé son portable, elle n'a pas lu les messages du Propre-sur-Lui. Le démon n'a pas été nourri et ne peut donc se déchaîner. Il se tient parfaitement tranquille depuis qu'elle a quitté Florence. Peut-être a-t-il été forcé de la déserter à l'instant même où elle est sortie de chez le Propre-sur-Lui avec l'intention de ne plus y remettre les pieds ? Peut-être habitait-il cet appartement, peut-être était-il fixé à cet endroit. L'esprit du lieu, *genius loci*, elle est tombée sur cette notion dans des livres, des comptes rendus de procès du XVIIe siècle qui décrivaient des esprits émanant de certains lieux précis. Ou peut-être son démon est-il tout aussi perdu et occupé qu'elle à assimiler la nouveauté de cette ville et à y prendre pied avant de se remettre à vivre sérieusement. Le plus important est de ne pas le nourrir. Si elle ne lui donne rien, il mourra de faim. Aucun message du Propre-sur-Lui, aucune conversation. Rien qu'un silence compact. N'est-ce pas une bonne chose, n'est-ce pas ce qu'il faut, n'est-ce pas un pas en avant ? Si, c'est bien. Tout va bien se passer. *Tutto andrà bene, todo irá bien.* Pourvu qu'elle puisse rester quelque temps ici, y développer des habitudes, *abitudini, habitós,* apprendre à mieux connaître Ben. Alors ce qui lui semble pour le moment si terriblement étranger deviendra lentement mais sûrement « chez elle ».

C'est alors que l'idée délirante lui vient. Il est un peu plus de dix heures du matin, elle est dans la cabine de douche, le shampooing commence à se figer dans ses cheveux et il n'y a toujours pas d'eau. Et voilà que l'idée surgit et l'électrocute, comme un éclair dans un ciel d'azur. Après coup elle pensera que c'est sans doute le démon. Il la trouvait un peu trop sûre d'elle. Alors il lui a envoyé cette idée. Mais sur le moment, celle-ci lui paraît totalement lumineuse, brillante, limpide, inouïe. Elle va inviter les amis de Ben à dîner ! Si la montagne ne va pas à toi, etc. Et comme Ben n'en a pas pris l'initiative – cela aurait pu être le cas, mais elle ne va pas bouder pour autant – alors c'est elle qui va la prendre. Et dans ce cas ce sera d'une pierre trois coups, car elle apprendra à connaître un peu mieux Ben et son entourage, elle aura de quoi s'occuper et, en plus, elle va se faire des amis dans la ville, des amis qui pourront l'aider à se sentir chez elle ici. Le portable n'a qu'à rester où il est, à recueillir en silence tous les messages du Propre-sur-Lui. Elle ne va pas les lire. Elle va accomplir son projet, sans regarder ce qu'il lui a écrit, ni combien de messages il a envoyés ; et s'il va terriblement mal depuis son départ, elle ne va pas prendre connaissance de sa douleur et y puiser du réconfort, elle ne va pas sentir la chaleur se répandre dans sa poitrine en découvrant qu'il souffre comme elle. Non. Pour sa part, elle va se nourrir d'une force complètement autre, une force saine : la force d'accomplir jusqu'au bout ce qu'elle vient d'initier. La Grande Transformation. La Prise de Distance Définitive et Irréversible.

Elle se ragaillardit. Rince le shampooing sous le minuscule filet d'eau qui est revenu. Elle va concocter un menu, faire le ménage dans la maison, peut-être même se rendre dans le centre-ville, acheter quelque chose de beau, par exemple un plaid élégant qui révèlera sa personnalité et laissera deviner à quel point sa présence va enrichir la vie de Ben. Pensées idiotes, elle le sait, mais quand même. Préparer quelque chose, une spécialité de chez elle, ou un plat italien. Les amis, c'est important. L'un des problèmes avec le Propre-sur-Lui, c'est qu'ils n'avaient pas d'amis communs. Ils n'étaient que deux à construire leur épouvantable existence partagée, comme sous vide. Les amis observent, prennent note de ce qui se passe et peuvent intervenir lorsqu'une situation dérape dans une direction peu souhaitable. Airbags contre les démons. Alors ils vont avoir des amis. Ben et elle vont avoir un tas d'amis.

Elle se rend dans le centre-ville, en laissant le portable à la maison, glissé sous le matelas. Pendant tout le trajet, son idée continue de lui paraître *excellente*. Elle achète différentes choses, de quoi préparer un vrai *antipasto*. Elle déniche de la ricotta avec de la crème au vinaigre, des vins espagnols et de la mozzarella de bufflonne importés respectivement de Galice et de Naples. En revenant vers l'arrêt de bus, elle passe devant une librairie. Elle entre et jette un coup d'œil. Un livre est exposé pas loin de l'entrée. *Pourquoi* le remarque-t-elle ? Pourquoi son regard est-il attiré par *ce livre-là*, parmi les milliers de volumes que compte ce magasin ? Elle songe avec un brin d'exaspération que cet ouvrage ne la concerne pas, puisqu'elle n'est plus dans la Situation. Cependant il l'attire, à croire qu'il exerce sur elle une force magnétique, car elle souhaite vivement lire des descriptions de femmes battues et songer qu'elle était ainsi, elle aussi, du temps où elle était cette personne consternante qui sortait avec le Propre-sur-Lui, du temps de son asservissement et de son idiotie, mais maintenant regardez-la, voyez comme elle s'est libérée ! Elle se dirige vers le livre. Il est écrit par une journaliste du nom de Rachel Louise Snyder et son titre est : *No Visible Bruises*, « Aucune contusion visible ». Elle l'ouvre au hasard et son regard tombe sur cette phrase : *Le danger augmente au cours d'une durée précise, qui débute lorsque la victime décide de quitter la relation et commence à chercher de l'aide*[4]. L'autrice précise que le danger est à son maximum au cours du premier mois. Au bout de six mois environ, il diminue quelque peu et, au bout d'un an de séparation sans contact avec l'agresseur, la victime est pratiquement hors de danger. *L'agresseur*. La lecture de ce mot lui inspire une sorte de supériorité triomphale. Le Propre-sur-Lui ou, si l'on préfère, *l'Agresseur*. Le choix de ce mot la fortifie. Il n'est pas vraiment un être humain, il est *l'Agresseur*. Quitter *l'Agresseur* est une des meilleures idées qu'elle ait eues, dans la vie. Maintenant elle doit simplement garder le cap. Ne pas allumer le téléphone qu'elle a laissé chez Ben. Ou si jamais elle le fait, plus tard dans la journée, ne pas aller dans l'application de messagerie. Ou si elle va dans l'application de messagerie pour écrire à Ben, ne pas cliquer sur le nom du Propre-sur-Lui. La piéger, c'est sa spécialité, il sait comment lui écrire de telle façon qu'elle ait envie de lui répondre tout de suite, malgré toutes les défenses qu'elle a réussi à ériger entre-temps. Elle ne se fait peut-être pas une haute idée de lui, mais c'est un concertiste hors pair, capable de faire résonner toutes les touches de son clavier émotionnel avec une dextérité virtuose. Le Propre-sur-Lui trouve toujours la mélodie qui la fera vibrer au mieux. Le Propre-sur-Lui a beau ignorer l'empathie, il est un formidable manipulateur. On croirait a priori que c'est contradictoire, car ne faut-il pas savoir se mettre à la place des autres pour manipuler leurs émotions ? Mais si elle raisonne ainsi, c'est sans doute parce que, là d'où elle vient, l'empathie est plus valorisée que n'importe où dans le monde. Or la culture où elle a grandi a perdu de vue le fait que l'empathie est parfois dangereuse. Elle vous vide de votre substance et il faut être capable de l'ignorer. Certaines personnes, comme elle, y arrivent à la fin parce qu'elles n'ont pas le choix, parce qu'elles souffrent trop. D'autres, comme lui, l'ignorent de toute façon puisqu'ils n'ont jamais ressenti la moindre empathie et que cela a toujours joué en leur faveur. Avec le Propre-sur-Lui, elle a compris qu'on pouvait être profondément insensible au ressenti des autres et avoir néanmoins une connaissance très fine de leur fonctionnement, car on a noté leurs réactions à différents stimuli, et, peu à peu, l'algorithme inconscient a peaufiné le programme. Le Propre-sur-Lui n'aurait jamais pu être le Propre-sur-Lui s'il avait été doué d'empathie. Car certains actes auraient alors été inenvisageables pour lui en raison de leur cruauté inhérente. Il les aurait écartés sans même y réfléchir, car c'est ainsi que fonctionnent les individus doués d'empathie. Ils n'envisagent même pas certains actes, ils les éliminent par avance, sans se demander ce qu'ils éliminent ainsi.

Elle ne doit donc sous aucun prétexte lire ses messages. Elle n'est forte que dans la mesure où elle ne lit pas ses messages. Elle est comme Orphée dans l'Hadès. Quoi que lui disent les voix, elle ne doit pas se retourner. Zéro coup d'œil au portable. Et tout d'abord. *First things first.* Finir les courses. Ensuite rentrer, en restant bien au large du portable. Elle le prendra uniquement pour communiquer avec Ben et ensuite, peut-être, si tout se déroule comme prévu, avec ses nouveaux amis. Tout va bien se passer, ça fait plusieurs jours maintenant qu'elle est partie et qu'elle n'a eu aucun contact avec le Propre-sur-Lui. Elle a franchi la partie la plus obscure du tunnel et il existe une possibilité que les choses s'arrangent, qu'elle soit en route vers la sortie, qu'elle devienne enfin libre, que l'Hadès soit presque tout entier derrière elle et qu'elle commence à voir la lumière au bout. La mythologie, cette batterie de saintes légendes mise au point par des hommes, a besoin d'être réécrite de fond en comble. Elle pourrait faire un essai, ne serait-ce que pour son compte personnel. Dans son récit, elle sera la première à affronter l'épreuve et à résister au murmure des voix. Elle sera la première, non seulement à voir la lumière après sa longue errance dans les ténèbres, mais à y accéder effectivement, à en être baignée, enveloppée et, finalement, libérée.

Voilà quelles sont ses pensées.

Comment s'y prend-on pour découvrir la trace des amis de quelqu'un dans sa maison ? Ben n'est pas vraiment du genre à laisser traîner des cartes de visite. Alors elle fouille. Elle sait que ce n'est pas bien, mais voilà. Ses accès de compulsion verbale paranoïaque sont de plus en plus fréquents et rapprochés, elle sait que c'est un signe de stress, toutes les langues doivent défiler à tour de rôle dans sa tête et s'il manque le moindre mot, elle doit tout interrompre le temps qu'il faut pour le retrouver. Elle ne veut pas que ses langues commencent à se dissoudre, à disparaître, à se détacher d'elle tels des icebergs. Sans ses langues, elle n'est personne. Elle doit arrêter les répétitions, les ressassements, toutes les pensées, en fait, car celles-ci mènent droit au Propre-sur-Lui. Stop. Cela doit cesser. Elle doit se concentrer sur sa tâche. *Focus on the task. Concentrati sul compito.* Inviter les amis de Ben. Créer une petite vie, organiser, penser à autre chose. En fouillant, elle découvre des affaires de femme. Un collier, un rouge à lèvres, un string, un savon doux pour la toilette intime dont elle ne pense pas qu'il ait été sélectionné par Ben. Mais elle n'a pas l'intention de laisser tout cela prendre des proportions excessives. Mettre Ben au pied du mur. Provoquer une scène. Non. Il s'agit de garder le cap. C'est sûrement le savon d'une de ses ex. Peut-être a-t-il vécu avec quelqu'un dans cette maison ? Ils n'en ont pas parlé ensemble, ils n'ont parlé de presque rien, à vrai dire, mais bien sûr que oui, évidemment Ben a eu des compagnes. Il a quarante ans passés, enfin ! Et celle qui se promène avec un filet doit accepter ce qui tombe dedans. Elle regarde autour d'elle. Elle a l'impression qu'il a vécu longtemps dans cette maison. Les affaires s'y entassent partout, comme c'est le cas lorsque quelqu'un vit depuis longtemps sur une surface réduite. Elle sort des livres d'une étagère, jette un coup d'œil derrière. Toutes sortes de choses gisent dans cet espace : des bouts de scotch, un vieux stylo, une calculatrice miniature. Elle en conclut qu'il habite là depuis au moins dix ans. Juste pour poser une hypothèse. Un point de départ. Ben habite là depuis au moins dix ans, mettons. Si on habite quelque part depuis dix ans, il y a de fortes chances qu'on connaisse ses voisins. Elle s'approche de la fenêtre du séjour, qui donne sur la rue, et observe la maison d'en face. Un homme est dans l'allée, avec une voiture au capot levé, en train de manier des outils. Un foulard noué autour de la tête, un jean crasseux, il ressemble à Bruce Springsteen. Elle inspire profondément, se blinde, passe la main dans ses cheveux, toussote. Ce Bruce ressemble à une variante américaine des hommes de son village. Tant mieux. Elle sait comment s'adresser à ce type d'individu. Elle sort, traverse la rue, pénètre sur le terrain du voisin.

– Salut, dit-elle en lui tendant la main. Je suis la petite amie de Ben.

Elle reste figée, main tendue. L'homme brandit la sienne, maculée de cambouis, en un geste d'excuse.

– Aha, la petite amie de Ben, tiens donc, dit-il en essuyant sa main sur son jean. Et qu'est-ce que tu me veux, *sugar* ?

– Je pensais organiser une fête.

– Ah bon ?

– Une fête surprise pour Ben.

L'homme sourit, d'un sourire qu'elle ne parvient pas à interpréter, et dit :

– Vraiment ?

– Oui.

Il éclate de rire.

– *Oh lord*, dit-il ensuite. *Oh lord.*

« Oh bon Dieu. » Elle ne comprend pas ce qu'il veut dire par là, mais poursuit sur sa lancée :

– J'ai besoin de ton aide pour contacter ses amis. Je pensais aux plus proches, six ou sept personnes peut-être ? Tu es invité, toi aussi, bien sûr. Si tu penses faire partie de ses amis, s'entend.

– Six ou sept personnes, et je suis invité aussi ? Mais c'est formidable !

Il rit de nouveau et laisse son regard s'attarder sur ses seins avant de descendre plus bas, au niveau de sa taille et de ses cuisses. Il est clairement du genre dragueur lourd, alors autant aller droit au but.

– Tu veux bien m'aider alors ? Tu peux les contacter et les inviter de ma part ? Peut-être avez-vous un système de bouche à oreille ?

– T'inquiète, je m'en charge. Si la bouffe est gratuite, il y aura du monde.

– Oui, je m'occupe de tout. On dit dix-neuf heures ?

– Parfait, *sugar*.

De retour chez Ben, elle se poste de nouveau à la fenêtre. Bruce s'est remis à bricoler sa voiture. Ça s'est passé mieux que prévu, pense-t-elle. Vraiment. S'ils viennent tous, comme il a eu l'air de le laisser entendre, elle ne peut que soupçonner que le démon y a sa part. Mais elle ne peut pas se permettre de penser à ça maintenant. Elle a un plan, à présent il s'agit de le mettre à exécution.

Elle cuisine tout l'après-midi. Elle découpe, fait revenir, cuire, rôtir, prépare des salades. Les invités finissent par arriver au compte-gouttes et comme distraitement. Bruce est le premier, il porte le même jean sale que dans la matinée quand il travaillait à sa voiture, mais il semble au moins s'être lavé les mains car voilà qu'il exhibe ses paumes avec un clin d'œil. D'autres suivent, des femmes, des hommes, qui se servent poliment dans le bol de cacahuètes qu'elle a posé sur la table basse. Ils lancent les cacahuètes en l'air et les rattrapent avec la bouche, et si une cacahuète tombe sur le tapis, où elle vient de passer l'aspirateur, ils ne se penchent pas pour la ramasser. Aucun d'entre eux ne s'est habillé pour faire honneur à l'occasion. De son côté, elle a enfilé la plus belle robe qu'elle avait dans sa valise, une création légèrement transparente provenant d'une boutique chic de Florence, et, dessous, une combinaison que l'électricité statique colle à sa peau de façon agréable. Toutes les autres femmes présentes sont, sans exception, plus belles qu'elle. Elle est la plus habillée et la moins belle de toutes. Elle se sent infiniment ridicule. Comme un mât de la Saint-Jean décoré de fleurs et planté au milieu de la fête, auquel personne ne parle. Ils sont maintenant neuf, en plus d'elle, et d'autres invités continuent d'arriver, car il semblerait que ceux qui sont déjà là ont envoyé des messages disant, va savoir, « rappliquez, les gars » ou « bouffe gratos », elle n'en sait rien, mais bientôt ils sont au moins quinze dans la petite maison de Ben. Tous foulent la moquette sans prendre la peine d'ôter leurs chaussures sales, certains vont même se servir dans les placards de la cuisine sans demander sa permission. Le plat qu'elle a mijoté finit de cuire à petit feu sur la gazinière. Sans y avoir été invité, quelqu'un prend une assiette et commence à se servir de l'*antipasto*. La mozzarella de bufflonne est rapidement engloutie, et elle doit déjà sortir d'autres bouteilles de vin du réfrigérateur. Ce n'était pas ainsi qu'elle avait imaginé cette fête. Dans son esprit, les invités lui auraient fait la conversation, on aurait lié connaissance autour de quelques bulles, et ensuite Ben serait arrivé et aurait été surpris de les voir tous réunis là. Surpris, mais content. Et il aurait compris qu'elle n'a pas l'ombre d'une phobie sociale, en réalité. Les invités continuent d'affluer cependant, et elle perd le compte, mais ce n'est pas le moment de faire sa petite-bourgeoise. Tout dégénère à vive allure, elle ne sait pas du tout comment réagir mais, quoi qu'il arrive, elle a décidé qu'elle ne ferait pas sa petite-bourgeoise. Il n'y a qu'à se détendre, se dit-elle, du calme, parfois les choses ne se passent pas comme on l'avait imaginé, et ce n'est pas grave. Mais cela ne l'aide guère de constater que son anglais est soudain devenu mauvais, comme si elle avait fait sien l'accent du Propre-sur-Lui, son accent du sud de l'Italie. Parmi ceux qui entrent à présent dans la maison de Ben, beaucoup ne lui prêtent aucune attention, et, s'ils le font, c'est pour la saluer brièvement avant de chercher aussitôt quelqu'un d'autre du regard. La fête semble virer au désastre, impossible de formuler la chose autrement. La cuisine est remplie de monde qui se sert à manger sans lui demander son avis. Et ils bâfrent, littéralement, sans même prendre la peine de dire que c'est bon. Le gouffre culturel entre Florence et La Nouvelle-Orléans semble d'un coup infranchissable. Ici on se contente d'exister, et il n'y a aucune limite, aucun frein. Ce doit être l'atmosphère, la chaleur combinée au taux d'humidité qui donne à tout ce côté informe et désordonné. Il faut agir, reprendre le contrôle de la situation. Tant pis. Elle va se rendre ridicule. Elle va leur paraître zinzin. Mais c'est parce qu'elle vient d'une autre culture. *S'il vous plaît, accueillez cet étranger que je suis,* écrivait Sebald. Ces gens ne pourraient-ils pas faire preuve d'indulgence et comprendre que, si elle se donne ainsi en spectacle, c'est seulement parce que chez elle, les codes sont différents, *otra manera da lei, otro modo de donde ella...*

Se plantant au milieu du séjour bondé, elle fait tinter son verre à l'aide d'un couteau.

– *Hi folks*, bonjour, je suis tellement heureuse que vous soyez tous là, je voulais vraiment faire quelque chose de...

Un homme crie :

– Quelqu'un peut mettre de la musique ?

Elle est sur le point de reprendre la parole quand soudain la musique se déverse des enceintes, à plein volume, si bien qu'elle ne peut en aucun cas espérer se faire entendre. C'est du rap. À intervalles réguliers, une voix crie *Fuck you !* de façon rythmée. *Fuck you ! Fuck you !* Les invités se balancent sur place, certains chantent – *chantent* ? Non ils ne chantent pas, ils *beuglent,* le poing dressé. *Fuck you ! Fuck you !*

Elle se réfugie dans la chambre, ferme la porte. Bon sang de bonsoir. Qu'a-t-elle donc fait ? Pourquoi est-elle ici ? Elle se sent infiniment éloignée de tous ces gens. Une fois de plus la griffe d'acier se referme autour de son cœur, le Propre-sur-Lui lui manque tant qu'elle tient à peine sur ses jambes. Mickey, Mickey, Mickey. Qu'ai-je fait ?

Elle ramasse son portable. Aucun message de Ben. Il va rentrer et découvrir ce chaos... D'un autre côté, ce sont ses amis, alors il va peut-être réussir à leur parler, lui. Leur expliquer qu'elle est sa petite amie venue d'Europe et qu'elle était mue par de bonnes intentions, même si l'affaire a mal tourné. S'imaginer dans le rôle de l'hôtesse pour un tas d'inconnus, certes, c'est idiot, mais parfois ça arrive, on fait des choses idiotes et maintenant c'est fait, alors il n'y a qu'à prendre sur soi, supporter la situation, se concentrer, minimiser si possible les dommages collatéraux, *damage reduction.* Elle va sortir de la chambre. Retourner dans le séjour, au milieu de ces gens qu'elle ne connaît pas et de cette musique qui hurle *Fuck you* de façon répétitive à plein volume. Peut-être devrait-elle dénicher une bouteille d'alcool blanc, boire au goulot et commencer à invectiver son monde en hurlant, elle aussi, mais c'est impossible car elle ne sait pas comment on fait. Elle va retourner dans le séjour et trouver une façon de s'intégrer. Bientôt. Mais d'abord elle doit consulter les messages du Propre-sur-Lui. C'est soudain devenu indispensable. Pas la peine de se donner de bons conseils, par exemple s'asseoir sur ses mains, rien ne peut plus l'arrêter à présent, tout se passe comme en mode automatique, elle ne peut pas résister, impossible pour elle de résister dans cette situation où le chemin du retour est devenu le seul chemin possible, le seul encore praticable. Le champ magnétique est trop puissant, et elle, elle n'est qu'un être humain, après tout. Elle ramasse son portable, voilà l'application, le fil du Propre-sur-Lui, le point noir indiquant qu'elle a des messages non lus. Elle ouvre, elle lit. Elle continue à lire, avidement. Telle une affamée, elle lape ses mots, telle une assoiffée elle s'en abreuve, comme si elle était une voyageuse perdue dans le désert et que les mots du Propre-sur-Lui étaient les dernières gouttes de l'ultime averse.

Enfin elle pose le portable d'une main tremblante. C'est comme si, pendant quelques minutes (quelques heures ?), elle avait été aspirée hors de la maison, hors de la ville, hors de la Louisiane, hors des États-Unis et projetée tout droit dans une autre dimension. Un tourbillon de faim, d'angoisse et de douleur. Des images du Propre-sur-Lui, visage enflé et rougi par les larmes, alternant avec des menaces, puis des photos de lui brandissant la bouteille de vodka du frigo, vide désormais, un pont vertigineux à l'arrière-plan. *Maintenant je me jette, Minnie, comment vas-tu pouvoir continuer à vivre en sachant que tu as tué Mickey ?* Plus tard, colère et recrudescence de menaces devant son absence de réaction. *Stronza, troia, a scopare tutti, puttana.* Puis des supplications. *Je t'aime et je ne suis qu'un couillon, mais je suis ton couillon à toi, sono il tuo coglione, toi seule peux me guérir, toi seule peux faire de moi un homme bon.* Elle est embarquée sur des montagnes russes, dans des ténèbres compactes, elle croit que son cœur va exploser. Elle devrait mourir tout de suite, il n'y a pas d'autre fin possible aux messages qu'elle vient de lire sur son portable. D'ailleurs elle n'en mérite pas d'autre, comment a-t-elle pu le quitter comme ça, et puis c'est vrai, ce qu'il disait, ils sont tellement abîmés tous les deux, ils doivent s'entraider, ils sont malades, incapables de supporter le monde du dehors, ils ne peuvent s'appuyer que l'un sur l'autre, ils doivent s'aider à avancer, l'estropié guidant l'aveugle, le muet le sourd. L'amour est impossible à circonscrire, il pousse où il veut, n'importe où, comme une fleur sortant du bitume l'amour peut croître dans les fissures de la violence… Elle mérite d'être châtiée et elle veut l'être à présent. Seul le châtiment infligé par le Propre-sur-Lui peut la guérir. Il lui fera mal, mais il ne la tuera pas. C'est l'instinct du protecteur en lui, elle peut s'y fier et s'appuyer dessus, car il existe un tel équilibre immémorial entre l'homme et la femme. Elle a le droit d'être faible, et tout peut aller aux extrêmes, mais elle ne mourra pas car tant qu'ils peuvent être ensemble il ne voudra pas qu'elle meure. Et il n'y a absolument aucun doute quant au fait qu'elle mérite d'être punie. Elle l'a quitté, le Propre-sur-Lui a traversé l'enfer pendant qu'elle attendait dans le lit de Ben que celui-ci veuille bien surmonter son aversion et la prendre dans ses bras. Le Propre-sur-Lui a souffert le martyre, il l'a cherchée comme un aveugle cherche à tâtons un corps chaud dans la nuit, mais à la place, il n'a trouvé que froid glacial et trahison, car elle est ainsi, c'est absolument certain à présent, une traîtresse glaciale. Si elle repense à ses orteils, sa poitrine se contracte, c'est la tendresse, soudain, qui l'étouffe. Elle doit l'appeler. Mais quand a-t-il envoyé son dernier message ? Il y a deux jours. Cela fait deux jours entiers qu'il ne lui a rien envoyé… Qu'est-ce que cela veut dire ? A-t-il laissé tomber ? S'est-il suicidé ? A-t-il trouvé une autre femme, est-il parti pour le week-end dans une quelconque *casa rurale* avec une collègue renversante ? Vite, quel était le contenu de son dernier message ? Pas un préavis de suicide mais un bref : *Appelle-moi. S'il te plaît, appelle-moi.*

Sur le moment, ça la calme. Suffisamment pour être capable de penser, procédons dans l'ordre, *first things first*, et c'est avec cette phrase-là dans la tête qu'elle repose le portable et se lève pour se rendre dans le séjour.

Avant même de sortir de la chambre, elle sent que quelque chose ne tourne pas rond, mais quoi ? À l'instant d'abaisser la poignée de la porte, elle saisit. C'est le silence. Elle prête l'oreille et, oui, de fait. Tout est silencieux dans le séjour. Aucune musique, pas le moindre individu qui parle fort, qui hurle *Fuck you* ou entrechoque les assiettes de Ben.

– Qu'est-ce qui… ? murmure-t-elle tout en lâchant la poignée de porte comme si elle s'était brûlée.

Que s'est-il passé ? Ils n'ont même pas dit *au revoir* ? Et comment a-t-elle pu ne pas les entendre partir ? Était-elle à ce point absorbée par les messages du Propre-sur-Lui ? Cela ne lui ressemble pas. Mais, de fait, le silence est total. Assourdissant. Même pas une conversation à volume normal, pas le moindre bruit de pas. Elle regarde par la fenêtre. Les colliers oscillent dans l'arbre de la voisine. Pourtant elle ne perçoit aucun souffle de vent, aussi ténu soit-il. Elle prend une profonde inspiration et ouvre la porte.

Les invités sont partis. Tous sauf une. Une femme, assise sur un fauteuil qui a été déplacé de l'endroit où il se trouve habituellement, à côté de la table basse, et orienté vers la porte de la chambre qu'elle vient d'ouvrir. La femme lui fait face, jambes croisées. Elle semble attendre depuis longtemps. Autour d'elle, la moquette sale est jonchée d'assiettes, de fragments de chips, d'autres détritus ; il lui semble même voir un mégot qui fume encore. Les avant-bras posés sur les accoudoirs, la femme la fixe d'un œil noir, le menton un peu rentré, pendant que, de son côté, elle parcourt la pièce du regard pour voir si Ben est là. Il n'est pas là. Elle reste un instant immobile. Puis elle enjambe le seuil et referme la porte derrière elle.

– Où sont-ils tous passés ? demande-t-elle d'une voix qu'elle s'efforce de rendre aussi normale que possible.

– Partis, dit la femme.

– Depuis quand ?

Pas de réponse.

– Bon. (Silence.) Et toi, qui es-tu ?

– Jennifer.

Jennifer. Elle voudrait lui demander pourquoi elle n'est pas partie en même temps que les autres, mais au même instant elle sent qu'elle ne peut pas se permettre de poser cette question.

– Assieds-toi, dit Jennifer.

Elle prend une chaise et s'assied, encore étourdie par l'avalanche de messages du Propre-sur-Lui. Elle s'efforce de se tenir droite, les mains sur les genoux, pendant que l'autre la toise de son air scrutateur.

– Tu peux m'expliquer ce qui se passe ? demande Jennifer enfin.

Elle a l'impression que son sang vient de se congeler dans ses artères. Elle ne s'attendait pas à ce ton-là. Un ton de profond mépris. Et que signifie cette question ?

– Vas-y, explique-moi, insiste Jennifer. Qui es-tu ? Pourquoi as-tu organisé une fête chez Ben ?

Elle inspire à fond et se lance. Elle a rencontré Ben à Florence, et ils sont ensemble depuis ce moment-là. Combien de temps ?, veut savoir Jennifer. Elle répond que ça fait quelques semaines.

– Quand tu dis que vous êtes *ensemble*, ça veut dire quoi ? Comme un couple ?

– Oui. Ou en fait non, je ne sais pas…

– Vous couchez ensemble ?

– Oui. Mais…

Elle se tait.

– Mais ?

– Mais depuis que je suis ici, il ne veut pas de moi. Il ne m'a pas touchée depuis mon arrivée.

Jennifer hoche lentement la tête sans la quitter du regard et c'est là que, lentement, le soupçon lui vient que quelque chose cloche de façon atroce. Elle ne sait pas ce que c'est mais elle le voit au visage de la femme, à son expression tendue, légèrement menaçante. Il y a un truc là-dessous qui peut se libérer à tout moment et, alors, elle sera balayée comme par la queue d'un dragon.

– Tu n'es pas son genre, constate Jennifer à présent.

Elle hausse les épaules, essaie de garder son calme. Coup d'œil à l'horloge. Ben ne va sûrement pas tarder. Elle sent bien qu'il ne sert à rien d'essayer d'amadouer cette femme. Jennifer s'est déjà fait son opinion, elle ne l'aime pas et n'a aucune intention de changer d'avis. Ça lui paraît injuste. Mais elle n'a d'autre choix que d'essayer de garder l'équilibre dans cette situation inédite. Il faut pourtant dire quelque chose, ce silence ne peut pas se prolonger indéfiniment. À vrai dire il est insupportable, et elle n'a pas d'autre choix que de prendre la parole.

– Bon, dit-elle. Et toi, alors ? Tu es qui ?

Au fond, elle n'a pas envie de poser cette question, car elle devine la réponse. Jennifer est la compagne de Ben. Et ça s'est mal passé entre eux. Ils vivaient ensemble auparavant, mais ça s'est mal passé et il est parti en Europe quelque temps pour prendre de la distance. À l'occasion de cette prise de distance, il l'a rencontrée, elle. Tout aurait dû en rester là mais, au lieu de ça, il a commis l'erreur de l'inviter à La Nouvelle-Orléans et elle à son tour a commis l'erreur d'accepter son invitation.

Un enchaînement logique qui aurait pu finir pour le mieux, ou qui avait en tout cas de bonnes chances de rester dans le cadre de la normalité, a déraillé.

Le fait que la réponse tarde confirme ses soupçons. Jennifer se tait et la dévisage avec froideur. De son côté, elle ne sait où poser son regard, fixant tantôt le mur du séjour, tantôt la maison d'en face, en essayant de voir si Bruce est là, avec sa voiture. Ce n'est pas le cas. Elle se tortille sur sa chaise. Pense au Propre-sur-Lui. Avec lui, elle vivait dans une bulle. C'est vrai. Elle vivait dans une bulle de folie avec le Propre-sur-Lui et maintenant qu'elle s'en est évadée, qu'elle a enfin réussi à en transpercer la membrane protectrice poisseuse et coriace et se retrouve enfin à l'air libre, dans le monde, voilà qu'elle découvre que celui-ci est encore plus fou que la bulle. Tout se passe comme dans ce film de Kusturica où des personnages coincés dans un abri sous-terrain en Bosnie croient que la guerre se déchaîne encore au-dessus d'eux, alors qu'elle est finie depuis longtemps ; mais quand enfin ils se risquent à sortir, c'est une ère nouvelle, et une nouvelle guerre a débuté ; alors ils concluent que tout était peut-être absurde dans le sous-sol, mais que dehors, c'est pire. Voilà ce qu'il en est pour elle. Exactement.

Elle essaie de deviner quelles sont les pensées de Jennifer, derrière son regard froid. Le silence entre elles est épais, visqueux. Elle a la sensation que ce que contient ce silence se posera bientôt sur sa peau et l'étouffera.

– Je dois aller aux toilettes, dit-elle pour finir.

– Toi, tu ne bouges pas de cette chaise tant que je n'ai pas décidé ce que je vais faire de toi.

– Pardon ?

– Je dois réfléchir.

La situation est de plus en plus dingue. Elle voudrait aller chercher son portable et relire les messages du Propre-sur-Lui. Elle est encore sous le choc et n'a pas eu le temps d'assimiler tout ce qu'il lui avait écrit.

Jennifer ramasse un pop-corn sur la moquette, le lance vers elle et rit. Elle a du mal à saisir ce qu'il se passe. Une femme inconnue vient de lui lancer un *pop-corn.* Allô, je suis où ? Puis-je demander à être réveillée, s'il vous plaît ? Malgré l'absurdité de la situation, la peur lui étreint la gorge. Oui, à présent elle la sent, très clairement. La terreur que lui inspire cette femme. Un autre pop-corn atterrit sur elle.

– Tu peux arrêter ? demande-t-elle faiblement. Ne pourrions-nous pas plutôt nous parler ?

Il y a de la menace dans l'air. Jusque-là, ce n'était qu'un relent imperceptible, mais à présent c'est une odeur qui domine toutes les autres. Une prémonition. La première secousse annonçant un séisme. Mue par une inspiration, elle tourne la tête vers la fenêtre et s'écrie :

– Ben !

L'écho résonne. Puis un silence compact. Jennifer se lève et s'avance lentement. Elle est si près d'elle qu'elle perçoit carrément l'odeur de détergent de son jean.

– Depuis l'instant où je t'ai vue tout à l'heure, j'ai envie de démonter ta sale petite trogne arrogante.

OK. Une provocation. Ignore-la. Si tu nages avec tes barbillons rentrés, personne ne peut t'attraper.

– Ah, dit-elle. Et pourquoi ?

Au lieu de répondre, Jennifer l'attrape par les cheveux, tire sa tête en arrière et la gifle brutalement. L'empreinte d'un fer rouge contre sa joue. La peau du crâne l'élance, ses yeux larmoient sous le choc. Quand Jennifer la relâche, elle baisse la tête, fixe le sol et cligne des yeux plusieurs fois pour faire disparaître les larmes.

– Mais c'est quoi ce bordel ? dit-elle ensuite. Qu'est-ce qui te prend, que t'ai-je fait ?

Jennifer ne répond pas, se contente de sourire.

– Bon, dit-elle. Ça suffit maintenant. Je m'en vais.

Elle se lève et se dirige vers la chambre dans l'idée de récupérer son sac à main. Jennifer se lève, la suit, lui saisit le bras et le serre, fort.

– Tu restes ici avec moi.

– Je dois aller trouver Ben.

– Tu ne dois rien du tout. À part te calmer et faire ce que je te dis.

Après coup, elle regrettera de ne pas avoir obéi. Elle aurait pu se rasseoir simplement, tenter éventuellement de piquer un somme en attendant le retour de Ben, éviter de provoquer Jennifer. Elle aurait pu choisir cette voie. Dédramatiser, elle sait faire, elle l'a fait des milliers de fois avec le Propre-sur-Lui. Elle aurait pu se rasseoir et laisser Jennifer lui lancer des pop-corn jusqu'à ce qu'elle se lasse, ou que Ben rentre. Elle aurait pu se rendre invisible pendant quelques heures. Ça aussi elle sait faire. Rester assise en ayant l'air de penser à autre chose, pour que l'entourage puisse se détendre lui aussi et penser à autre chose qu'à votre triste état, faire en sorte que le fil ne soit pas trop tendu, que la bête qui vous tient à l'œil vous croie calme et s'assoupisse peut-être même à son poste. Si elle avait fait ça, tout se serait peut-être bien passé. En l'occurrence, sa résistance va provoquer du côté de Jennifer une réaction qui interdira toute marche arrière.

– Tu n'as pas à me donner d'ordres.

– Ah bon ? riposte Jennifer. Tu en es sûre ?

Elle sent la colère monter, les barbillons sortent.

– Je me casse, annonce-t-elle, en se levant derechef et se dirigeant vers la chambre de Ben.

– Mais pour qui tu te prends ? hurle Jennifer dans son dos.

– Moi ? Pour qui je me prends ? Je vais te le dire. Je suis la petite amie de Ben et toi, tu es quelqu'un dont il s'est lassé il y a longtemps déjà. Il n'a plus envie de toi. C'est moi qu'il a choisie. Tu comprends ? Il m'a choisie, moi. *Moi, moi, moi.*

Alors quelque chose explose en Jennifer car voilà qu'elle se jette sur elle, la renverse sur la moquette et commence à la bourrer de coups en hurlant :

– Espèce de grosse pute malade ! Tu aurais dû te renseigner avant de lui sauter dessus, tu sais aussi bien que moi comment sont les mecs, alors il faut se renseigner avant ! Tu ne l'as pas fait, et maintenant tu vas payer, espèce de petite perverse, salope !

Elle reçoit les coups sans bouger. La colère est comme évaporée, elle a peur pour de vrai maintenant, et cette peur la pétrifie. Elle pense que cette femme n'a pas appris à se battre et qu'il est dangereux d'être frappée par quelqu'un qui ne sait pas le faire correctement. Le Propre-sur-Lui savait ne pas tuer, mais cette femme ne sait pas, elle le sent au caractère des coups qu'elle lui porte, cette femme serait capable de la tuer par erreur. Elle regrette que ce ne soit pas le Propre-sur-Lui qui la tabasse. Les bons vieux coups familiers du Propre-sur-Lui. Le Propre-sur-Lui qui l'aimait mais qui n'était pas en mesure de contrôler sa rage. Il y a soudain quelque chose de rassurant dans ses coups, contrairement à la violence incontrôlée exercée par une parfaite inconnue. Puis le noir se fait. Comme tomber dans un trou de velours. La douleur disparaît, la peur disparaît, elle sombre, et les ténèbres l'accueillent comme les douces parois d'une bouche chaude.

Dans le noir, elle se souvient. Elle avait cinq ans et se tenait debout devant sa mère qui pleurait sur le canapé. De son côté, elle sentait l'effroi se répandre dans son corps car elle n'avait jamais vu cela et comprenait qu'il devait s'être passé quelque chose de très grave, du même ordre qu'un tremblement de terre ou qu'une grêle de glaçons en plein été. Son père était là aussi. Ensemble, ils regardaient sa mère, et soudain elle avait compris que son père était aussi démuni qu'elle, alors son effroi s'était intensifié. La mère pleurait toujours, et le père ne savait pas comment la consoler. Pour finir il s'était tourné vers elle.

– On va aller faire des courses en ville, comme ça maman pourra se reposer un moment.

Ils avaient pris la voiture jusqu'au parking de la supérette. Mais son père n'avait pas pris de panier, ils avaient erré au hasard des rayons, et à la fin ils étaient passés devant la caissière sans avoir rien acheté. Juste avant de ressortir, ils s'étaient arrêtés devant le grand lapin de plastique jaune, qu'on avait le droit de chevaucher à condition de glisser une pièce dans la fente. Elle avait demandé à son père si elle pouvait faire un tour de lapin. Son père l'avait hissée sur l'animal, il avait glissé une pièce dans la fente et le lapin s'était mis en mouvement, et elle, elle riait en regardant son père, un rire strident, un hululement à vrai dire, car c'était tellement drôle d'être assise là, mais son père ne la regardait pas. Alors peu à peu son rire s'était éteint et elle était restée ainsi, sans joie, sur le lapin ondulant, à fixer le dos gris et voûté de son père, qui semblait pour sa part contempler le coucher du soleil, tout entier tourné vers la lumière qui à cette heure du jour éclairait le parking d'une lueur orange.

À présent, elle aussi est face à la lumière, une puissante lumière jaune braquée sur son visage. Elle cligne des paupières. C'est une lampe qui l'éclaire et, au-delà de la lampe, elle identifie Jennifer et Ben. Ben, son Sauveur ! Elle est infiniment soulagée de le voir. Lui qui l'a sauvée du Propre-sur-Lui va bien pouvoir la sauver de cette folle à lier de Jennifer. Ou simplement expliquer à Jennifer qu'il n'y a aucune raison d'être en colère, elle n'a rien fait de mal, tout ce qu'il s'est passé est un malentendu.

– Ben, murmure-t-elle en tendant les bras.

Mais il reste planté là, l'air inquiet.

– Comment ça va ? demande-t-il.

– Bien, dit-elle même si elle a une sensation bizarre à la tête, une espèce de vertige, et aussi des douleurs, peut-être a-t-elle le visage enflé.

– Tu t'es pris quelques coups, constate Ben.

La lampe s'écarte de son visage et Ben fait signe à Jennifer, qui toussote.

– Jennifer veut te dire quelques mots, ajoute-t-il.

Mais Jennifer ne dit rien.

– Jen ? Qu'est-ce que tu voulais dire ?

Jennifer toussote encore, puis elle dit :

– Excuse-moi. J'étais très en colère, c'est tout.

Un silence. Puis :

– Je t'explique la situation. Ben est à moi, en fait. Et toi, tu es arrivée à un très mauvais moment. Il ne peut pas y avoir une autre femme dans la maison de mon homme, tu comprends, ce n'est pas possible. Il est à moi, et parfois il s'imagine avoir une liberté qu'il n'a pas, en réalité. Alors il commet des erreurs. Tu es l'une de ces erreurs. Et c'est sa faute, mais aussi la tienne.

– Je ne savais pas qu'il était pris, articule-t-elle difficilement. Comment aurais-je pu le savoir ?

– Tu aurais dû lui poser la question.

– Mais je l'ai fait !

– Tu aurais dû insister. C'est ce que j'essayais de te dire tout à l'heure. Tu aurais dû demander plus soigneusement. Tu aurais dû lui mettre la pression. Tu aurais dû te *renseigner*.

Elle lève son regard meurtri vers Ben, qui se tait.

– N'as-tu rien à dire ? demande-t-elle. C'est pourtant toi qui as menti…

Ben ne fait que hausser les épaules sans conviction tout en lançant un regard incertain à Jennifer.

– Ce n'est qu'un homme, dit celle-ci en se tournant de nouveau vers elle. On ne peut pas avoir trop d'attentes quant à la sincérité.

– Mais il doit tout de même prendre la responsabilité de ce qu'il…

– Ne recommence pas à me mettre en rogne. Tu sais ces choses-là aussi bien que moi, alors ne fais pas l'idiote. Toutes les femmes savent à quoi s'en tenir. D'ailleurs, toi aussi, tu avais quelqu'un là-bas en Europe, il me semble, un connard obèse, si j'ai bien compris, Ben m'a raconté comment tu te promenais avec lui main dans la main, le soir, tout en le trompant avec Ben, alors ne la ramène pas s'il te plaît. Tu as pris Ben parce qu'il remplissait une fonction, dans la situation où tu étais, et voilà. Tu l'as *utilisé.*

Ne voulant pas provoquer une nouvelle fois la rage de Jennifer, elle acquiesce et dit *whatever,* elle s'en fiche, elle veut juste quitter cet endroit. Jennifer peut bien garder Ben, la maison et tout le tremblement, peu lui chaut en réalité car de son côté, elle veut rentrer en Europe, retrouver l'Italie et Florence. La seule chose qu'elle veut, c'est qu'ils lui appellent un taxi pour l'aéroport et, de là, prendre le prochain vol pour Londres. Elle les regarde. Ils ne disent rien.

– Bon. Vous m'appelez un taxi, alors ?

Ils regardent leurs pieds.

– Ben ? Tu peux faire ça pour moi ? Appeler un taxi ?

Ben se contente de tourner un regard gêné vers Jennifer, puis de nouveau vers elle, en secouant la tête comme s'il ne savait pas quoi dire.

– En fait, Minnie…

Elle ne comprend pas. Appeler un taxi, est-ce vraiment si difficile ? Si seulement ils peuvent l'aider en faisant ça, ils seront quittes, elle ne les dérangera plus, elle va s'en aller, elle est déjà partie, dans sa tête elle est déjà de retour en Europe, dans son pays natal, ou plutôt non, en Italie, dans le pays du Propre-sur-Lui. Mais comme le Propre-sur-Lui est à elle, son pays est un peu à elle aussi. Elle ne le dit pas à voix haute, mais elle le pense très fort, et sourit presque en se souvenant de *son* homme. *Sono un coglione, ma sono il* tuo *coglione.* Je suis un couillon, mais je suis ton couillon à toi. Elle va aller le retrouver à présent, lui, son couillon rien qu'à elle.

C'est Jennifer qui brise le statu quo en se levant et en allant chercher un petit miroir qu'elle lui tend. Elle aperçoit son visage contusionné. C'est pire qu'elle ne le pensait. Les deux yeux enflés au beurre noir. Les cheveux poisseux de sang à demi coagulé. Sa lèvre supérieure fendue et enflée elle aussi.

– Tu comprends peut-être que tu ne peux pas voyager dans cet état, dit Jennifer.

– Je m'en fiche. Je peux voyager couverte de bleus et nue au besoin, je m'en fiche.

Jennifer a l'air gêné.

– Mais certains ne s'en ficheront peut-être pas.

– Et ce serait qui ?

– La police.

Mais enfin ! Elle n'a tout de même pas l'intention d'aller se plaindre à la police de l'aéroport ! Elle veut rentrer chez elle. Oui, bien sûr, dit Jennifer, mais il peut arriver qu'elle change d'avis une fois sur place. Après avoir franchi le contrôle de sécurité, elle pensera peut-être qu'après tout, ce n'était pas très sympa de la part de Jennifer de l'amocher ainsi, et alors elle ira peut-être voir la police, qui a ses bureaux dans le service des douanes, et elle leur racontera tout. Or ce ne serait pas top pour Jennifer, car elle est en liberté conditionnelle, et si la police apprend l'affaire, elle est bonne pour retourner en taule.

– Mais non, enfin ! Je ne ferais jamais ça !

Elle est sincère, elle s'y engage, elle en donne sa parole d'honneur. Jennifer semble vaguement bourrelée de remords et Ben évite de croiser son regard.

– On comprend bien que tu t'y engages maintenant, vu que tu commences à avoir peur de ce que nous pourrions te faire. Le pouvoir est entre nos mains, pour ainsi dire, mais nous ne pouvons pas être *sûrs de toi*. Nous ne te connaissons pas, après tout. Nous ne savons pas quelles impulsions peuvent te saisir tout à coup. Et la police de La Nouvelle-Orléans n'est pas comme celle d'ailleurs. La police, ici, c'est une bande de malades et de dégueulasses. Une bande de *sick fuckers.*

Mais que lui veulent-ils donc ? Elle est presque au bord du fou rire, car elle n'a jamais vécu une situation aussi absurde. Que comptent-ils donc faire, dans ce cas ? Ils ne peuvent tout de même pas la retenir contre son gré ? Bah si, en fait, ils peuvent, dit Jennifer d'une voix douce, presque soyeuse. C'est précisément ce qu'ils ont l'intention de faire. La cacher jusqu'à ce que son visage ait repris forme humaine et qu'il n'y ait plus de preuves. La cacher ? Mais comment ? Elle n'aura pas le droit de quitter la maison, c'est ça ? Oui, c'est ça. Et de plus, elle ne peut pas rester chez Ben, car cette maison appartient à Ben et à Jennifer. Alors ils vont la transférer ailleurs, dans l'ancienne maison du beau-père de Jennifer. Qui est vide sauf quand le beau-père s'y rend de temps à autre pour vérifier que tout est en ordre. Elle va devoir rester là-bas jusqu'à ce qu'elle ait retrouvé une tête normale.

Elle écarquille les yeux.

– Vous n'êtes pas sérieux, parvient-elle à rétorquer d'une voix enrouée. Ce n'est pas vrai ! Et s'il m'arrivait quelque chose là-bas ? Une maison abandonnée, dans cette ville, c'est un danger de mort pour quelqu'un comme moi, je viens d'un autre continent, avec une flore bactérienne différente et…

Jennifer hausse les épaules.

– Ça, *bitch,* c'est totalement ton problème.

Ceci n'est pas en train d'arriver, pense-t-elle derechef sur la banquette arrière de la voiture de Jennifer. Dort-elle ? S'est-elle assoupie dans l'appartement du Propre-sur-Lui en rêvant qu'elle s'était évadée, qu'elle avait commis la folie de le quitter, d'aller jusqu'à La Nouvelle-Orléans, de s'installer chez Ben, d'organiser une fête, d'être maltraitée par la petite amie de celui-ci, puis de guetter la présence d'un homme – qui, dans sa tête, porte le nom de Bruce – tout en se dirigeant, encadrée par Jennifer et Ben, vers la voiture de Jennifer ? (Mais Bruce était invisible et seule sa voiture était là, capot ouvert.) Tout cela est trop délirant pour être vrai ; ce ne peut être qu'un rêve. Elle ouvre les yeux en grand pour voir si elle se réveille. Elle ne se réveille pas. Elle est dans la voiture avec Jennifer et Ben. Elle donnerait tout pour se réveiller dans l'appartement du Propre-sur-Lui, sous les poutres en bois sombre, à un moment compris entre la visite chez la dottoressa et son départ pour l'aéroport. Ces jours-là, précisément. Après le revirement du Propre-sur-Lui, après qu'il a eu l'idée de les faire soigner tous les deux et pris rendez-vous chez la dottoressa, et après leur première visite là-bas. Dans cet intervalle où elle a encore la possibilité de stopper l'enchaînement des faits et d'obtenir de retourner chez la dottoressa, afin de lui demander pardon de l'avoir grossièrement insultée et puis cesser de parler démons, commencer à se rendre chez elle en séance de façon régulière, essayer de tout arranger, devenir saine d'esprit, et le Propre-sur-Lui de son côté aussi, devenir enfin deux personnes normales. Mais elle a beau le vouloir avec ferveur, elle ne se réveille pas. Elle est toujours au même endroit, dans la voiture de la petite amie de Ben, en route vers la maison abandonnée du beau-père de celle-ci.

Ils longent le Mississippi. Un grand fleuve brun rempli d'énormes porte-conteneurs. On n'imaginerait pas le Mississippi large à ce point, mais si. Ils roulent non loin de l'un de ces bateaux, et elle entend sa sirène, à croire que le capitaine n'a rien de mieux à faire que le laisser mugir sa longue plainte résignée. La berge est pelée, calcinée, caillouteuse, envahie de déchets. De grands ponts enjambent la ville en tous sens. Ils roulent encore une demi-heure environ le long d'une espèce de lagune verdâtre, immobile, au-dessus de laquelle volent des nuages d'insectes. Puis tout se transforme, le sol devient sec, craquelé, presque comme un paysage lunaire. Elle cesse d'observer les alentours et regarde droit devant. De façon démonstrative, Jennifer a posé le bras sur le dossier de Ben et lui caresse la nuque de ses doigts manucurés. Voyant cela, elle pense que cela aurait pu être elle. Si seulement elle était restée calme, si elle n'avait pas fait de vagues, si elle avait joué ses cartes autrement.

Soudain Ben ralentit et quitte la route, bifurque sur un chemin gravillonné, puis un autre, avant de freiner devant une cabane grise. Ils sont sur une colline qui semble entourée d'amoncellements d'ordures. Une deuxième cabane se dresse à côté de la première ; pour le reste, tout est désert sauf, plus loin, quelque chose qui ressemble à une usine désaffectée.

Deux ou trois cents mètres en contrebas, le fleuve charrie ses eaux épaisses d'un vert tirant sur le brun. Elle se demande quelles sortes de bêtes il peut y avoir dans le coin. C'est toujours la même histoire, on croit avoir vu ce qu'il y a de pire avant de comprendre qu'il existe bien pire encore. Au début, elle était effarée par les chauves-souris de l'appartement du Propre-sur-Lui. Puis elle a rencontré les cafards de la maison de Ben, et elle a cru que c'était le comble. Jusqu'à la nuit où elle a été réveillée par une énorme araignée rampant sur son épaule. La situation actuelle semble être la pire qu'elle ait connue. Quelle sera sa prochaine surprise ?

Sur la véranda à demi-effondrée, un homme âgé se balance sur un fauteuil à bascule. Derrière lui, un fusil est posé contre le mur. Jennifer et Ben descendent de voiture et rejoignent le vieux. Elle voit Jennifer se retourner à un moment et la montrer du doigt. L'homme lève sa main en visière et plisse les yeux pour la distinguer à l'intérieur de la voiture. Jennifer lui fait signe de se montrer.

À pas lents, elle obéit. Tandis qu'elle se dirige vers la véranda, elle entend Jennifer lui dire :

– Voici Hector, mon beau-père. Il va s'occuper de toi.

Elle ne comprend pas cette situation. Elle n'est pas d'ici, elle est en Louisiane depuis peu de temps, elle n'a pas encore appris à interpréter les gestes, les petites indications et les scènes muettes.

Entre-temps, Hector a remarqué son visage tuméfié.

– Mais qu'est-ce que… Jennifer, tu avais dit que tu ne…

– J'ai rien pu faire. Elle m'a provoquée.

– Une semaine devrait suffire, ajoute Ben. Appelle-moi, je viendrai la chercher et je la conduirai à l'aéroport.

Ben se tourne vers elle.

– Au revoir, Minnie. N'aie pas peur, personne ne te fera

de mal ici. Je suis désolé que le voyage n'ait pas répondu à tes attentes. Je vais laisser ton sac à main à l'abri dans un placard de la cuisine d'Hector. Le reste de tes affaires, je les apporterai un autre jour. Ah, oui, encore une chose. C'est entièrement ma faute. J'en suis tout à fait conscient, mais je vais faire en sorte que tu puisses t'en aller dès que tu iras mieux, OK ?

Il lui caresse brièvement la joue. Elle est conduite dans la cuisine d'Hector, qui est sale et encombrée d'assiettes où adhèrent des restes de nourriture. Hector va chercher une chaîne et Jennifer et lui la fixent à un pieu fiché dans la terre, dehors, à quelque distance de la véranda. À l'autre bout de la chaîne, ils attachent un machin en ferraille qu'ils referment autour de sa cheville. Elle lève les yeux vers Ben.

– C'est une blague ? Dis-moi que c'est une blague. Vous m'avez enchaînée ?

Ben n'a pas l'air fier.

– En tout cas, la chaîne est assez longue, dit-il. Tu peux te mouvoir assez librement dans une partie de la maison et sur le terrain tout autour.

– *La chaîne est assez longue.* Tu entends ce que tu dis ?

– Je n'y peux rien, réplique-t-il. C'est comme ça.

– Mais on était tombés amoureux l'un de l'autre, tu te souviens ?

Peine perdue. Il se contente de hausser les épaules en prenant un air fataliste. Elle réussit à décrypter son attitude. Si seulement elle n'avait pas pris l'initiative de contacter ses amis, tout se serait bien passé ; si seulement elle était restée tranquille, on aurait pu trouver une solution. Puis il se tourne vers la véranda où Jennifer est encore en train de parler avec son beau-père.

– Jen et moi avions décidé de faire une pause, dit-il à voix basse. On ne devait pas se voir pendant un moment. On avait des problèmes, comme toi et le gros Florentin. Mais ensuite tu as ouvert la boîte de Pandore, Minnie, et voilà pourquoi nous en sommes là.

– Tu dois m'aider, chuchote-t-elle. Ben, écoute-moi, tu ne peux pas me laisser ici.

– Je sais, dit Ben en levant la main comme pour la faire taire. On attend simplement que Jen se soit un peu calmée et je reviens. Je te l'ai dit. Je vais faire en sorte que tu puisses rentrer chez toi. Je te le promets.

– Viens seul, alors. Pas la peine d'emmener Jennifer. Viens seul, délivre-moi et emmène-moi à l'aéroport. S'il te plaît, dès ce soir si possible, cet endroit m'a l'air vraiment dangereux.

– Non, non, ce n'est pas dangereux. Il ne peut rien t'arriver ici.

– Il y a sûrement des bêtes.

– Les bêtes ne sont pas aussi dangereuses qu'elles en ont l'air. On s'habitue. Reste calme, repose-toi, et tu verras que je serai de retour en un rien de temps.

Jennifer approche en sifflotant. Ben et elle remontent en voiture et disparaissent.

La première nuit chez Hector, elle dort sur la véranda. Il lui a sorti un matelas plein de taches qui pue le vieux. Qui a dormi là-dessus ? demande-t-elle, mais Hector ne dit rien, c'est comme s'il était muet, elle a beau l'interroger sur un tas de sujets, il ne pipe mot. Qui est-il, combien de temps a-t-il vécu ici, quel âge a Jennifer, depuis combien de temps Jennifer et Ben sont-ils ensemble ? Aucune réponse. Il se contente de déplacer son petit corps ratatiné tout en fumant, de regarder au plafond et donner des coups de pied au mur, comme s'il prévoyait des travaux de rénovation et essayait de déterminer, parmi toutes les réparations nécessaires, laquelle était la plus urgente. Il fait très chaud. Une chaleur humide qui intensifie toutes les odeurs, une chaleur envahissante qui s'insinue sous les vêtements et colle à la peau.

Elle flaire la puanteur du fleuve.

– Ce fleuve pue l'égout, dit-elle à Hector.

– Ce fleuve *est* un égout.

Il rit, un petit rire sec. Mais au moins, il est sorti de son silence.

Il y a des toilettes, mais elle n'a pas le droit d'y aller. Seul Hector peut. Ce sont des toilettes sèches, car la cabane n'est pas raccordée, toute la merde tombe dans une caisse sous le plancher. Il lui donne un seau, en lui ordonnant de le placer aussi loin de la maison que le permet sa chaîne. C'est là qu'elle devra faire ses besoins. Elle n'a jamais déféqué sur un seau. C'est difficile, car elle ne peut pas se laisser aller de tout son poids, elle doit tendre les muscles des cuisses au maximum tout en persuadant son anus de s'ouvrir. Elle reste assise par terre en attendant que la pression soit au maximum. Alors seulement, elle se met sur le seau. Ce doit être une vision d'un comique inouï. Si Hector l'espionne, tapi quelque part à l'intérieur de la cabane, il doit bien rigoler. Il l'enregistre peut-être. Peut-être envoie-t-il la vidéo à Jennifer pour lui montrer les efforts que doit accomplir sa rivale pour vider ses intestins. Jennifer montre peut-être la vidéo à Ben. Non, il ne faut pas devenir paranoïaque. *Non cadere nella paranoia, no te caigas en la paranoia, don't be paranoid.* Est-ce que ça lui fait quelque chose ? Oui, ça lui fait quelque chose. Elle ne veut pas être risible devant Ben. Mais n'est-ce pas une préoccupation mineure, à l'heure qu'il est ? Si. En plus, cette gêne n'est rien comparée à celle du moment où Hector vient chercher le seau en grimaçant et en se bouchant le nez pour signifier que ça pue, ce qui est d'ailleurs réellement le cas, elle le sent bien depuis l'endroit où elle se tient tapie. Elle fait pipi directement sur le sol. Depuis le temps des toilettes extérieures de son enfance, elle sait qu'il ne faut pas mélanger l'urine et les selles ; car, dans ce cas, la puanteur est encore pire. Elle essaie de protéger la petite étincelle de dignité à laquelle peut prétendre une personne captive qui doit faire caca dans un seau et pipi à même le sol. L'important, c'est de ne pas se laisser démolir intérieurement car alors tout est foutu. Si on se casse de l'intérieur, après, tout fout le camp. La santé, le visage, le corps. Elle doit réfléchir sur le long terme, s'efforcer de voir ce qui lui arrive comme une sorte de péripétie. Quand elle sera de retour en Europe, elle se fera des amis. Oui, elle se fera des amis, ne serait-ce que pour avoir quelqu'un à qui raconter cette histoire. Elle essaie de ne pas penser qu'elle était heureuse, au fond, avec le Propre-sur-Lui. Le paradis à portée de main, en quelque sorte. Alors si elle avait simplement accepté de faire un effort, si elle s'était contentée de suivre la voie qu'il lui proposait d'emprunter ensemble… Celle de la santé. *La via della salute mentale, the road of mental health.* Enfin, route de la santé mentale, on ne peut certainement pas appeler ça comme ça ; mais, quoi qu'il en soit, une route qui soit praticable et qui, avec le temps et beaucoup d'efforts, aurait pu leur donner enfin une bonne vie. Pourquoi n'a-t-elle pas fourni ces efforts ?

La nuit tombe. La température dégringole et une humidité tenace monte du fleuve, lentement, en sifflant comme un vieux serpent.

Elle est réveillée par la chaleur du soleil sur son visage. Hector s'affaire dans la cuisine. Elle lui demande de l'eau. Après un moment il revient avec une bouteille. Elle boit, et la nausée s'empare d'elle.

– Tu as puisé cette eau dans le fleuve, c'est ça ? demande-t-elle à Hector, qui se contente de lui tourner le dos.

Un moment plus tard, elle est prise d'étourdissements.

– Tu es en train de m'empoisonner, c'est ça ? S'il te plaît, ne m'empoisonne pas, je ne veux pas mourir.

Bientôt, elle est épuisée au point qu'elle peut à peine se lever. Elle reste assise sur le sol de la véranda, à l'ombre. Elle passe de longs moments ainsi, engourdie, sans réfléchir, c'est bien l'avantage de cet état, on n'a pas la force de penser. Alors elle se contente d'écouter les sons, Hector fabrique quelque chose dans les toilettes sèches, il fait du bruit avec ses outils et marmonne tout seul en espagnol. Elle se demande où il a caché son fusil, et si la chaîne est assez longue pour qu'elle puisse entrer dans la cuisine et aller jusqu'au placard où se trouve son sac à main. Son portable est-il toujours dedans ? Elle n'a pas faim mais, quand Hector arrive avec une boîte de conserve dans laquelle il a planté une fourchette, elle dévore avidement son contenu. En temps normal, elle n'apprécie pas les haricots blancs froids à la sauce tomate, mais ceux-ci atterrissent agréablement dans son estomac et lui procurent un répit provisoire. Le grand calme des hydrates de carbone. Elle pose la boîte de conserve sur la balustrade, où elle demeure car Hector ne vient pas la chercher. Les heures passent. Le fleuve pue, le soleil brûle. Elle a soif et se demande si elle peut entrer dans la bicoque pour se mettre à l'ombre. A-t-elle le droit d'y être en même temps qu'Hector ? Je raisonne déjà comme un chien, pense-t-elle. Je me demande ce que j'ai le droit de faire, tout en guettant les déplacements de mon gardien. Elle entre. La chaîne lui permet de circuler dans une bonne partie de la pièce principale, mais la porte des toilettes est fermée. Apparemment, Hector ne veut pas être dérangé. Elle retourne s'asseoir sur la véranda. Après un moment, Hector sort avec une bouteille d'alcool, s'assied et se met à boire, à bonne distance d'elle. Elle se dit qu'une fois ivre, il s'endormira peut-être, et alors elle pourra s'approcher de lui, le frapper à la tête avec la bouteille et identifier la clé de la chaîne sur le trousseau qu'il porte à la ceinture. Elle visualise sa libération et se demande où elle ira. Dans quelle direction ? Elle reste longtemps assise à regarder dans toutes les directions possibles. C'est bien qu'elle ne soit pas impulsive, car dans ce cas elle aurait peut-être déjà tenté une évasion sans savoir vers où courir. Elle va profiter du temps de sa captivité pour peaufiner le plan à mettre en œuvre une fois qu'elle aura réussi à se libérer. Il n'est pas du tout dit que Ben et Jennifer reviennent. Ils peuvent la laisser mourir là et jeter son cadavre dans le fleuve, ou dans la lagune marron du chemin de l'aller. Personne ne sait où elle se trouve. À sa droite, le vieux bâtiment industriel abandonné. Sur sa gauche, le fleuve. Droit devant, une bicoque qui ressemble à celle d'Hector. L'autre côté, elle ne peut pas le voir car la chaîne ne le permet pas. De quel côté se trouve le centre-ville ? Ça paraît impossible à déterminer de là où elle se trouve, mais quelque chose lui dit qu'une fois détachée, en longeant le fleuve à contre-courant, elle devrait y parvenir tôt ou tard.

À l'horizon, elle aperçoit des toits d'immeubles modernes. Quelque part il y a aussi la mer. Entre la mer et elle : des centaines de kilomètres de marécages et de mangroves.

À la tombée de la nuit, Hector lui apporte une nouvelle boîte de haricots blancs. Il regarde autour de lui et aperçoit la première boîte sur la balustrade, avec le manche de la fourchette qui dépasse. Il récupère la fourchette et la lui tend. Elle veut protester qu'elle a déjà servi et qu'il pourrait au moins la laver, mais elle n'en a pas la force. Il lui apporte également une bouteille d'eau trouble. Après avoir bu, elle sent à nouveau le mélange de nausée et d'engourdissement. Elle s'endort sur le matelas puant. Elle rêve de l'assassin de son enfance. Il se tient immobile à côté du matelas et la regarde à travers ses petites lunettes carrées. Soudain sa bouche s'ouvre et il pousse un hurlement suraigu, impossible d'imaginer qu'un cri aussi énorme puisse être contenu à l'intérieur d'un corps aussi insignifiant, mais le tueur hurle, et elle comprend dans le rêve que ce n'est pas lui, mais quelque chose à l'intérieur de lui, une chose qu'il héberge à l'intérieur de lui, qui hurle ainsi. Elle se réveille en sueur, au son assourdissant de la sirène d'un paquebot transatlantique qui avance sur le fleuve, à quelques centaines de mètres d'elle, dans le noir.

Trois jours passent. Hector ne lui fait aucun mal, mais il ne la secourt pas davantage. Deux boîtes de haricots blancs : c'est sa ration quotidienne. Elle essaie de ne pas dramatiser. Elle doit simplement rester assise jusqu'à ce que son visage ait retrouvé un aspect normal. Puis elle rentrera chez elle. Il lui faudrait un miroir. Si seulement elle avait un miroir, elle pourrait évaluer le temps qu'il lui reste à passer dans cet endroit. Car ils vont bien la relâcher, une fois que les bleus auront disparu et que ses traits auront dégonflé ? Bien sûr que oui. C'est malgré tout un souci et un dérangement pour eux que de la garder ainsi. Tant qu'elle est plongée dans ce cauchemar, elle doit s'accrocher à cette conviction pour tenir le coup. Ils vont venir. *Verranno, vendrán, they will come.* Elle demande un miroir, *specchio, espejo, mirror,* mais, pour toute réponse, Hector se contente d'un geste évasif comme s'il ne comprenait pas.

Et puis, à un moment donné ce soir-là, celui du troisième jour, une petite voiture bleu clair surgit sur le chemin, direction la cabane. L'émotion la chavire.

– Ben, chuchote-t-elle. Ben.

– Ce n'est pas Ben, dit Hector de sa place à côté du mur.

– C'est qui alors ?

– Noma.

– Qui est Noma ?

– La voisine.

Elle perd totalement courage en voyant la femme qui ouvre la portière arrière et descend de voiture. C'est une ancêtre et, de plus, infiniment menue, frêle et voûtée. On la croirait faite de papier qu'on aurait mouillé et séché rapidement à une température élevée. Le conducteur tend le bras derrière lui et referme la portière laissée ouverte par Noma. Il ne l'a pas vue, au bout de sa chaîne sur la véranda. Il n'a pas jeté un seul coup d'œil à la maison d'Hector. À petits pas saccadés, la vieille se dirige vers l'autre cabane, qui doit être sa maison. Impossible d'obtenir une aide quelconque de la part de quelqu'un qui ressemble à ça. Une petite vieille déglinguée qui a déjà un pied dans la tombe. Hector et Noma ne se saluent pas. Hector détourne même la tête à son passage, comme s'il ne supportait pas la vue de sa voisine. Lentement, Noma entre dans sa bicoque et referme la porte derrière elle. Un silence complet s'ensuit jusqu'en fin de soirée quand soudain, alors qu'elle est couchée sur le matelas qu'Hector a rentré dans la pièce principale, elle entend Noma allumer la radio.

– Ne te fais pas d'idées, dit la voix d'Hector depuis la chambre. Tu n'entendras aucun avis de recherche. Tu ne manques à personne.

– Je m'en doute, réplique-t-elle. Pourquoi me chercherait-on ? Je n'ai pas disparu. Je ne suis là que pour quelques jours.

Hector ne répond pas. Elle tend l'oreille.

– C'est quoi, la station qu'écoute Noma ?

– Radio de nuit pour aveugles.

– Elle est aveugle ?

– Presque.

Elle continue d'écouter par la fenêtre, qui ne ferme pas. Radio de nuit. Un homme parle de livres et reçoit des écrivains qu'il interroge. De temps à autre, elle entend Noma, qui semble s'activer dans la cour de sa maison, comme si elle déplaçait des pots de fleurs ou des sacs lourds, dans un sens, puis dans l'autre. En pleine nuit. *En medio de la noche, in piena notte.* Évidemment, pense-t-elle. Quand on est aveugle, l'obscurité est un paramètre de moins à prendre en compte. Elle boit de l'eau polluée. Il se met à pleuvoir, mais Noma n'en continue pas moins de déplacer des choses dans sa cour.

Le vertige se prolonge à chaque fois plus longtemps. Elle interroge Hector. À son accent en espagnol, elle devine qu'il est mexicain, mais d'où ? Elle voudrait savoir ce qu'il ajoute à son eau, s'il a des nouvelles de Jennifer et de Ben, s'ils lui ont dit à quel moment ils comptaient revenir, s'il peut lui apporter un miroir ou du moins lui dire à quoi elle ressemble, au niveau du visage, mais Hector ne veut pas parler et répond à toutes ses questions en l'arrêtant d'un geste de la main. Le quatrième soir, elle lui demande si elle a le droit de s'approcher de la clôture et de parler à Noma.

– Elle est folle, dit Hector.

– Ah bon ? À quel point ?

– Totalement.

– Pourquoi ?

– Après Katrina, certains ne se sont pas laissés évacuer, et il y en a qui n'ont pas tenu le coup. Ça a dérapé dans leur tête et ça ne s'est jamais remis. Son mari et son fils sont morts, son fils a été emporté par les trombes d'eau et s'est retrouvé coincé dans les câbles à haute tension. Depuis, elle croit que la fin du monde est pour tout de suite, qu'un nouvel ouragan va arriver et que cette fois il va raser La Nouvelle-Orléans pour toujours.

– Tu la connais, alors ?

– Ça fait longtemps qu'on est là tous les deux. Katrina a tout détruit mais, elle et moi, on est toujours là.

– Pourquoi vous ne vous parlez pas ?

– Pour se dire quoi ?

Il fait son geste habituel et retourne dans sa chambre.

Mais plus tard, pendant qu'Hector dort et que la radio de nuit pour aveugles est allumée, elle se lève sans bruit et réussit à tirer sa chaîne presque jusqu'à la clôture. Elle est un peu moins étourdie à présent car elle a renoncé à boire depuis le début de la soirée.

– Pssst ! fait-elle. Eh, toi ! Noma !

La vieille lève la tête de ses pots de fleurs. En voyant son regard clair et vide tourné vers le ciel, elle comprend que Noma ne la voit pas.

– Je suis ici, ajoute-t-elle. Chez Hector. Sa belle-fille et lui me retiennent prisonnière, j'ai besoin d'aide, peux-tu m'aider ?

Noma reste assise, avec ses yeux vides qui brillent. Puis elle se lève et, les mains tendues devant elle, se met à progresser lentement le long de la clôture.

– Ici, chuchote-t-elle. Je suis ici. Viens plus près, s'il te plaît. Ils m'ont attachée, je ne peux pas aller plus loin.

Noma tâtonne. Le son de la radio leur parvient depuis la cabane, une écrivaine parle avec enthousiasme du polar qu'elle vient de publier. Enfin, Noma est devant elle.

– Je peux te toucher ? chuchote-t-elle.

Noma hoche lentement la tête. Son regard semblable à du verre est toujours levé vers les cieux pendant qu'elle lui tend sa vieille main. Elle la prend, referme sa main autour de celle de Noma. En sentant la chaleur qui monte de ses petits os d'oiseau, la chaleur de la peau d'un autre être humain, elle fond en larmes.

– Ils me retiennent prisonnière, murmure-t-elle entre deux sanglots, je dois trouver le moyen de m'enfuir, peux-tu m'aider ? Peux-tu m'aider ? S'il te plaît, dis que tu…

– Un jour, le Mississippi sortira de son lit.

– Que dis-tu ?

– Et la ville sera détruite.

La voix de Noma est métallique et monocorde.

– Tout sera sous l'eau et, dans les marécages, les dangers grandiront. Ces dangers finiront par nous tuer.

Elle avale sa salive. Hector avait raison, Noma est folle. Elle se remet à pleurer.

– Oui, Noma, dit-elle. Tu as raison, les dangers vont nous tuer.

– Nous tuer, fait Noma en écho.

– Noma, aurais-tu par hasard un téléphone ? Un portable ? Un portable que je pourrais t'emprunter, il faut que j'appelle mon mari en Italie pour lui dire de venir me chercher…

– Les marécages ont déjà avalé bien des terres, mais ils vont en avaler encore plus. Les marécages sont le repaire des reptiles et des cadavres enflés.

– Oh, ce n'est pas vrai ! S'il te plaît, je t'en prie…

L'espoir s'éloigne et elle pleure. Au moment précis où elle s'apprête à lâcher les doigts de Noma pour retourner se coucher sur son matelas infect, Noma retire d'elle-même sa main et la pose sur sa joue. Surprise, elle lève la tête. Comment Noma peut-elle savoir où se trouve sa joue ? La main de vieille effleure tout son visage, à plusieurs reprises.

– Tu as souffert, dit-elle. Je perçois ça, et je perçois ton désir et ta nostalgie. Mais toi aussi, tu trouveras la paix au moment de l'apocalypse.

Ses larmes coulent, encore plus fort qu'avant, comme si cette compassion prophétique et délirante avait ouvert toutes les vannes en elle. Il se met à pleuvoir. L'eau crépite contre la terre. Noma et elle restent plantées de part et d'autre de la clôture. Noma immobile, muette, une ombre de sourire sur le visage. Elles sont là, sous la pluie, dans la boue, et le temps presse car bientôt Hector se réveillera et les entendra, et alors il tirera d'un coup sec sur la chaîne et elle devra retourner se coucher sur son matelas. Mais d'ici là, elle veut rester près de la clôture, près de cet être humain qui la touche, un être qui semble, certes, tout à fait dingue, mais qui possède des mains chaudes, une voix et des mots.

– Je dois appeler mon mari, insiste-t-elle. Je dois appeler Mickey.

– Mickey, dit Noma comme en écho. Tu vas appeler Mickey et Mickey va venir.

– Exact. Quand Mickey apprendra que je suis prisonnière, il prendra le premier avion, il traversera l'Atlantique, il louera une voiture et il sera là en un rien de temps. Si seulement je pouvais mettre la main sur un téléphone. Un portable.

– Mickey, répète Noma. Mickey va venir dans une voiture.

– Oui, c'est ça. Mickey, Mickey, mon mari. Avec lequel j'ai une relation orageuse.

Elle dit *stormy relation*, sans savoir si ça se dit en anglais.

– *Stormy*, dit Noma.

– C'est ça, *stormy*.

– *Winds*, dit Noma. Les vents, ça me connaît.

– Que dis-tu ?

– Les vents, ça me connaîtra, les vents ça te connaîtra.

Oh mon Dieu. Qu'est-ce que c'est que cette femme ?

– Noma, tu entends ce que je te dis, tu n'es pas complètement folle, tu entends, tu peux m'aider, tu dois m'aider, as-tu un téléphone ?

– Les vents, ça nous connaîtra tous.

– Noma, écoute-moi, s'il te plaît, écoute-moi maintenant. Un démon a pris ses quartiers en moi, j'en suis certaine, et un autre démon a élu domicile chez Mickey, ça paraît dingue mais c'est comme ça. Ensemble, ces deux démons ont déchaîné tous les vents du monde et nous avons été entraînés dans leur tourbillon. Maintenant que je suis ici, le démon est complètement silencieux, il ne dit rien, c'est comme s'il avait disparu, c'est pourquoi il faut que je puisse retourner auprès de Mickey, car maintenant les démons nous ont quittés et nous avons peut-être une chance de…

Elle se tait. Elle entend à quel point ce qu'elle vient de dire doit sembler délirant.

– Le démon n'est pas parti, dit alors Noma avec une clarté parfaite. Il attend, c'est tout.

– Quoi ?

– Il n'est pas parti. Ton démon. Il attend, c'est tout.

– Comment ? Mais enfin, ce démon, c'est juste un mot, une pensée qui me vient des fois, que sais-tu de lui, toi, peux-tu sentir sa présence ? Explique-toi, s'il te plaît.

– Quand l'apocalypse sera là, nous aurons tous enfin la paix.

Elle pense qu'elle est en train de devenir folle, à son tour, que la folie de Noma est peut-être contagieuse. Mais elle doit y voir clair et comprendre ce que veut dire Noma quand elle parle du « démon ». Soudain, sans prévenir, Noma se détourne d'elle et se met en marche vers sa bicoque.

– Noma, s'il te plaît ! Parle-moi, aide-moi…

Debout dans la boue, elle geint. Pathétique, hors d'elle.

– Noma, je t'en prie, je t'en supplie…

Elle se couche sur la terre, laisse son front s'enfoncer dans l'argile boueuse. Tout est fini. Elle s'est battue, elle a souvent cru qu'elle était en route vers quelque chose, mais, à présent, tout est fini. Terminé, ici, sur un bout de terrain déshérité de La Nouvelle-Orléans. Un lieu qui en vaut bien un autre. Alors qu'elle s'apprête à s'endormir dans la boue, elle sent la main de Noma sur sa tête. C'est une petite main fraîche, mais elle lui paraît chaude à cause de la pluie froide qui tombe toujours.

– Le démon qui est en toi veut rejoindre le démon qui est en lui, murmure Noma sous la pluie. Tu dois demander de l'aide au démon. Tu es faible, mais le démon est puissant. Laisse le démon t'aider à rejoindre Mickey.

En se réveillant au matin dans la boue tiède sous un soleil de plomb, elle se dit qu'elle a rêvé. Ce n'est pas possible qu'elle ait réellement vécu ce dont elle croit se souvenir. Ce doit être encore un de ses rêves bizarres. Elle se redresse et regarde vers la maison de Noma. On la croirait abandonnée depuis des décennies. Elle tourne les yeux vers la maison d'Hector. Là aussi, c'est comme si personne ne l'avait habitée depuis très longtemps. Elle réussit à se mettre debout, se dirige en titubant vers la véranda et se laisse tomber contre le mur, à l'ombre. Elle médite les paroles de Noma sur le démon. Ou était-ce dans son rêve ? Noma existe-t-elle ? Elle se tourne de nouveau vers sa cabane. Hector sort au même moment, et elle décide de se livrer à une expérience. Adossée au mur de la véranda, elle s'ordonne de couler, de disparaître au fond d'elle-même et de laisser pour ainsi dire la passerelle de commandement vacante. Elle autorise le démon à s'avancer. Elle l'invite à occuper le terrain, à prendre la barre, les rênes, le contrôle de tout le navire, c'est-à-dire elle et l'ensemble de la situation telle qu'elle se présente ici, chez Hector, à La Nouvelle-Orléans. À cette pensée, elle s'entend dire à voix haute :

– Un jour, le fleuve sortira de son lit et nous éliminera tous.

Hector sursaute et lui lance un regard aigu. Pour la première fois, elle perçoit dans ses yeux, sinon de l'effroi, du moins une inquiétude. Il jette un rapide coup d'œil vers la maison de Noma, qui semble fermée et déserte.

– Tu veux de l'eau ? demande-t-il.

– Tu veux m'en donner ? répond-elle sur le même rythme.

Hector retourne à l'intérieur et revient avec une bouteille. Elle est froide, il a dû aller la chercher dans le réfrigérateur. Cela témoigne d'un respect nouveau. Qu'il lui donne de l'eau froide et propre au lieu de l'eau tiède et empoisonnée. Elle boit. Puis elle reprend la parole.

– Tu es en train de m'empoisonner, pas vrai, Hector ? Toi et Jennifer. Vous croyez que vous pouvez m'empoisonner. Bien sûr que oui. Vous pouvez me tuer de plusieurs manières. L'empoisonnement est une technique, mais il y en a d'autres.

Elle marque une pause avant de poursuivre.

– Cependant vous devez garder une chose à l'esprit. C'est qu'il y a un démon en moi. Ce démon est plus puissant que moi. Je suis son hôte, il est mon parasite. Mais pas n'importe quel parasite. Il trouvera toujours le moyen de survivre. Il se dénichera un nouvel hôte, et ce nouvel hôte pourrait bien être toi, Hector. Ou Jennifer. Tu ne veux tout de même pas que Jennifer soit possédée par un démon ?

Hector fait son geste habituel de la main mais ses traits sont tendus. Il n'aime pas l'entendre parler ainsi. Elle sourit intérieurement. Plus son discours déplaît à Hector, plus elle prend plaisir à le dérouler.

– Le démon est affamé, Hector, dit-elle d'une voix légèrement chantante. Il a faim. Il veut manger. *El demono tiene hambre, Hector. Quiere comer...*

– Les démons n'existent pas, marmonne-t-il.

Elle éclate de rire.

– Bien sûr que si, et tu le sais. Les démons existent, et ils sont attirés par cet endroit. Je sens leur présence, je l'ai sentie avant même d'arriver ici, en marchant dans le quartier de Ben. Une espèce de froid qui circule entre les bâtiments, des courants d'air glacés qui disparaissent dans l'ombre des maisons.

Hector la dévisage. Puis il secoue la tête, tourne les talons et repart à l'intérieur de la bicoque. Elle reste assise dehors. Le temps s'écoule lentement. Histoire de faire quelque chose, elle se met à chanter. D'abord un simple fredonnement. *There is a house in New Orleans they call the Rising Sun. And it's been the ruin of many a poor boy, and God knows I'm one.* Sa voix est faible et manque d'assurance, aussi fragile que toujours, mais elle s'aperçoit qu'elle connaît les paroles – alors qu'en réalité, elle ne les connaît pas, elle n'a jamais chanté cette chanson, elle l'a seulement entendue, et n'a jamais pris la peine de l'apprendre. Mais en remarquant que les paroles sortent malgré tout de sa bouche, elle se met à chanter plus fort. De plus en plus fort. À la fin, elle chante d'une voix si tonitruante qu'elle est obligée de rire entre deux couplets, car ça paraît tellement dingue, tellement fou, et pourtant elle chante, oui, maintenant elle le fait, elle chante cette chanson à pleins poumons, et les paroles font résonner sa propre folie. *Oh mother, tell your children, not to do what I have done!* s'époumone-t-elle. *Spend your lives in sin and misery, in the House of the Rising Sun!* Elle entend le pas d'Hector, il sort de la cabane et se plante devant elle mais elle continue, elle crie, elle hurle la fin du dernier couplet. *I'm goin' back down to New Orleans, to wear that ball and chain!* Elle se tait. Lève les yeux. Hector paraît totalement affolé, yeux écarquillés, bouche entrouverte. Elle a donc réussi à lui faire peur avec sa chanson. L'envie de rire la reprend, et la voilà qui rit à s'en étouffer, impossible de s'arrêter, la tête qu'il fait, impayable ! Elle a vraiment réussi à lui faire peur. Lui, son gardien. Hector retourne à l'intérieur et rapporte de l'eau empoisonnée. Elle boit et tousse, entre deux accès de fou rire, ne tarde pas à sombrer dans la pénombre douce et chaude.

Le lendemain, Ben et Jennifer arrivent. En apercevant leur voiture, elle est d'abord traversée par une vague de joie intense, mais ensuite, elle jette un regard autour d'elle et réalise que le seau n'a pas été vidé, qu'elle est couchée sur le sol comme un animal, comme un porc dans sa flaque de boue. Elle est si fatiguée qu'elle en a le vertige. Même aux heures les plus chaudes de la journée, elle n'a pas la force de se réfugier à l'intérieur. Elle passe sa langue sur ses lèvres. Épaisses, brûlées. Tout son visage lui fait mal à cause du soleil. Elle a honte devant Ben. Elle sait que tout est sa faute à lui, pourtant elle a honte qu'il la voie aussi diminuée, qu'il soit possible de l'humilier ainsi.

À une époque, songe-t-elle en le voyant approcher, elle a fait l'amour avec cet homme-là à Florence. Quand elle était libre, quand elle était encore épargnée et touchée par la grâce, quand elle vivait au ciel sans le savoir.

– Ben, chuchote-t-elle. Te souviens-tu de Florence ?

Ben ne semble pas l'entendre. Il a cessé d'avancer et la regarde. Son visage exprime la répugnance. Jennifer, qui le suit, semble partager son sentiment.

– Il faut qu'on la relâche, dit Ben. Tu as vu, Jen ? Il faut qu'on la ramène, qu'elle se repose, qu'on la nourrisse. Elle ne peut pas voyager dans cet état. Dès qu'elle sera sur pied, elle rentrera chez elle. Qu'est-ce qu'il lui a donné ?

Jennifer prononce une suite de syllabes, ça ressemble au nom d'un médicament, un médicament apparemment banal, mais dont elle n'a jamais entendu parler pour sa part.

– Tu crois qu'il a mis la bonne dose ? demande Ben.

Jennifer ne l'entend pas car elle discute avec Hector. Elle s'énerve un peu, comme si elle lui reprochait quelque chose. Ben reste où il est, à la fixer avec des yeux ronds. Elle a de nouveau envie de rire. La situation n'a rien de drôle, alors c'est sans doute à cause du mauvais dosage d'Hector, peut-être lui est-il arrivé de vider un flacon entier de produit dans la bouteille, et dans ce cas, bien sûr, impossible de se mettre en colère, *tout* paraît OK. La dottoressa serait fière d'elle. Alors elle se contente de rester assise et de se demander tranquillement quel sera le prochain épisode. Nul barbillon, aussi loin que porte son regard. Elle nage sans le moindre barbillon sorti. Les barbillons. Elle attend que le mot lui revienne dans ses autres langues. Barbillons. *Hullingar*, en suédois. Elle attend. Elle devrait au moins s'en souvenir en italien, puisque c'est la dottoressa qui lui en a parlé, à une époque récente. Mais rien ne vient. Aussitôt elle sent monter l'angoisse. Pourquoi les mots pour « barbillon » ne lui viennent-ils pas à l'esprit ?

– Ben, dit-elle. Pourrais-tu prendre ton téléphone et faire une recherche sur un mot que je dois traduire en espagnol, en italien et en anglais ?

– Quoi ? fait Ben.

– Un mot. Sors ton portable, c'est tout. Écris ! *Hullingar.* Mais ça, c'est en suédois, OK ? Tu n'as peut-être pas l'habitude du suédois.

Le soleil est au zénith. Le Mississippi pue et Noma s'agite

de l'autre côté du grillage. Elle essaie d'épeler le mot *hullingar* en prononçant le nom des lettres à l'anglaise.

– H-u-l-l-i-n-g-a-r. C'est un pluriel, précise-t-elle.

L'effort est gigantesque et elle ne sait pas si elle l'a épelé correctement, ni si elle a bien prononcé le nom des lettres en anglais. Mais peu importe car Ben n'a pas sorti son portable, il la fixe, bras ballants.

– Le portable, Ben, s'il te plaît. Au nom des baises de Florence, s'il te plaît, si rien d'autre ne te touche. *The Florence-fucks.*

– Minnie. Tu ne vas pas bien.

– Tu n'es pas le premier à me le dire. Le Propre-sur-Lui répétait exactement la même chose, Minnie, tu ne vas pas bien, *non stai bene*. Mais c'est parce que vous vous entêtez à vouloir me tuer ! Tous ! Aussi bien toi que lui ! Tu étais censé me sauver, mais tu ne vaux pas mieux que lui. Je suis plus proche de la mort avec toi que je ne l'ai jamais été avec lui. C'est pour ça que je ne vais pas bien. Mais on s'en fout. Contrairement à ce que prétend ta Jennifer, je ne suis pas une pouffiasse aigrie. Je ne suis pas rancunière. Au contraire, mon regard reste toujours tourné vers l'avenir. Alors si tu pouvais envisager de prendre ton téléphone et faire une recherche à *hullingar*, s'il te plaît.

Au lieu de se bouger, il secoue la tête.

– Jen, dit-il. Je crois que nous avons un problème.

Jennifer s'approche et la considère longuement en silence.

– Insolation ? suggère-t-elle.

– Non. C'est autre chose.

Ils continuent de la fixer.

– On ne pourrait pas la tuer simplement ? demande Jennifer à la fin. Je veux dire… On s'en fout non ? On lui tire une balle dans la tête, ou on l'étrangle. Personne ne sait qu'elle est là, après tout.

Elle choisit ce moment pour intervenir.

– Jennifer, dit-elle. Peux-tu me rendre un service ? Tirez-moi une balle dans la tête, parfait, mais juste une chose. Mon dernier vœu. Ce devrait être possible de respecter ça, même dans ce pays de sadiques. Tu as dit que la police d'ici était une bande de *sick fuckers*. Mais toi et Ben alors ? Regarde-moi, je chie dans un seau, je bois de l'eau polluée. Alors s'il te plaît, pourrais-tu prendre ton téléphone et faire une recherche sur un mot pour moi ?

– Elle est devenue folle, constate Ben. Elle a totalement perdu les pédales.

– Raison de plus, dit Jennifer.

– Ou alors c'est peut-être juste l'insolation, maintenant que tu le dis…

– Tu l'as peut-être poussée à bout ?

– C'était ton idée, Jen. Il faut qu'on la ramène à la maison maintenant. Je ne suis pas amoureux d'elle ou quoi, mais je ne peux pas la voir dans cet état.

– C'est ta pute, Ben. C'est toi-même qui l'as dit. Ta pute malade ramenée d'Europe, et maintenant tu veux l'*aider* ?

Elle éclate de rire en entendant ça.

– Ben, tu as dit que j'étais une pute malade ramenée d'Europe ? C'est fou ! C'est exactement ce que j'avais l'habitude de dire à Mickey quand je lui parlais de toutes ses putes infectées, et maintenant je me rends compte que Jennifer fait la même chose avec toi…

Elle retrouve son sérieux, oublie un instant les barbillons. Il y a quelque chose de bizarre dans cette histoire. La situation dans son ensemble est évidemment étrange, absurde, folle, elle ne sait même pas si elle est éveillée ou si elle rêve, si ça se trouve elle sera bientôt graciée et se réveillera dans le lit du Propre-sur-lui, à ses côtés. Mais là, c'est dingue et bizarre d'une façon nouvelle, le fait que Jennifer accuse Ben de cela même dont elle, de son côté, avait l'habitude d'accuser le Propre-sur-Lui, sauf que la pute infectée, maintenant, *c'est elle* ! La boucle est bouclée. Genre. Sauf que c'est difficile de déterminer exactement de quelle manière. Si elle avait été plus concentrée, moins en proie au vertige, elle aurait réfléchi. Elle aurait eu l'intuition de la réponse. Là, en l'occurrence, elle erre. C'est comme se trouver à l'intérieur d'un fil qui serait en même temps un labyrinthe – un cas de figure impossible. On entre, on tourne, on voit les mêmes choses sous différents angles, mais on ne peut pas sortir.

– Folle à lier, dit Ben.

– Barbillons, dit-elle.

Hector s'avance.

– Tout est prêt, dit-il. On peut l'enfermer.

– Qu'est-ce qui est prêt ? demande Ben.

– La cage, dit Jennifer.

– La *cage* ? Quelle putain de cage ?

– Celle dans laquelle Hector gardait Rick.

Ben dévisage longuement Jennifer. Soudain, il semble atteint d'une mini-crise de panique. Il se met à parler – non, à crier des choses – à Jennifer et Hector. Pour sa part, elle n'a plus la force de les écouter, d'assimiler des bribes de ce qu'ils racontent pour les assembler en un puzzle cohérent et tenter de comprendre ce qui va lui arriver. Elle n'est plus aux commandes de toute façon. Le paquebot avance à toute vapeur au milieu d'archipels entiers d'icebergs et elle ignore qui est à la barre, elle sait seulement que ce n'est plus elle. Ou peut-être qu'elle sait très bien en réalité qui a pris sa relève ? Voilà la raison pour laquelle elle ne trouve plus les équivalents de barbillons. Le démon est aux commandes, or le démon ne connaît pas les langues. Le démon ne connaît aucune langue. C'est un salopard de monoglotte qui a pris la barre, et il file à présent, en avant toute, le paquebot transatlantique fend les flots dans la nuit, qui est sa nuit à elle, sa nuit intérieure. Pendant qu'Hector et Ben discutent, Jennifer continue de l'observer intensément. Elle soutient le regard de Jennifer. Elle est à demi couchée, une jambe repliée, l'autre allongée au sol. Elle laisse tomber son genou vers l'extérieur, contre les gravillons, exhibant son entrejambe sous les yeux de Jennifer. Non contente de cela, elle la gratifie d'un petit sourire narquois, comme si c'était un défi, un duel, un gant qu'elle jette, ou qu'elle abandonne, à charge pour Jennifer de le relever. Jennifer la regarde toujours. Elle se demande soudain si elle porte une culotte. Oui, elle a une culotte. Celle qu'elle avait en arrivant, songe-t-elle au même instant, celle qu'elle avait enfilée après s'être douchée et parfumée afin d'accueillir dignement les amis de Ben à sa fête surprise. Une culotte blanc crème avec des dentelles. Le genre que Ben apprécie, mais pas Mickey. Mickey n'en a rien à faire de la lingerie, après tout, aimait-il à dire, sa seule fonction, c'est de disparaître. Ben, en revanche, appréciait tout. À présent elle lui en est reconnaissante, malgré tout ce qu'il s'est passé, elle lui en est reconnaissante, car elle aussi, elle apprécie la lingerie, elle considère que ça fait partie du rituel. Les barbillons, putains de barbillons, pourquoi le mot italien ne lui revient-il pas ? Maintenant, quoi qu'il en soit, c'est cette culotte qu'elle porte et pas une autre. Depuis combien de temps ? Une semaine ? Deux semaines ? Cinq jours ? Au moins cinq jours à chier dans le seau et à pisser sur le sol ? Autant dire que la culotte ne doit pas être très propre. Cette pensée la fait rire, alors elle retrousse sa robe et exhibe tout, les cuisses, le ventre, la culotte tachée. La dernière chose qu'elle voit et entend avant de sombrer dans le brouillard, c'est Jennifer qui se penche vers elle et crie quelque chose à Ben et à Hector.

Combien de temps dort-elle ? Elle n'en sait rien, mais se réveille en sentant qu'on la soulève. Des mains sur son corps, plusieurs mains, qui l'empoignent et la déplacent, et toutes sont étrangères sauf deux. Les mains de Ben. Il la tient au niveau de la taille et, malgré la situation où elle est ainsi transportée par des inconnus qui pourraient la lâcher à tout moment, par mégarde ou non, elle éprouve sa chaleur à lui, qui lui donne chaud à son tour. La présence d'un autre être humain, le toucher : voilà ce à quoi son corps répond. C'est ce qu'il y a de bien avec la chair – peut-être la seule chose que la chair ait de bien. Elle peut réellement répondre de façon tendre et digne à la présence de la chair d'un autre être humain. Elle s'interroge. Le fait qu'elle éprouve si nettement la chaleur de Ben signifie-t-il qu'elle est en train de mourir ? Telle une savane qui fleurirait soudain, le corps laisse-t-il alors tout son désir et toute sa nostalgie s'épanouir une dernière fois ?

Quand elle se réveille à nouveau, elle est bel et bien dans une cage. Ils sont de l'autre côté. Les trois, debout, en rang, immobiles et silencieux. Ils la regardent, Jennifer avec dégoût, Ben avec inquiétude, Hector d'un air neutre, comme s'il évaluait la solidité des barreaux. Elle a mal à la gorge.

– Pourrais-je avoir quelque chose à boire s'il vous plaît ? J'ai soif.

Ben lui tend une bouteille d'eau.

– Avec ou sans poison ?

– Sans.

Elle comprend. Elle n'est plus sous l'effet des calmants. La différence est très perceptible. Tout lui semble effrayant, contrairement à ce qu'il en était tout à l'heure, dehors, au soleil. Elle se trouve dans une cage placée le long du mur de la pièce principale de la bicoque. Cette cage est suffisamment grande pour qu'elle puisse s'y allonger de tout son long et assez haute pour lui permettre de s'accroupir. Les barreaux ne sont pas très serrés, mais assez pour l'empêcher de se faufiler au travers.

Elle fond en larmes.

– Ben, il faut que tu me sortes de là.

Ben s'approche et s'assied de l'autre côté.

– Minnie, écoute-moi. Je vais faire en sorte que tu sortes d'ici. Je te le promets. Mais tu dois me laisser un peu de temps.

– Combien ? demande-t-elle, et les larmes roulent sur ses joues.

– Je vais revenir dans quelques jours.

Ben reste encore un moment, glisse la main entre les barreaux et lui caresse les cheveux d'un air apitoyé pendant que sa compagne fait les cent pas, de mauvaise humeur. À la fin, Jennifer donne un coup de pied à Ben et lui signifie d'un mouvement de tête qu'il est temps de partir. Il se lève. Assise dans la cage, elle le suit du regard. Il ne se retourne pas.

Après leur départ, Hector s'installe sur la véranda avec un livre. Elle lui demande ce qu'il lit. Il ne répond pas. Elle entend un bateau mugir sur le fleuve. Hector va chercher une autre bouteille d'eau grumeleuse. Elle boit à grandes lampées. Voilà donc ce que l'existence exige de moi à présent, pense-t-elle. Voilà ce que je dois supporter. Cela n'a rien de surprenant en soi. J'étais déjà dans une cage à Florence. Les barreaux étaient transparents et j'aurais pu la quitter si j'avais repris mes esprits à temps, et si j'avais procédé de façon calme et sensée. Mais comme je n'ai réussi à faire ni l'un ni l'autre, la réalité a dû concrétiser l'enfermement. Voilà pourquoi je me trouve à présent dans une vraie cage en fer. J'essaie d'en tirer une leçon, mais je soupçonne qu'il est trop tard.

La chaleur revient dans la soirée. Telle une fièvre jaune étouffante, elle monte de la terre humide et reste suspendue au-dessus de la platitude uniforme du paysage. Elle n'a plus la moindre possibilité de fuir. Elle est prisonnière de cette plaine stagnante. Peut-être ne reverra-t-elle jamais le Propre-sur-Lui. Peut-être ne sentira-t-elle plus jamais ses mains sur son corps et son parfum dans le noir. Peut-être ne dormira-t-elle plus jamais la nuit durant aux côtés de la bête sauvage.

Elle se réveille vers minuit. Hector est assis sur une chaise, dos à elle. Au début, elle reste silencieuse et immobile en essayant de déterminer s'il dort. Il ne dort pas. Soudain il se gratte la cuisse, jette un coup d'œil à son portable. Puis le silence retombe. D'une voix claire et rapide, elle dit :

– Je suis éveillée.

Hector sursaute et fait volte-face, épouvanté, avant de reprendre sa position initiale. Elle lui a donc fait peur, c'est bien. Certes, elle est aidée maintenant, mais c'est quand même bien joué d'avoir réussi à accepter cette aide. Elle continue de contempler le dos d'Hector en silence. Elle sent qu'il sent qu'elle le regarde, mais il ne veut plus se retourner. Comme s'il refusait de s'assurer qu'elle le scrute à travers l'obscurité de la pièce.

Quelques heures plus tard, peu avant l'aube, la pluie arrive. Drue et déterminée, elle déferle, tel un prélude à l'apocalypse. Elle l'entend crépiter contre le toit, et les murs de la cabane grincent de façon sinistre sous l'assaut des bourrasques. C'est un vent très différent de ceux qu'on connaît en Europe. C'est un vent des Caraïbes, sauvage, insensé et aveugle, qui emporte tout sur son passage. En temps normal elle serait terrorisée. Là, non. Elle est calme et fait ce qu'elle doit faire. Rester absolument immobile, attendre que le démon se manifeste pleinement et qu'il prenne résolument le contrôle. Elle reste donc allongée, à respirer, en essayant de faire surgir en elle la puissance obscure. Les mots sont loin. Les barbillons sont loin. Les répétitions langagières paranoïaques sont loin. Le démon, lui, ne parle aucune langue étrangère. Le démon est absolument silencieux.

– Je suis là, murmure-t-elle. Je suis là, mais je te laisse la barre.

Elle attend. Pluie et vent forcissent encore.

– Est-ce que tu m'entends ? Si tu veux revoir l'autre démon, tu dois prendre la barre maintenant.

Alors soudain elle se rend compte de quelque chose. Hector a quitté sa chaise. Assis sur le sol, dos au mur, pas très loin de la cage, il dort. À sa ceinture, le trousseau. Elle le voit très distinctement, ainsi que la clé de sa cage. Étonnant, qu'un objet si petit, si apparemment insignifiant, puisse revêtir une importance si démesurée. Il semble impossible d'atteindre le trousseau depuis l'endroit où elle est. Mais à présent qu'elle peut compter sur l'aide du démon, elle va essayer quand même. Agrippant les barreaux, elle réussit à passer une jambe à l'extérieur. Le pied, la cheville, le mollet, pas de problème ; c'est le genou qui coince. Elle est obligée de pousser sérieusement, il lui semble que tous les os de son genou se désarticulent, mais ça passe. Elle a suffisamment maigri au cours de ces derniers temps pour faire passer également sa cuisse. Le barreau de fer fait pression contre son entrejambe et, malgré le grotesque de la situation, un frisson électrique la parcourt. La pression du fer contre son bas-ventre lui rappelle le Propre-sur-Lui. Et si elle commençait à se masturber ? À se frotter contre ce barreau, dans cette cabane, ce marécage, cette ville étrangère, pendant que la pluie martèle le toit et que la tempête démonte les cloisons, avec Hector endormi contre le mur et la plus grande partie de son propre corps encore dans la cage, rien que la jambe à l'extérieur. Si elle réussit à jouir de cette façon, franchement, on pourra dire qu'elle a du cran. Elle s'imagine en train de raconter la scène au Propre-sur-Lui. Au moment où elle allait tenter de s'emparer de la clé de la cage, elle a senti le fer entre ses jambes et aussitôt elle a pensé à lui, si bien qu'avant de récupérer de haute lutte, à l'aide de ses orteils, le trousseau pendu à la ceinture de son geôlier, elle a carrément réussi à se branler, et même à jouir contre le barreau de fer dur et froid. Le Propre-sur-Lui aurait rigolé. Il aurait dit *Cazzo, Minnie, tu es incroyable, c'est inouï que tu aies fait ça, ça révèle quelque chose sur toi, sur nous.* Elle rit. Mais au même instant c'est comme si le démon lui tapait gentiment sur l'épaule, l'air de dire : « Allô, c'est la clé que tu es censée attraper. » Ça lui donne envie de fondre en larmes. Dire qu'elle est dans un état si déplorable que même le démon en vient à sembler un miracle de santé mentale comparé à elle. La misère qui l'entoure est compacte. Misère de la chair, misère des fluides corporels. Le barreau, si agréable entre ses jambes, appuie sur toute la longueur de sa vulve et entre ses fesses. Le fait qu'elle puisse encore éprouver cela, de l'excitation, après tout ce que son excitation lui a coûté. Comme on dirait chez elle, au village, elle est impayable. Certes, elle n'est responsable que jusqu'à un certain point, puisque le démon a lui aussi sa part dans le jeu, mais tout de même. Quelle chose diabolique que cette prise qui la maintient à présent dans son étau. La prise diabolique qui s'est refermée sur elle *avec son accord.* La prise maudite, qui a causé tant de désastres dans sa vie. La chair maudite, qui reste là, aux manettes, autosatisfaite, imperturbable. Qui commande. Mais elle doit cesser de penser à ça maintenant, elle doit cesser d'avoir ces pensées qui la vident de toute énergie, car si elle se tourne un peu trop vers sa face sombre, le démon en sera peut-être affaibli et elle ne sera plus bonne à rien, dans ce cas elle restera figée dans cette position et elle mourra, pourrira et se décomposera dans cette cage. Alors du calme. Une fois que le démon l'aura aidée, elle le vaincra par la ruse. Elle sait comment faire, elle est une manipulatrice hors pair. Elle a appris son art auprès d'un grand maître, elle l'a écouté et elle a appris, pendant si longtemps et avec une telle intensité qu'à la fin, elle a découvert comment s'y prendre pour manipuler le maître lui-même. C'est ainsi qu'on survit. On écoute et on apprend. On nage entre les mailles du filet, en décrivant de grands détours loin des barbillons des autres créatures, démons compris. Mais là, dans l'immédiat, concentration totale sur le trousseau d'Hector. Elle allonge la cheville dans sa direction. De toutes ses forces, elle se presse contre le fer du barreau, tout son entrejambe lui fait mal, mais elle doit progresser encore un peu. Elle a l'impression que sa culotte sale est repoussée à l'intérieur de son vagin. Et si elle se faisait mal au point d'abîmer ses parties génitales de façon irréversible ? Et alors ? Serait-ce vraiment une tragédie ? Ne serait-ce pas plutôt la solution à tous les malheurs qu'elle a attirés sur elle ? Si son bas-ventre ne soliloquait pas en permanence, elle aurait réfléchi de façon rationnelle depuis le début. Si son bas-ventre n'avait pas été autorisé à lui tenir lieu de boussole, elle ne serait jamais restée auprès du Propre-sur-Lui plus de vingt-quatre heures, grand maximum. Qu'elles soient donc détruites, pense-t-elle, du moment que je peux faire pipi je suis contente, maintenant il me faut la clé. Ses orteils effleurent déjà la hanche d'Hector. Encore un peu. Ça passe. Elle se cramponne aux barreaux pour avancer encore un peu plus, et réussit l'improbable exploit. Ses orteils ont beau être trop petits, trop potelés, des patauds bons à rien, sans aucune mobilité comparés à ses doigts, elle réussit. Comme si le démon se tenait là, entre Hector et elle, et la secondait dans son entreprise, l'anneau du trousseau tombe sur son petit doigt de pied en un seul mouvement fluide. Elle sent le fou rire monter en elle et le réprime si fort qu'elle en a les larmes aux yeux. Elle a envie de s'abandonner à un rire dément, hystérique, mais elle se maîtrise, contracte ses orteils, de toutes ses forces, autour du trousseau, ramène son pied vers elle, réussit à réintroduire sa cuisse dans la cage. Pour le genou, elle doit tirer un bon coup, et elle a l'impression que toute l'articulation se déboîte une nouvelle fois, mais les os semblent se remettre en place instantanément, et le trousseau est à présent dans la cage. Sans bouger, silencieuse, elle observe Hector. Il paraît profondément endormi. C'est la chaleur et le battement de la pluie contre le toit qui rendent son sommeil si profond. Cette chaleur et cette humidité, c'est comme être dans un utérus.

Elle examine le trousseau. Il n'y a qu'une clé qui correspond au cadenas de la cage. Vite, elle passe à l'action. Son cœur cogne dans ses tempes, mais ça marche. C'est parce que le démon lui vient en aide. Il n'y a plus qu'à continuer. Se laisser conduire. Le démon l'aide dans tout ce qu'elle entreprend. Voilà. Ouvrir le cadenas, pousser la porte de la cage. Ramper au-dehors. Vite, un étirement, mets-toi debout, trouve ton équilibre, faufile-toi sans bruit. On ne marche pas droit quand on est restée longtemps en position assise, on met un pied devant l'autre, c'est tout, on avance, c'est la seule chose qui compte. Ouvre la porte, sors sous la pluie. Tes pieds glissent à cause de la boue, mais tu avances. Un pied devant l'autre. Traverse la cour, dérape, fais-toi mal au coccyx en tombant dans la boue, mais cette partie-là de ton corps est presque inutilisable de toute façon, alors quelques bleus de plus ou de moins ne feront pas de différence, debout, voilà, pénètre sur le terrain de Noma, tout va bien, car c'est autre chose qui a pris le contrôle, quelque chose qui veut avancer, tu n'as qu'à suivre, une main de fer protectrice te maintient debout, te protège de la lumière et te donne tout ce dont tu as besoin, tant que tu te tiens dans les ténèbres, elle te donne toutes les pensées et les impulsions qu'il te faut pour que l'événement ait lieu. Quel événement ? Les retrouvailles des démons. La porte de Noma n'est pas fermée à clé. Lentement, en silence, elle l'ouvre et se tient un instant sur le seuil, à observer le séjour de Noma. La radio de nuit est allumée et parle pour les aveugles. Quant à Noma, elle est assise derrière la table comme si elle l'attendait. Elle s'éclaircit la voix. Elle voulait que ça arrive, cette scène tout entière est comme un rêve secourable. Pourtant, tout ce qu'elle trouve à dire, c'est :

– Tu es encore debout à cette heure ?

Le regard vitreux semble la dévisager pendant que Noma hoche aimablement la tête, lève sa tasse et boit une gorgée tout en tendant la main vers ce qui ressemble à des gâteaux roses posés sur une assiette.

– Je veille toujours tard, dit-elle en mordant dans un gâteau.

Tournant son regard vers le plafond, elle ajoute :

– Il pleut, mais le toit à l'air de tenir. C'est bien, ça veut dire que l'apocalypse n'est pas encore pour tout de suite.

Immobile sur le seuil, elle attend les instructions du démon. Allô ? Qu'est-ce que je fais maintenant ?

– Tu es donc venue, reprend Noma comme pour l'aider à retrouver le fil.

Lentement, elle se met en marche vers la table, recule une chaise et s'assied en face de la vieille femme.

– Oui. Maintenant je suis là.

Noma acquiesce. Elle a des miettes roses au coin des lèvres et ses yeux sont toujours aussi clairs et lumineux quand elle dit :

– Raconte-moi quelque chose sur toi.

– Pardon ?

– Sur toi. Sur ton enfance.

La situation est absurde, mais d'une manière totalement différente de ce qu'elle était il y a quelques minutes encore. Tout va très vite à présent, mais elle n'a pas le temps de réfléchir, elle doit simplement se laisser guider par la situation elle-même.

– Mon enfance, dis-tu.

Elle s'éclaircit la voix et se lance.

– Pendant plusieurs années, j'ai côtoyé un grand démon. Sa maison n'était qu'à deux ou trois kilomètres de chez moi. Et je me demande parfois quelles conséquences cela a eues sur moi. Mais peut-être saurais-tu me le dire ? Si ce démon, qui vivait non loin de chez moi, a pu me perturber d'une façon ou d'une autre.

Noma acquiesce d'un air grave, comme si ce qu'elle s'apprête à dire à présent était d'une importance capitale.

– Ça t'a marquée, oui. Au plus haut point. On voit encore chez toi les traces qu'a laissées ce démon, de longues griffures qui brillent quand il fait noir.

– Tu veux me dire que tu les vois ?

Noma joint les mains devant elle.

– Est-ce que je les vois ? Je suis obligée de plisser les yeux tant elles brillent, ces griffures que tu portes. Elles m'aveuglent !

Elle est effarée de réaliser à quel point elle est *comprise* en cet instant. Sa gorge enfle comme sous le coup d'une émotion, car elle n'est pas habituée à être comprise ainsi. Être prise au sérieux, oui, peut-être même respectée, alors qu'on est en train d'exposer sans le moindre artifice l'immense étendue de sa propre confusion. Est-ce possible ? Non, bien sûr que non. Tout est si étrange. En même temps, c'est comme de trouver enfin, après une longue errance dans un labyrinthe, un lieu qui a l'air familier, où elle va peut-être pouvoir se reposer et même, qui sait, découvrir une sortie.

– As-tu un téléphone, Noma ?

– Qui veux-tu appeler ?

– Le Propre-sur-Lui. Mickey.

– Celui qui va venir te sauver dans une voiture ?

– C'est ça. Mais on n'a pas beaucoup de temps, Noma. Alors si tu as un téléphone, peux-tu aller le chercher maintenant ?

– J'ai un téléphone.

– Alors donne-le-moi.

– Tu es sûre ?

– Totalement.

– Pourquoi ?

– Parce que je l'aime si fort que j'ai l'impression que je vais tomber en morceaux.

– Oui, ça peut prendre cette tournure quelquefois.

– Comment cela ?

– Certaines personnes quittent une liaison, une union, peut-être même un mariage, parce qu'elles pensent que ça ne va pas, et que ce lien les détruit.

La voix enrouée de Noma n'est plus qu'un murmure, comme si ses cordes vocales fragiles ou défectueuses l'obligeaient à un effort extrême pour s'exprimer.

– Sauf que ces personnes se trompent. Car lorsqu'elles se retrouvent au-dehors, dans le monde, elles rencontrent une situation pire encore, une destruction bien plus dévastatrice.

– Oui, c'est exactement ce qui m'arrive.

– Je sais. Alors maintenant, j'ai seulement besoin d'entendre combien tu l'aimes et combien tu as souffert. Si tu peux me convaincre de cela, tu auras le téléphone.

– Il n'y a pas de mots, réplique-t-elle en secouant la tête.

– Il y a toujours des mots, *my child*. Il faut seulement les trouver.

My child ? Que c'est joliment dit. Si seulement elle avait pu être l'enfant de Noma. Alors, malgré la sale bicoque, malgré la cécité et le grand âge de cette femme, elle se serait sentie totalement en sécurité. Une telle force, une telle femme, qui se *préoccupe* de vous. Elle ferme les yeux. Elle n'a pas le droit d'être sentimentale maintenant, elle ne peut pas perdre sa concentration, ni mettre la pression sur Noma. Tout doit être autorisé à prendre le temps nécessaire. Son entrejambe lui fait mal. Elle se souvient du Propre-sur-Lui. Elle se souvient de Florence. Elle fond en larmes.

– Comme je l'aimais, Noma, tu ne peux pas comprendre.

Nous nous sommes retrouvés sur une sorte de terre brûlée, c'est vrai, mais j'aimais tout chez lui, toute sa chair, toute son épouvantable virilité, j'aimais tout. S'il est possible qu'une femme puisse naître pour aimer, alors cette naissance était la mienne et cette femme était moi. Je te le dis, je vous le dis, à toi et au démon. Aucune femme jamais n'a aimé comme Minnie a aimé Mickey. Nulle ne s'est laissée mettre en pièces comme je l'ai fait, nulle ne s'est abandonnée aussi totalement. D'autres femmes sont sans doute plus belles, plus élégantes, plus éloquentes et plus agréables que moi, mais pour ce qui est de la chair, Noma, démon, pour ce qui est de la chair, je les supplante toutes. C'est moi qui en sais le plus long sur la magnitude de la souffrance qu'elle engendre.

Noma acquiesce avec satisfaction.

– C'est bien dit, approuve-t-elle tout en ouvrant un coffret posé sur la table. Je t'en prie. Voilà le téléphone.

Lentement, comme avec révérence, elle sort le portable que contient le coffret. Un téléphone tout à fait réel. Un iPhone chargé, et du réseau, cinq bâtons.

– Vas-y, appelle-le maintenant. Appelle ton sauveur.

Elle compose le numéro du Propre-sur-Lui. Tous les chiffres et tous les préfixes, elle ne commet pas la moindre erreur. Il décroche après deux sonneries.

– Mickey ?

– Minnie ?

– Je n'ai pas beaucoup de temps. Alors écoute-moi, c'est tout.

Elle dit qu'elle a eu des problèmes, qu'elle est à La Nouvelle-Orléans, qu'elle a été kidnappée et qu'il doit venir. Le Propre-sur-Lui semble saisir d'emblée le sérieux de la situation, car il se contente de lui demander ses coordonnées géographiques exactes. Elle pousse un soupir de soulagement. C'est le garde du corps en lui qui réagit. Pour chaque opération, il sait quelles sont les informations indispensables, il ne se laisse pas piéger par ses émotions, non, il collecte le plus vite possible les données nécessaires afin de prendre les mesures qui s'imposent. Elle ouvre le GPS du portable, fait une capture d'écran, envoie les coordonnées. Tout fonctionne. L'image s'envole par-delà les marécages, par-dessus l'océan et les Alpes, et atterrit dans le portable du Propre-sur-Lui, à Florence.

– C'est bon, Minnie. J'arrive. Je vois qui je peux emmener avec moi et je file à l'aéroport. Débrouille-toi pour survivre encore vingt-quatre heures. Si tu t'es évadée pour passer cet appel, retourne maintenant à l'endroit où ils te retiennent prisonnière et arrange-toi pour qu'ils ne conçoivent aucun soupçon, car dans ce cas ils te tueront et feront disparaître ton corps avant que j'aie pu te rejoindre. Vas-y maintenant. On se voit bientôt.

Elle pleure de soulagement en rendant son téléphone à Noma, qui tend la main et lui caresse la joue en disant :

– Tu entends ? Le vent est retombé.

D'un coup, elle prend conscience du silence compact qui enveloppe la masure. Elle fait demi-tour, franchit le seuil, traverse le terrain de Noma et retourne auprès d'Hector qui dort toujours à côté de la cage, son fusil posé contre le mur. Après avoir raccroché le trousseau à la ceinture d'Hector, elle s'accroupit, entre dans la cage et referme le cadenas. Au moment de s'endormir, elle voit par la porte d'entrée entrouverte la lumière de l'aube se répandre peu à peu dans le ciel.

Au cours des soixante-douze heures qui suivent, elle est une prisonnière modèle. Elle reste gentiment assise dans sa cage, chie docilement dans le seau, ne se plaint pas quand les cafards courent sur ses jambes ou qu'Hector oublie de lui donner sa boîte de haricots blancs sauce tomate à l'heure du déjeuner. Elle va jusqu'à chantonner, et à poser à Hector des questions sur lui. Combien de temps a-t-il vécu à La Nouvelle-Orléans, que pense-t-il des lois américaines sur le port d'arme, que sait-il sur Florence, quelle opinion a-t-il d'elle en tant que personne, croit-il qu'ils auraient pu avoir une bonne conversation s'ils s'étaient croisés à une fête ? Hector fait son geste habituel de la main et dit qu'il apprécierait qu'elle la boucle. Mais il le dit d'une manière nouvelle, elle sent qu'elle a quand même réussi à le dégeler un peu, car il marche d'un pas plus léger, la regarde plus souvent et commence même, à un moment, à fredonner une mélodie, jusqu'au moment où elle se met à chanter avec lui, alors il se tait abruptement. Il appelle Jennifer et lui dit qu'il ne sait pas si la captive est devenue totalement folle ou totalement saine d'esprit, mais qu'il est peut-être temps de faire une nouvelle évaluation vu que, quoi qu'il en soit, les traces sur son visage ont disparu. Elle se fige en entendant ces mots. Ce ne serait guère formidable si Ben et Jennifer surgissaient au mauvais moment. Quand le Propre-sur-Lui viendra la sauver, il faudra qu'il n'y ait personne en dehors d'Hector, car ça, Hector, le Propre-sur-Lui peut gérer, Hector est petit est frêle comme une carcasse de poulet sur pattes à la peau desséchée. Mais Hector, Ben et Jennifer ensemble, ça risque de faire un peu beaucoup. En plus, il est hors de question qu'il fasse du mal à Ben. Celui-ci n'a peut-être pas réussi à la sauver comme elle l'espérait, mais il est Ben, malgré tout, et si le Propre-sur-Lui devait le blesser d'une manière ou d'une autre, elle ne se le pardonnerait pas. Pas plus d'ailleurs que si Ben faisait du mal au Propre-sur-Lui. Tout est si confus. C'est la chaleur, l'eau et le démon. Hector, en tout cas, semble s'être mis d'accord avec Jennifer et Ben. Ceux-ci doivent revenir le surlendemain. Assise dans la cage, elle fait l'effort de lui adresser un large sourire quand il raccroche.

– Vous allez me libérer ? Hourra !

– Il faut bien qu'on fasse quelque chose. J'ai une vie et des choses à faire, et on me paie presque rien pour rester là à te garder.

– Je prends ça comme une humiliation, dit-elle avec un clin d'œil. Tu devrais être payé cher pour surveiller quelqu'un comme moi.

– Sois on te relâche, soit on te tue.

– Et tu m'annonces ça comme ça ? Quel effet crois-tu que ça me fait d'entendre que vous allez peut-être *me tuer* ?

Elle le dit sur un ton théâtral, sans comprendre elle-même comment elle fait pour tenir tête ainsi à la terreur.

– Je ne sais pas, répond Hector avec un rire froid. D'un autre côté, je n'ai pas vraiment les moyens de m'intéresser à la question.

– Est-ce que je pourrais avoir encore un peu d'eau, s'il te plaît ? Et des haricots, si tu en as. Je ne comprends pas comment on a pu avoir l'idée de construire une ville ici, au milieu de ces marécages, dans cette chaleur.

– La Nouvelle-Orléans est une belle ville. Une belle ville colorée.

– Certes. J'aurais volontiers visité les quartiers français, passé du temps dans un bar de vampires obscur et, pourquoi pas, participé à un safari alligator dans le bayou. Mais je n'ai rien pu faire de tout ça ! Je n'ai eu de cette ville que la vision que peut en avoir un ver de terre, Hector. J'ai rampé dans les immondices, voilà tout ce que j'ai fait. Ne me demande pas d'aimer La Nouvelle-Orléans. Ou de t'aimer, toi, d'ailleurs.

Hector reste longtemps à la considérer d'un air impénétrable. Pour finir il sourit vaguement.

– Tu veux manger quelque chose ? Tu dois en avoir marre des haricots.

– Je ne dis pas non.

– Je pourrais aller te chercher un *poorboy.*

– Et si je m'évadais pendant ton absence ?

– Impossible.

– J'ai peut-être des forces cachées.

– Toi ? Non. Si tu avais des forces, ça fait déjà longtemps que tu serais dehors.

– Ah bon, d'accord. OK. C'est ce que tu penses. Très bien. Alors ? Ce *poorboy* ?

Il la scrute. Elle sait qu'il évalue le risque qu'il prend en la laissant seule. Mais elle sait aussi qu'il a très envie d'aller chercher ce *poorboy*, pas tant pour elle que pour son propre compte. Elle le voit tourner son regard vers la maison de Noma, évaluer les risques qui pourraient se présenter de ce côté. Elle ferme les yeux et s'endort. À son réveil, la nuit est tombée, Hector est invisible et le son de la radio de nuit pour aveugles lui parvient depuis la maison de Noma. À l'extérieur de la cage, un *poorboy*, enveloppé dans du papier beurre. Ça ressemble à une marque de respect. Un respect qui, joint aux nutriments de la saucisse, du pain et de la sauce, lui donne la force d'endurer encore un peu.

De temps à autre elle se réveille en pensant que la conversation téléphonique avec le Propre-sur-Lui était un délire, une conséquence de la chaleur et de l'eau augmentée d'Hector, une hallucination nocturne induite par la captivité. Elle va sans doute mourir là. Selon toute vraisemblance, elle va mourir là, mais elle compte sur le fait que ses ravisseurs auront suffisamment pitié d'elle pour ne pas la faire souffrir inutilement. Si Ben et Jennifer décident de la tuer, Ben fera en sorte que ça se fasse rapidement et sans douleur. Ils ne vont pas l'étouffer. Elle ne veut pas mourir étouffée. Si elle pouvait choisir, elle préférerait une overdose de morphine. Une telle technique ne peut pas mal tourner, si ? Au milieu de ces pensées elle se rappelle qu'elle ne connaît pas le mot « barbillons », *hullingar*, dans d'autres langues, et c'est là une indication que rien n'est comme d'habitude, ce qui incite malgré tout à un certain espoir, compte tenu de la situation.

Le soleil se lève, le soleil se couche. Au moment du coucher, il reste suspendu un long moment sur l'horizon tel un mauvais œil orange, avant de se laisser engloutir par la mer.

Le jour où le Propre-sur-Lui atterrit à La Nouvelle-Orléans démarre de la même manière que tous les autres jours. Elle ne sait pas combien de temps s'est écoulé, si Ben et Jennifer sont venus et peut-être repartis. Tout ce qu'elle sait, c'est qu'elle n'est pas morte, et qu'elle est toujours dans la cage. Hector apporte de l'eau, téléphone à Jennifer, vide le seau de merde. Elle lui parle sans interruption. *Comment vas-tu aujourd'hui, Hector, ne fait-il pas plus chaud qu'hier, ne pourrais-je pas sortir de la cage, quand Ben va-t-il venir, quand Ben va-t-il venir, quand Ben va-t-il venir ?* À la fin, il dit qu'il ne la supporte plus et qu'il part faire un tour en ville.

– Ça s'est bien passé la dernière fois, l'encourage-t-elle. Tu vois que tu peux être totalement tranquille avec moi.

Hector s'en va. Sa voiture disparaît dans le paysage aride. Il a laissé la porte d'entrée entrouverte, si bien qu'elle peut voir au-dehors. C'est ce qu'elle fait d'ailleurs, pendant un moment, en étant assise. Puis elle se recroqueville, position fœtale. Après un autre moment, elle entend un bruit de moteur à l'approche et aperçoit une voiture au loin. Le conducteur roule lentement, en s'arrêtant à plusieurs reprises. Après un demi-tour, il s'engage enfin sur le chemin qui mène à la cabane. C'est une BMW noire. C'est le Propre-sur-Lui. Elle le sait, car c'est exactement le genre de voiture qu'il louerait s'il devait se trouver en situation de louer une voiture à l'étranger. La voiture s'arrête devant la bicoque. On coupe le moteur. Un court instant, tout est parfaitement silencieux. Puis les portières s'ouvrent et des hommes en descendent. Elle les reconnaît. C'est le Propre-sur-Lui et deux de ses amis. Michele et Dino. Elle les a déjà vus en photo. Michele est policier à Naples, Dino est un militaire stationné dans l'une des bases de l'OTAN sur la côte adriatique. Immobiles, ils regardent autour d'eux. Son cœur se met à battre de façon insensée quand elle voit le Propre-sur-Lui marcher de long en large. Elle en a les larmes aux yeux. Elle essaie d'attirer son attention mais personne ne l'entend car sa voix est faible et le vent chaud a regagné en puissance. Pour finir, ils grimpent jusqu'à la bicoque et franchissent le seuil. Dino la repère le premier.

– Bordel de merde, murmure-t-il en tirant son arme.

Le Propre-sur-Lui et Michele, sur ses talons, ont tiré leur arme, eux aussi, et sécurisent la maison : d'un coup de pied, ils ouvrent la porte de la chambre et celle des toilettes et jettent un coup d'œil à l'intérieur. Après s'être ainsi assurés qu'il n'y a personne, ils s'immobilisent devant la cage et la fixent sans rien dire. Elle leur rend leur regard. Elle note que le Propre-sur-Lui a maigri. Il paraît plus grand, presque dégingandé. Et plus vieux, comme s'il avait pris plusieurs années au cours de ces quelques semaines ; elles l'ont visiblement usé, lui aussi. Pas autant qu'elle, bien sûr, mais lui aussi a souffert, et c'est une preuve de son amour. Tout cela, elle le note, l'enregistre, jusqu'au moment où elle se rend compte de l'apparence qu'elle doit offrir, de leur point de vue.

– Bordel, qu'est-ce que ça pue ici.

Voilà tout ce que réussit à articuler le Propre-sur-Lui.

Ils vont chercher quelques outils dans le coffre de la voiture. Quelques minutes plus tard, le cadenas est forcé. Ils lui donnent une boisson énergisante et un sachet de biscuits que Dino a tirés d'une mallette. Elle veut partir tout de suite, avant le retour d'Hector. Eux, non. Ils ont le droit de s'amuser un peu, eux aussi, disent-ils.

– S'amuser comment ?

Le Propre-sur-Lui répond par une autre question.

– Le type qui te garde prisonnière. C'est avec lui que tu m'as trompé ?

Elle acquiesce.

– Alors on a deux, trois trucs à régler avant de pouvoir repartir.

– Et c'est quoi ?

Il la regarde, surpris.

– Le tuer, pardi, ce bâtard.

Elle dit qu'il n'y est pour rien. Le Propre-sur-Lui réplique qu'il le sait, mais que ça fait longtemps qu'il n'a pas bousillé quelqu'un, et ce salopard avec lequel elle s'est envoyée en l'air lui paraît le client idéal. Il a envie de voir les murs de cette cabane pouilleuse couverts de morceaux de sa cervelle. D'un revers de main, il essuie la sueur qui coule de son front.

– Mais moi, alors ?

– Toi, je te règlerai ton compte plus tard.

Elle sourit, d'un sourire tordu.

– Tu n'as quand même pas fait tout ce chemin pour me tuer ?

Non, mais il va y avoir des conséquences. Ah, réplique-t-elle, bien sûr, oui, elle comprend, mais ce sera pour plus tard, car maintenant il faut qu'ils partent le plus vite possible.

Michele s'en va garer la voiture derrière la bicoque, d'où elle n'est pas visible depuis le chemin. Puis ils s'asseyent tous les quatre, dos au mur, dans la pièce principale, et ils attendent. Elle est entre le Propre-sur-Lui et Dino. Elle observe le bras musclé du Propre-sur-Lui, les poils noirs et drus sur sa peau bronzée. Elle entend son souffle, parfaitement calme. Elle se demande s'ils vont vraiment gober qu'elle a eu une liaison avec Hector. Un type si vieux, si racorni, dans un taudis pareil. Mais ils ne lui posent aucune question à ce sujet, et son sentiment est qu'ils ne veulent pas savoir, ils ont simplement besoin d'un exutoire pour quelque chose, et il semble presque qu'à cette fin, n'importe quel être vivant pourrait faire l'affaire. Ils attendent un long moment. Enfin Hector revient. Il roule lentement vers la maison, se gare devant et descend de voiture. Voyant la cage ouverte, il s'immobilise, puis se met en mouvement, si vite que son vieux corps sec semble voler par-dessus la véranda. Le voilà sur le seuil, il la cherche du regard, un regard fou, brûlant, et lorsqu'il s'avise qu'elle n'est pas seule, qu'elle est entourée de trois malabars, il prend la fuite, mais Dino, telle une flèche, est déjà sur lui. Il lui fait une clé au cou, le ramène dans la pièce, lui scotche la bouche et l'attache sur une chaise.

– Tu ne vas pas me dire que tu as baisé avec ce vieillard ? demande le Propre-sur-Lui.

– C'est l'intérieur qui compte.

Il éclate de rire.

– Tu mens, Minnie. Tu mens.

Elle ne dit rien.

– Je m'étais réjoui à l'idée d'un truc un peu plus vivant. Celui-là est déjà presque clamsé.

– Ne pouvez-vous pas simplement le lâcher ? Ne pouvons-nous pas simplement partir d'ici ?

Le Propre-sur-Lui ne prête aucune attention à ce qu'elle dit et commence à défaire les boutons de poignet de sa chemise.

– Maintenant on va s'amuser un peu entre hommes, dit-il en relevant ses manches. Tu peux aller attendre dans la voiture Minnie. Bouche-toi les oreilles au besoin.

Quand elle les voit ressortir une demi-heure plus tard, ils sont silencieux, mais elle perçoit une satisfaction dans l'air, comme s'ils avaient vécu ensemble une forme de catharsis.

– Qu'avez-vous fait ? demande-t-elle. Vous l'avez torturé ?

– Tu ne veux pas savoir. En tout cas, je peux te dire que le dernier vœu qu'il a formulé dans la vie, c'est de n'avoir jamais posé les yeux sur toi.

Elle se retourne, regarde la bicoque disparaître dans l'encadrement de la vitre arrière. Soudain elle aperçoit Noma. Debout devant sa maison, elle les suit du regard, mains levées devant elle en une croix de conjuration, pour se protéger du mal.

Le vol dure près de vingt-quatre heures et, au cours de ces vingt-quatre heures, elle essaie de bavarder et d'alléger l'atmosphère en racontant des anecdotes sur La Nouvelle-Orléans. Michele et Dino lui adressent à peine la parole. Le Propre-sur-Lui lui répond, mais il y a une telle froideur dans sa voix que son estomac se contracte en une nouvelle épouvante. C'est maintenant qu'elle doit se montrer forte. Le démon l'a aidée à parvenir jusqu'à ce point. Maintenant elle doit se montrer plus rusée que lui.

– Quand pourrons-nous parler ? lui murmure-t-elle au cours de l'escale à Londres.

– Quand on sera à la maison, réplique le Propre-sur-Lui. Là, on parlera. Calmement et tranquillement.

– Pardon, dit-elle. Je veux que tu me pardonnes pour ce que j'ai fait.

Le Propre-sur-Lui semble ne pas avoir entendu.

– Pardon, insiste-t-elle. Je ferai ce que tu veux. Tout ce que tu voudras, si seulement tu me pardonnes.

– OK, alors ferme ta gueule, c'est tout ce que je te demande.

Elle comprend. Parfois il faut laisser les gens tranquilles. Rester silencieuse. Consciente de sa faute, et parfaitement silencieuse. Se blinder face à l'inévitable. Rien ne sert de bavarder ou de supplier d'une voix pathétique. *Can't bullshit a bullshitter*. Reste tranquille et ferme ta gueule. L'avion survole les Dolomites, puis les Apennins. Enfin, ils atterrissent à Florence et prennent congé de Dino et Michele, qui ont leur correspondance respective quelques heures plus tard.

– Merci de m'avoir sauvée, leur dit-elle.

Mais Dino et Michele évitent son regard et se contentent d'embrasser le Propre-sur-Lui avec un air de compassion, elle ne peut l'interpréter autrement, une sorte de pitié solidaire, un mélange de *bon courage* et *bonne chance*.

Sortant du terminal, ils se dirigent vers le parking. La voiture du Propre-sur-Lui les attend. Il fait au moins cinquante degrés dans l'habitacle. Elle se demande combien de temps durera le procès, une fois qu'ils seront à la maison, si elle sera autorisée à prendre une douche avant, et ce qu'ils mangeront au dîner. En pénétrant dans l'appartement, l'odeur familière, *leur* odeur, vient à sa rencontre. Je suis chez moi, pense-t-elle. Plus on a voyagé loin, plus on a affronté de mers démontées, plus le foyer donne l'impression d'être un lieu rassurant. Il y a de l'eau gazeuse et du vin blanc au frais dans le réfrigérateur. Elle se douche longuement, enfile des vêtements propres, jette les anciens à la poubelle, s'attarde un moment devant la vision de la culotte sale étalée sur le marc de café. Elle se demande qui a découvert le corps d'Hector. Noma ? Ben ?

– Tu comprendras sûrement qu'il est impossible de me faire ce que tu m'as fait sans recevoir de châtiment, dit le Propre-sur-Lui quand ils passent à table.

Elle comprend. D'ailleurs, elle le dit :

– Oui, je comprends tout à fait. C'est juste que les choses ont déraillé de façon si catastrophique.

Mais, poursuit-t-elle, une chose est sûre, elle le sait à présent, c'est qu'il y a bel et bien un démon en elle et un autre en lui. Si seulement ils réussissent à chasser ces démons, ils pourront avoir une bonne relation à l'avenir. Avec le temps. S'ils arrivent à les chasser et s'ils retournent voir la dottoressa. Alors tout ira bien. Ils pourront apprendre à s'aimer l'un l'autre d'une manière plus adulte et plus responsable. Elle est restée prisonnière si longtemps, elle a eu le temps de réfléchir et elle a compris certaines choses.

– *Ma che cazzo dice*, c'est quoi ces conneries ?

Elle doit bien piger une chose, précise-t-il. C'est qu'à partir de maintenant, il va falloir qu'elle arrête de raconter autant de conneries. Il l'aurait volontiers tuée sur-le-champ, à ce détail près qu'il l'aime tellement, et il a partagé tant de choses avec elle, que si elle devait disparaître de sa vie, ça créerait un vide énorme, qu'il ne réussirait pas à combler. Alors, poursuit-il, sa motivation est égoïste d'un bout à l'autre. S'il n'avait pas eu son propre intérêt en vue, il l'aurait tuée illico. Malgré la noirceur de son regard, elle prend sa déclaration à la plaisanterie.

– Tout à fait. D'ailleurs c'est pareil pour moi. Moi aussi, je t'aurais tué, si je n'avais pas mon propre intérêt en vue.

Elle rit. C'est le vin, et le soulagement.

– Minnie. Est-ce que tu pourrais juste la fermer quand je te parle ? Car ce qui va arriver maintenant ne sera pas drôle. Pas drôle du tout. Pour toi. Car tu comprends bien que je dois trouver une solution. Une manière de m'assurer que tu es à moi mais que tu n'as plus la possibilité de me causer du tort. Que la *pute* en toi ne pourra plus sortir de la maison et me causer du tort à tout bout de champ. Et cette solution ne sera en aucun cas drôle pour toi. Pour moi non plus, d'ailleurs, mais encore moins pour toi. Il vaut mieux que tu en aies conscience dès maintenant. Je ne voudrais pas que tu ailles te faire des illusions sur ce qu'il va inévitablement se passer.

Son regard est posé sur elle pendant qu'il prononce ces mots. Un regard fixe et glacial.

– Que veux-tu dire ? demande-t-elle, sentant revenir l'effroi désormais familier.

– Je ne sais pas encore. Il faut que je trouve quelque chose. Ça prendra le temps qu'il faudra. Et d'ici là, je veux que tu fasses ton possible pour ne pas me contrarier.

Elle promet. Ils font l'amour. Il est attentif et tendre. Après, elle ne peut retenir ses larmes. Elle pleure, renifle, sa morve coule sur l'épaule du Propre-sur-Lui, qui, étendu près d'elle, fixe l'obscurité avec un calme parfait tout en lui caressant lentement le visage.

Elle marche dans Florence en essayant de retrouver la sensation d'elle-même telle qu'elle était avant son départ pour La Nouvelle-Orléans, mais c'est comme si l'image de cette ville se superposait à celle de Florence, si bien qu'elle ne parvient pas à séparer les deux. Comme si les façades suintantes et les nuages amoncelés au-dessus de l'Arno portaient la trace des marécages autour de la bicoque d'Hector, à croire que cette trace fait désormais partie d'elle, l'a suivie jusqu'ici. Ce regard modifié est comme le ticket de caisse de sa propre transformation. En apercevant son reflet dans les vitrines, elle constate qu'elle est devenue d'une maigreur peu seyante, osseuse, sous-alimentée. Elle se demande si elle ressemble à la sœur du Propre-sur-Lui du temps de sa maladie. Elle pense que le Propre-sur-Lui doit être déçu. Parcourir autant de kilomètres pour ramener à la maison une femme aussi moche, il est possible qu'intérieurement il se dise que ça n'en valait pas le coup.

Mais pourquoi tout lui semble-t-il si difficile ? Ne pourrait-elle pas s'efforcer de voir les choses autrement ? N'y a-t-il pas des oiseaux qui chantent ? Une fine pluie fraîche ne tombe-t-elle pas sur son visage ? N'est-ce pas une saison merveilleuse ? Florence n'est-elle pas unique en son genre ? Elle passe devant un petit restaurant situé un peu en-dessous du niveau de la rue et commande des raviolis qu'elle mange à même la barquette en aluminium, avec des baguettes, pendant que dehors, la pluie se rassemble lentement en flaques sur les pavés du trottoir. Après avoir fini, elle reste assise, repue, à contempler les bâtiments qui la surplombent. Comment cette ville fait-elle pour maintenir au cours des siècles une telle façade de diaphane beauté féminine ? Elle revoit les marécages. Les marécages et la plaine de là-bas reflétaient mieux sa situation ; il y avait une sorte d'harmonie entre l'intérieur et l'extérieur. Elle pense de nouveau à Hector. De quelle façon est-il mort ? Elle pense à Ben. Elle se sent comme rouée de coups quand elle pense à lui et à la possibilité qu'elle aurait eue de se créer une bonne vie, là-bas, avec lui, si seulement elle s'était montrée un peu patiente. Tout lui fait mal. Le Propre-sur-Lui, Ben, Florence, La Nouvelle-Orléans, tout. L'air lui-même lui fait mal. Elle lève les yeux vers le ciel. Un beau jour, elle mourra. Et alors la douleur qu'elle ressent face à tout cessera.

Elle poursuit son chemin. Constate une fois de plus qu'elle ne va pas bien. Elle est malade et a besoin d'aide, mais elle n'en obtiendra pas. Elle est malade mais elle doit cicatriser seule, il n'y a aucune grâce à attendre. Tout simplement. Elle doit guérir par elle-même.

Elle fait vraiment son maximum à présent. Maîtrise de soi, équanimité, toute la bienveillance qu'il est possible de mobiliser quand on est dans son état – tout pour faire advenir le changement. Ce ne sera pas facile. Mais elle est têtue. Obstination et concentration, ces deux qualités sont peut-être sa plus grande ressource. Comme si elle s'était égarée au fond d'une grotte sous-marine où l'oxygène commence à manquer, elle doit garder son calme pour ne pas consommer plus d'oxygène que nécessaire tout en essayant de remonter à travers les flots noirs. Elle doit simplement sortir de là. Une brasse à la fois, et soudain elle sera dehors, à l'air libre, là où l'eau est claire, transparente et aimable. En attendant, elle doit garder le contrôle de chaque nouvelle situation qui se présente. Les lieux saints sont parfaits, ils fonctionnent encore. Près d'eux, les démons perdent de leur force. Quand le Propre-sur-lui et elle se promènent le soir, elle s'arrange pour longer les églises et lui propose de s'adosser aux vieux murs de pierre. À ce moment-là, elle sent que la puissance des démons diminue et que, entre eux, la gentillesse et la compréhension augmentent. Un jour, elle va devoir chasser son démon une bonne fois pour toutes. Cela pourra s'avérer difficile car il attend quelque chose d'elle à présent. Une contrepartie. Supplanter la ruse d'un démon, ça ne se fait pas d'un claquement de doigts. Elle n'a aucune idée de la manière dont il faudrait s'y prendre. Elle doit trouver un spécialiste qui s'y connaît, mais où trouve-t-on cela ? Elle aurait besoin de parler à quelqu'un, mais son seul interlocuteur est le Propre-sur-Lui et, avec lui, impossible de partager ce type de réflexion. En plus, il faudrait vraiment un spécialiste. Un vieux prêtre, peut-être. Un prêtre exorciste, qui aurait la connaissance de ce type de phénomène, qui ne serait pas partie prenante de la modernité, qui se situerait en dehors d'elle parce qu'il aurait vu et compris ce qu'il en est, profondément, et gardé le silence par la suite, puisque la compréhension de certains phénomènes est impossible à transmettre à l'époque contemporaine. Mais comment s'y prend-on pour dénicher un tel prêtre ? La réponse paraît évidente : on commence par se rendre dans le genre d'endroit que fréquente ce genre de prêtre. Elle ignore a priori quels sont ces endroits, mais veut rester ouverte à toutes les idées qui pourront se présenter à elle.

Peut-être est-ce pour cela qu'une après-midi, elle aperçoit dans le bus une publicité pour un restaurant situé en dehors de la ville et se dit que ce pourrait être le lieu parfait où lancer sa quête d'un exorciste. Ce restaurant est en effet situé dans un très ancien monastère, *l'abbazia degli angeli beati.* L'abbaye des anges bienheureux, ce nom lui paraît prometteur. Elle propose au Propre-sur-Lui d'aller dîner là-bas. Il y a une demi-heure de route jusqu'à cette abbaye, qui occupe le sommet d'une colline si bien que la dernière partie du trajet se fait sur de petites routes en lacets. Elle a peur que le Propre-sur-Lui rejette son idée au prétexte que c'est trop loin, et que ça demande trop d'effort de conduire sur ce type de routes quand on a bu, mais après avoir consulté la carte des plats sur la page web de l'abbaye, il hoche lentement la tête et dit que ça pourrait être intéressant. Il téléphone, réserve une table et, dès le lendemain soir, les voilà en route.

Elle pense qu'il est capital que l'ambiance entre eux soit aussi détendue que possible pendant le trajet et le temps qu'ils passeront là-haut, afin qu'elle puisse analyser l'environnement et découvrir s'il recèle le moindre potentiel. Mais le Propre-sur-Lui a passé une mauvaise journée au travail, un client étranger vient de renvoyer un chargement entier de freins, et ils sont encore dans les bouchons de Florence qu'il s'énerve de plus en plus, pendu au téléphone, conduisant de façon brusque et saccadée, gesticulant et criant dans son mauvais anglais tout en frappant le volant avec colère. Elle lui mime de se calmer, *ma calmati, mi amore calmati*, mais il ne la regarde même pas. Pour finir, elle pose la main sur sa cuisse, ce qui semble être la goutte qui fait déborder le vase car il la repousse brutalement en criant : *Porca putana*, c'est vraiment impossible pour toi de me laisser tranquille ? Bas les pattes ! Bas les pattes !

Elle n'a pas le droit de se sentir insultée en cet instant. C'est son démon à lui qui engueule son démon à elle, elle voit clair dans leur jeu. Voilà pourquoi elle se contente de retirer calmement sa main, de la reposer sur sa propre cuisse et de se tourner vers la vitre côté passager. Elle regarde par la fenêtre. À la radio, Tammy Wynette chante *Stand by your man*. Elle devrait craindre pour sa vie, car le Propre-sur-Lui conduit comme un fou à présent sur les petites routes, mais elle réprime sa frayeur. Toute action de sa part ne fera qu'envenimer davantage la situation. En réalité, elle ne sait pas si elle réprime délibérément sa peur, ou si ce qu'elle éprouve à présent correspond à ce que les livres qu'elle a lus appellent *frozen fright* – la pétrification, en d'autres termes, façon pour la victime de ne pas éveiller plus que nécessaire les pulsions violentes de l'agresseur. Elle ne sait pas s'il y a une différence. *Frozen fright*, c'est un choix instinctif. La pétrification au lieu de la panique. Bref. Elle essaie de ne pas y penser. Les choses sont ce qu'elles sont, indépendamment du nom qu'on leur donne. Enfin ils arrivent à l'abbaye. Le Propre-sur-Lui gare la voiture sur le parking.

– Désolé, Minnie, dit-il après avoir coupé le moteur. Je dois résoudre ce problème. Prends la table en attendant, elle est réservée à mon nom. Donne-moi juste quelques minutes, j'arrive.

Elle se réjouit car il est, sinon aimable, du moins pas en colère.

– D'accord, dit-elle.

Elle gravit la courte pente qui mène vers l'entrée du restaurant. L'abbaye se dresse devant elle, belle, austère et imposante. Le lierre dégringole des murs et des pentes abruptes au sommet desquelles l'antique bâtisse semble tenir comme en équilibre. La vue est spectaculaire. C'est un lieu sacré. Elle le sent clairement, dans tout son corps, car tel est l'effet que produit ce genre d'endroit. À son entrée dans la salle, elle est accueillie par un calme enveloppant, une chaleur parfumée qui s'explique par la présence de nombreux candélabres. Des murmures courtois montent des tables où les dîneurs bavardent à voix feutrée. Aucun groupe bruyant, seulement des personnes discrètes engagées dans des conversations. Le contraste avec le trajet en voiture qu'elle vient de vivre est impressionnant. Elle ne se rappelle pas quand elle a été en contact pour la dernière fois avec un environnement tel que celui-ci. Elle a un peu l'impression d'arriver au paradis. Elle sent quelque chose s'ouvrir dans sa poitrine, comme si elle pouvait soudain respirer de nouveau et qu'elle était, de plus, tapissée d'ouate chaude à l'intérieur. La décoration est simple, avec des tables et des fauteuils en bois brut. Les murs de pierre laissent transparaître des fresques anciennes aux nuances pâles, des cierges brûlent dans les candélabres disposés de loin en loin. L'Italie, pense-t-elle. L'Italie. Tout le reste est accessoire.

Un homme s'avance vers elle, se présente, Giovanni, propriétaire des lieux. Quand elle prononce le nom du Propre-sur-Lui, il la conduit à une table ronde.

– Il ne va pas tarder, dit-elle sur un ton d'excuse. Il devait simplement passer un coup de fil.

Giovanni acquiesce en souriant.

– Je vous apporte la carte. Désirez-vous boire quelque chose en attendant ?

– Juste de l'eau, s'il vous plaît.

Elle reste assise avec sa carte et sa carafe d'eau. Elle a le temps de parcourir la liste entière des plats, une première fois, puis une deuxième. Elle a laissé son portable à la maison, alors après avoir fini de parcourir la carte une troisième fois, elle ne sait pas quoi faire. Elle regarde autour d'elle. Le temps passe. Un couple dîne quelques tables plus loin. La femme assise en face de l'homme a toute son attention, comme il se doit, et lui glisse de temps à autre, lui semble-t-il, un regard de commisération. Pour finir, le patron s'approche de sa table avec une bouteille de vin et un verre à pied, pose le verre devant elle d'un geste résolu et la sert.

– Cadeau de la maison, dit-il.

À son geste et à sa façon de la regarder, elle comprend qu'il a parfaitement saisi la situation. Sans doute a-t-il vu par la fenêtre le Propre-sur-Lui faire les cent pas en déblatérant au téléphone. Il sait donc qu'elle en est réduite à attendre un homme qui ne la respecte pas, et il tient à lui apporter discrètement un brin de réconfort. La joie qu'elle éprouve tandis qu'il la sert se transforme peu à peu en honte. Rien de plus triste qu'une femme qui boit seule en attendant un compagnon qui l'ignore. Elle se sent, d'un coup, infiniment lasse. Dire qu'elle a pu laisser sa vie prendre ce tour désespérant. Elle ferme les yeux et s'efforce de percevoir la sainteté du lieu. Le démon semble se tenir tranquille. Elle se concentre là-dessus. Le démon reste calme, et elle est venue jusqu'ici pour trouver un prêtre exorciste. Or l'absence du Propre-sur-Lui est l'occasion rêvée d'observer les alentours et de voir si elle peut éventuellement repérer le prêtre en question.

Devant elle, un peu en biais, un homme dîne seul. De temps à autre, il lève les yeux vers elle. Elle lui rend son regard. Un bref instant, elle se demande si une force bienveillante lui a facilité la tâche au point que son chasseur de démons est carrément attablé devant elle. Mais elle rejette aussitôt cette idée. Il est trop jeune. Cinquante ans, maximum. Il ne peut pas être détenteur du type de savoir ancestral qu'il lui faut. Déçue, elle détourne son regard, boit une gorgée de vin. L'homme continue de l'observer de loin. En levant de nouveau les yeux, elle semble déceler chez lui l'amorce d'un sourire. Intérieurement, elle éclate de rire. S'il savait ! S'il savait que, quelques mois plus tôt, elle a échangé ce genre d'œillades avec un homme. S'il savait quelles turbulences, quelles épreuves cela lui a causées, épreuves et turbulences dont elle ne se remettra sans doute jamais vraiment. Alors il comprendrait qu'elle ne se livre plus à ce genre de manège. Plus d'échanges de regards avec des inconnus, car elle sait à quelles catastrophes cela peut mener. Elle se lève, se dirige vers les toilettes. Tout en faisant pipi, elle entend la porte s'ouvrir et quelqu'un entrer dans l'autre cabine. Elle tire la chasse d'eau et va se laver les mains. Au même instant elle entend actionner l'autre chasse d'eau, et l'homme en question apparaît. Il se place à côté d'elle devant le lavabo jumeau, tourne le robinet. En silence, ils se savonnent les mains, rincent la mousse et tendent la main au même moment vers le distributeur de serviettes en papier. Bref instant de gêne. Il recule d'un pas et, d'un rire, l'invite à se servir la première.

– Je vous en prie.

Elle prend une serviette en papier et, tout en s'essuyant les mains, découvre qu'il lui sourit dans le miroir. Elle ne lui rend pas son sourire. Elle jette la serviette dans la corbeille à papier, sort des toilettes et rejoint sa table pour continuer d'attendre le Propre-sur-Lui. Quelques instants plus tard, l'homme sort à son tour et retourne à sa place. À peine assis, il la regarde de nouveau et sourit. L'épisode des toilettes semble avoir déclenché quelque chose chez lui. Certains hommes fonctionnent ainsi : ils s'approchent pour s'assurer qu'on les repousse, car c'est une telle femme qu'ils veulent, une femme en qui ils peuvent avoir confiance, qui sait qu'elle ne doit pas rendre les sourires. Une fois rassurés quant au fait qu'on n'est pas une femme facile, ils enclenchent la vitesse supérieure. Avec une sensation de lassitude infinie, elle s'abandonne contre le dossier de son fauteuil, croise les bras et reste immobile, regard perdu dans le vide. Giovanni s'approche et la ressert de vin. Plus le temps passe et plus elle ignore son manège, plus l'homme d'en face paraît réjoui. Il finit son dessert, boit son café. Pendant tout ce temps, elle le sent qui communique avec elle, avec un espoir palpable. Elle comprend à contrecœur ce qu'il est en train d'imaginer. Deux âmes solitaires enfin réunies à l'abbaye. Peut-être même croit-il à l'idée jungienne de synchronicité : si vous vous rencontrez ainsi, c'est qu'une chance vous a été accordée, et il est bien possible qu'une chance lui soit donnée à elle en cet instant. Peut-être devrait-elle se lever, aller s'asseoir à la table de cet homme et lui expliquer dans quoi elle est prise. S'il est seul et qu'il croit aux coïncidences signifiantes, il est très possible qu'il l'écoutera et qu'il ne tiendra pas son histoire pour de la pure folie. S'il croit à ça – que parfois quelque chose vous est envoyé, à vous personnellement, et alors vous avez la responsabilité d'en prendre soin –, il est possible qu'il la recueille, qu'il lui confie qu'il a une chambre ici même, à l'abbaye, et qu'il serait content de la partager avec elle, il dormira sur le canapé et elle dans le lit, ou l'inverse, et au matin, ils iront se promener dans les collines et ensuite ils déjeuneront ensemble et examineront calmement ce qui les a ainsi réunis. Elle croit sentir que l'homme d'en face perçoit effectivement une forme d'intervention divine dans ce qui est en train de se produire entre eux. Soudain, il lui paraît totalement ridicule. Coiffure affreuse, lueur imbécile dans le regard, le genre de lueur idiote qui donnerait envie de le faire redescendre sur terre à coups de pied. De lui dire un truc sale, choquant, vulgaire, de perforer violemment l'ambiance solennelle dont il s'entoure. Le Propre-sur-Lui possède ce talent au centuple. Il est maître dans l'art de percuter ce genre de grandiloquence pathétique, égocentrée et raide à en mourir, d'ailleurs on trouve énormément de ça dans le pays d'où elle vient, et elle, pour sa part, cette rigidité sentencieuse lui donne envie de vomir, or le Propre-sur-Lui a le don de démolir ça avec un brio unique, et absolument blessant. Elle éprouve une forte envie de pleurer. À la différence du pauvre type bouffi d'espoir qui lui fait face, elle sait ce qu'il en est, en réalité, et comment les choses vont tourner d'un instant à l'autre. Il suffit d'attendre. Le désastre ne va pas tarder à prendre d'assaut le restaurant. La magie que cet homme croyait percevoir en ressortira tout amochée, tel un oisillon blessé projeté contre un mur de pierre. Le Propre-sur-Lui va arriver, et les espoirs de l'homme seront anéantis, pulvérisés en un tournemain. Et, de fait, le voilà, la porte s'ouvre et le Propre-sur-Lui entre, non il n'entre pas, il déboule, il s'engouffre, il fait irruption dans le restaurant car il ne l'a pas laissée attendre un bref instant, non, il l'a laissée attendre très longtemps, peut-être une heure entière, et il voit d'ici ce qui s'annonçait comme un dîner agréable se transformer en un cauchemar empoisonné par des mines boudeuses, des reproches muets et tout le tremblement, autrement dit il va devoir la gérer elle aussi, maintenant, par-dessus le marché, en plus de la cabale du chargement de freins défectueux. Tel un orage, tonnerre, éclairs, la voix sonore du Propre-sur-Lui balaie le calme paisible du restaurant, résonne entre les murs de pierre de l'ancien réfectoire abbatial tandis qu'il continue de crier dans son portable. Toute sa personne irradie le stress, ça lui fait comme une aura radioactive. À grands pas, il avance vers leur table, une main serrant le téléphone contre son épaule, l'autre tendue vers elle comme pour parer une attaque.

– Minnie, pardon, ne me tue pas, j'ai bientôt fini !

Voilà ce qu'il déclare, tout en adressant un sourire complice aux autres clients, comme pour dire : « Maintenant elle est en colère, vous allez voir que dans une minute elle va essayer de me trucider ». Debout à côté de la table, il n'en finit pas de conclure son coup de fil. Les gens le toisent, il y a de la répulsion dans leur regard. Elle ne peut voir la réaction de l'homme d'en face car le corps du Propre-sur-Lui fait barrage. Enfin, il s'assied, range le téléphone dans sa poche et pose ses mains sur la table. Puis il lui sourit. Il est cramoisi, des gouttes de sueur perlent à son front, sa chemise est couverte de taches humides, mais il sourit, bien que cela doive en réalité lui coûter un effort surhumain.

– Minnie, ne gâche pas toute la soirée en faisant la gueule, s'il te plaît.

Elle lui adresse un faible sourire épuisé. Elle n'a pas l'intention de se mettre en colère. Il la torture, mais elle ne va pas crier. Car si elle crie, sous l'effet de la torture qu'il lui inflige, cela constituera une attaque contre lui, et ça, bien sûr, ce n'est pas possible. *Stand by your man* et ferme ta gueule. À présent elle peut de nouveau voir l'homme d'en face. Il s'est levé et fixe sur elle un regard désespéré, profitant de ce que le Propre-sur-Lui ne peut pas le voir. Apparemment, il n'en croit pas ses yeux, car il secoue lentement la tête avant de se diriger vers la sortie. Au moment de franchir le seuil du restaurant, il se retourne et la regarde de nouveau. Elle essaie d'interpréter son regard, sans savoir si ce qu'elle y lit est de la consternation ou de la rage.

Elle fait réellement son possible à présent pour ne pas provoquer le Propre-sur-Lui, et cela modifie la dynamique entre eux. Par sa soumission, c'est comme si elle confirmait son propre statut de coupable. Qu'est-ce qui justifierait en effet sa soumission si elle n'a commis aucun crime ? Qui dit culpabilité dit faute, et si faute il y a, il y a naturellement crime. Elle voit bien la logique impeccable à l'œuvre là-dedans. Elle comprend ce que sa soumission engendre chez lui de colère, une colère sous-jacente de basse intensité qui menace d'exploser à tout moment. De temps à autre, il semble pourtant lui aussi reprendre ses esprits et faire des efforts pour ne pas se laisser emporter. Un soir, il balance son poing contre le mur. Au lieu de la frapper, elle, il frappe le béton, or celui-ci est bien plus solide qu'elle, et le Propre-sur-Lui grimace de douleur. Il en conclut que c'est sa faute à elle s'il a encore mal plusieurs jours après cet incident. Elle a provoqué sa rage, il l'a *protégée* en frappant le mur au lieu de la frapper elle et, résultat, il a été blessé. La fureur monte en puissance. Une nouvelle couche vient se superposer aux autres. À chaque petite erreur qu'elle commet, la rage du Propre-sur-Lui augmente. Elle entend de plus en plus clairement le grondement de l'abîme.

Un soir, il ouvre les hostilités sous un angle différent.

– Et puis il y a cette histoire de classe.

– Que veux-tu dire ?

– Nous n'avons pas les mêmes origines sociales, toi et moi, Minnie.

– C'est vrai.

– Tu t'es toujours crue un peu au-dessus de moi.

– Ce n'est pas vrai.

– Si. Tu as fait des études. Tu viens d'une famille où les gens font des études.

– Nous n'étions pas plus riches que les autres.

– Vous aviez une autre forme de richesse. Vous aviez des *possibilités*.

Elle recule dans son fauteuil et pose le livre qu'elle était en train de lire. Puis elle se met à rire. Comme quand elle était à La Nouvelle-Orléans, prisonnière de la cage, voilà de quelle façon elle rit, un rire tonitruant et sarcastique. Il s'énerve.

– Qu'y a-t-il de si drôle ?

– Lâche l'affaire, dit-elle. Lâche cette histoire de classe.

– Pourquoi ?

– Parce que je te le demande.

– Parce que tu me le demandes ?

– Oui.

– Et tu connais quelque chose au sujet ?

– Oui.

– Explique-toi, Minnie.

– Voilà. Au départ, je viens d'une famille bourgeoise. Mais ensuite nous avons déménagé à la campagne, dans un village de bouseux, *white trash*. C'est là que j'ai grandi, ce sont ces gens-là qui m'ont formée. Sauf qu'au début, quand je suis arrivée, ils trouvaient comme toi que je me croyais supérieure à eux. Mais je me suis adaptée, car c'est ce que font les enfants.

Ils s'adaptent parce qu'ils veulent être acceptés. Et pour être accepté, il faut être comme les autres. Je suis donc devenue comme eux. Ensuite, je suis arrivée à la capitale. Là-bas, ils m'ont trouvée beaucoup trop vulgaire et beaucoup trop moche à leur goût. À leurs yeux, je venais d'un trou paumé rempli de pervers, de fachos et de pédophiles. Ils me méprisaient, et ne m'ont jamais acceptée dans leur cercle. Alors pour ce qui est de la classe, Mickey, je te propose de lâcher l'affaire, car ce n'est pas nous qui décidons. Nous, nous serons toujours ou trop snobs ou trop minables, au choix, et quelque part il y a un groupe minuscule qui décide de qui est quoi. Alors le mieux que nous puissions faire, toi et moi, c'est être solidaires. Être solidaires, passer du bon temps ensemble, de notre mieux, livrer nos propres combats et ne pas trop regarder sur les côtés.

Il hoche la tête. Il sourit même un peu.

– Vrai, Minnie. Vrai.

Le danger est brièvement écarté. Mais elle comprend une fois de plus qu'elle a besoin d'aide. Si elle doit gérer le Propre-sur-Lui, neutraliser sa rage et construire réellement quelque chose avec lui après les événements de La Nouvelle-Orléans, elle doit apprendre à mieux appréhender son mode de fonctionnement et comprendre comment elle pourra l'amener à cesser de la haïr. Elle envisage de retourner voir la dottoressa. Puis elle se dit que la solution doit pouvoir se trouver dans les livres. Elle télécharge sur Amazon une série d'ouvrages de développement personnel. *Get over Betrayal in 14 Days*, par Bhumi Desai, *Healing from Hidden Abuse* par Shannon Thomas, *The Victim Addiction* par Victoria Lee Carlile, ainsi qu'un livre expliquant comment surmonter le traumatisme par la prière bouddhiste zen. Elle commence à lire, mais ça la fatigue vite. Tout ce qui est dit dans ces pages lui paraît bien, mais rien ne trouve vraiment d'ancrage en elle. Les exemples évoqués n'ont rien à voir avec sa situation, les circonstances ne sont jamais les mêmes. Ces livres ne peuvent pas l'aider. Ils sont des bouées oscillant près du rivage, or elle, elle dérive en haute mer, beaucoup trop loin pour les atteindre. Elle cesse de lire et envisage une fois de plus de retourner voir la dottoressa.

Une nuit, elle rêve qu'elle dort à côté de son démon. Elle ne voit pas son visage, mais sa présence est palpable et irradie un tel froid de glace qu'elle cherche à se couvrir à tâtons. J'ai froid, murmure-t-elle, j'ai si froid. Où est la couverture ? Les mots sortent d'elle, confus et inarticulés, comme si elle était encore dans le rêve. Alors elle entend très clairement la voix du démon s'élever dans la chambre.

– Ne sais-tu pas qu'il existe une seule façon de survivre au froid extrême ?

– Et c'est quoi ?

– Adopter une température encore plus basse.

Elle se réveille. Un courant d'air glacé entre par la fenêtre ouverte de la chambre.

Puis un jour, le Propre-sur-Lui rentre du travail et il a une annonce à lui faire.

– Minnie, assieds-toi. J'ai un plan.

– Ah ?

Il enlève ses chaussures, pose ses clés sur l'étagère et va se laver les mains dans la salle de bains. En revenant, il ramasse le trousseau et ferme la porte à clé.

– Pourquoi fais-tu ça ?

– Écoute-moi, dit-il en rangeant le trousseau dans sa poche. Écoute-moi, c'est tout. Allons nous asseoir dans la cuisine.

Elle pense que c'est un jeu. Un truc dont il a entendu parler au cours de sa journée au boulot, un jeu qu'un collègue a expérimenté avec sa partenaire, et maintenant le Propre-sur-Lui veut tester ce jeu sur elle. Il tire une chaise et s'assied face à elle.

– Je veux que tu écoutes attentivement ce que j'ai à te dire et que tu réfléchisses bien avant de réagir. Je te promets que ce qui va se passer sera entièrement indolore pour toi.

– OK, dit-elle. J'écoute. Parle.

– Ça fait un moment que je réfléchis, Minnie. Depuis le jour où nous sommes revenus des États-Unis, je réfléchis. Et j'ai finalement trouvé un moyen. Je ne veux pas entrer dans les détails, mais ça implique une opération.

– Ah ? Quel genre ?

– Une opération qui à l'avenir t'empêchera de te montrer si putain de passionnée.

Elle ne comprend pas. Que veut-il dire ? Une opération qui fait qu'on n'est plus passionnée ?

– Tu veux me lobotomiser ?

Le Propre-sur-Lui éclate de rire.

– Ne sois pas si dramatique. Non, plus bas.

– Pardon ?

– Sous le nombril, mais au-dessus des cuisses.

Elle sent son pouls accélérer.

– Tu veux dire… ?

Il lève la main.

– Ne prononce pas le mot. C'est barbare.

Il plaisante sûrement. Ceci est une plaisanterie. Mais une plaisanterie désagréable. Il faut qu'elle soit très calme à présent. Elle va éventuellement réussir à écarter ce danger. Pour cela elle doit lui proposer un autre point de vue. Elle a beau sentir sa gorge enfler, elle toussote et dit d'une voix aussi assurée que possible :

– Qu'est-ce qui te fait croire que je suis passionnée ?

– Bon, alors écoute. J'ai vraiment essayé de me convaincre que tu ne l'étais pas, mais même à l'abbaye, Minnie, alors que j'étais en train de parer une catastrophe majeure avec le fabricant français, pendant que toi, tu étais installée bien au chaud à l'intérieur, qu'as-tu fait ? Tu t'es laissée servir, et resservir, par un homme.

– Mais enfin, de quoi parles-tu ?

– Je l'ai vu par la fenêtre. D'abord un verre, puis un deuxième, et pendant ce temps il y avait un autre type assis à une table qui n'arrêtait pas de te mater. Tu crois que je suis complètement débile ou quoi ? Tu penses pouvoir berner Mickey. Mais non. Ce n'est pas possible. Tu n'es pas plus maligne que moi. J'ai tout vu. Au départ je pensais que tu avais peut-être commandé ces verres toi-même, pour te consoler de devoir rester seule un moment, mais ensuite, quand j'ai payé, j'ai vu qu'ils ne figuraient pas sur l'addition. Un plus un égale deux, Minnie. Si on peut dire ça comme ça. Un plus un égale deux.

Elle secoue la tête. A-t-il viré complètement maboule ? C'est Giovanni, le patron, qui lui a servi ces deux verres de vin. C'était *on the house*, cadeau de la maison.

Le Propre-sur-Lui secoue la tête en souriant. Un sourire tordu.

– Oh, Minnie, Minnie, n'as-tu donc rien appris ? Crois-tu vraiment que c'est une bonne idée ? De jouer la chatte en chaleur en faisant de l'œil à un autre homme pendant que Mickey est dehors occupé à éteindre un incendie… N'as-tu donc *rien* appris ?

Elle sent monter la panique tel un insecte rampant. Le démon l'a menée en bateau. Alors qu'elle se croyait en sécurité dans un lieu saint, le démon lui a discrètement empoigné la cheville, et voilà qu'elle chute, qu'elle tombe sans pouvoir se retenir et que son visage heurte le sol. Elle doit respirer. Garder son sang-froid. Parler avec le Propre-sur-Lui. Il est encore calme pour le moment, encore assis sur sa chaise. Il la dévisage avec pitié, et c'est bien, il n'est pas en colère, il ne va pas commettre de geste violent, pas encore, pas tout de suite. Elle se racle la gorge à plusieurs reprises, essaie de se débarrasser des glaires. Dit que, premièrement, il peut téléphoner à l'abbaye et poser la question. Interroger Giovanni. Celui-ci confirmera ses dires. Deuxièmement, elle n'est pas du tout aussi passionnée qu'il a l'air de le croire. Troisièmement, la solution qu'il propose est beaucoup trop brutale, elle n'a ni rime ni raison. Le Propre-sur-Lui hoche la tête avec un sourire qu'elle ne peut, dans son for intérieur, décrire autrement que comme rayonnant. Oui, dit-il, il le sait, mais ils ne vont pas s'y prendre *ainsi*. L'aspect barbare, c'est la douleur, pas vrai ? Or il n'y aura aucune douleur. Il a déjà parlé à un médecin.

– Un médecin ? Les médecins ne pratiquent pas ce genre d'opération.

– Si. Ce médecin-là, oui. C'est sa spécialité. Il répond à des souhaits qui se situent, disons, du côté flou de la loi.

Elle se lève, se précipite vers la porte. Impossible de l'ouvrir, elle est verrouillée. Elle regarde vers la fenêtre. Le Propre-sur-Lui se lève, s'approche de la fenêtre et la referme.

– Tu seras anesthésiée. Tu n'as aucune raison de t'inquiéter. Tout sera parfaitement hygiénique et, en plus, ce n'est pas pire qu'une augmentation mammaire, et ces opérations-là sont pratiquées sans arrêt. On t'endormira. Au réveil, tu seras une autre femme. À ton réveil, enfin, il n'y aura plus que toi et moi.

– Je ne comprends pas. Tu es venu jusqu'à La Nouvelle-Orléans pour me sauver, et maintenant tu veux me faire *ça* ?

– C'est parce que je t'aime, Minnie. Malgré tout ce que tu m'as fait et tout ce que tu continues de me faire dès que j'ai le dos tourné, je t'aime.

– Tout ça n'est pas très sain, quand même.

Il éclate de rire.

– Sain ? Quel drôle de mot, après tout ce que tu as fait !

Elle doit sortir. Ah non, c'est vrai, elle ne peut pas. Alors hurler. Si elle hurle, il va probablement la frapper jusqu'à ce qu'elle s'évanouisse. Alors non, ne pas hurler. Elle doit trouver un autre plan, un meilleur plan, un plan sans cris ni résistance. Un plan où on se sert de la force de l'adversaire et où on la retourne contre lui. Pour réussir, elle doit mentir, et pour bien mentir elle doit être convaincue de la véracité de son mensonge. Pour communiquer avec le Propre-sur-Lui à présent, elle doit raisonner comme lui. Elle doit faire ce que la dottoressa n'a pas réussi à faire : partager le langage du patient. Jung et la tumeur cancéreuse. Un individu dément suggère une solution à un problème. Même si elle est bestiale, il a imaginé cette solution car il est convaincu de son potentiel de réussite. Une partie de la folie consiste en ceci, qu'on est persuadé que les autres souscriront à la solution délirante qu'on propose et qu'ils la jugeront fonctionnelle, eux aussi. C'est dans cette partie de la folie qu'elle doit aller à sa rencontre. Au prix d'un effort surhumain, elle réussit à prendre une voix posée et à articuler soigneusement.

– Disons en tout cas que tout cela est pour le moins baroque.

– Oui, c'est vrai. D'un autre côté, tout est assez baroque depuis le début entre nous, pas vrai ? Pense seulement à la façon dont tu déblatérerais sur les démons il n'y a pas si longtemps encore.

Du calme. Faire semblant d'être d'accord avec lui sur le fait que les démons n'existent pas. Elle essaie de percevoir en simultané les différents niveaux de la conversation. C'est comme diviser son cerveau en plusieurs parties, et c'est exactement ce qu'elle doit faire à présent : diviser son cerveau en plusieurs parties, pour envisager les différents niveaux : il y a celui qui est le leur, à eux, Mickey et Minnie ; un autre qui est celui des démons ; et enfin un troisième qui est celui des démons dans leur rapport avec Mickey et Minnie. Elle doit tout saisir en même temps. Comment Mickey et Minnie communiquent, et comment les démons communiquent dans le même temps à travers eux. C'est comme écouter plusieurs conversations en parallèle et prendre toutes les décisions stratégiques qui s'imposent, au moment même où ces conversations ont lieu. Son démon à lui essaie d'être plus rusé que son démon à elle ; les deux démons veulent s'entretuer, et ils ne trouveront pas le repos tant que l'un des deux ne sera pas mort. Pour sauver sa peau, elle doit raisonner comme si la proposition du Propre-sur-Lui était sensée. Elle se souvient de la manière dont elle s'est évadée de la cage, chez Hector, et de la pensée qui lui est venue à cette occasion : peu importe si cette partie de moi est détruite au passage. N'est-ce pas ainsi qu'elle a raisonné ? Si, mais à ce moment-là, elle était prisonnière, droguée, en proie à la plus grande confusion. On réfléchit différemment dans ce cas. Oui, mais n'est-il pas légitime de sacrifier une partie de soi pour être libre ? Par exemple, à l'occasion d'un incendie, n'est-il pas naturel de se trancher la main pour se délivrer d'une menotte qui vous tient attachée ? Mais n'est-ce pas précisément à un tel sacrifice qu'elle consent à présent, et n'est-ce pas précisément ainsi que le Propre-sur-Lui envisage la chose ? Si. C'est ça qu'elle doit essayer de voir. La logique qu'elle doit adopter. Lui faire croire qu'elle voit ce qu'il voit. Et ensuite se montrer plus rusée que lui.

– OK, dit-elle. J'accepte. Emmène-moi. Il faut que je te fasse confiance. Je l'ai déjà fait à l'époque où tu disais que je devais être faible et me remettre entre tes mains. Ça ne s'est pas trop bien passé mais, pour nous, et pour tout ce qui est en jeu maintenant, je suis prête à recommencer. C'est de la folie, mais je veux bien recommencer. Et si c'est fait comme tu le dis, sans douleur, dans une clinique, par un médecin, il n'y a pas de risque. Je te suis, je te fais confiance, j'admets que c'est une bonne décision. Le médecin va retirer certaines parties de moi, mais il va faire ça bien, et je ne ressentirai aucun manque. En réfléchissant, là tout de suite, c'est vrai que j'en ai un peu marre de mon désir, car en dernier recours, c'est quand même lui qui nous a causé tous ces soucis. Si je n'ai plus de désir, je n'éprouverai peut-être plus de jalousie. Maintenant que j'y pense, ta décision me paraît sage.

Le Propre-sur-Lui ne dit rien. Il la scrute au fond des yeux, comme s'il essayait de lire ses pensées et ses intentions les plus secrètes. Est-elle en train de le manipuler ? Elle a envie de hurler, car soudain elle ressent la froideur absolue de la créature qui est là en face d'elle. Sa gorge se contracte, sa colonne vertébrale est parcourue d'un frisson glacé, mais elle lui rend son regard et ne détourne pas les yeux. Enfin le visage du Propre-sur-Lui s'éclaire d'un sourire, et il hoche la tête.

– C'est bien, Minnie. On va faire ça. Tout va rentrer dans l'ordre. Alors c'est parti, on y va.

Elle sent une sueur froide inonder ses aisselles.

– Maintenant ?

– Il y a certaines idées auxquelles il ne faut pas réfléchir trop longtemps. Quand on en a une bonne, on doit la suivre, sinon elle risque de s'enrayer.

– C'est vrai. Mais on devrait peut-être tout de même dormir dessus ?

Il sourit.

– Je vois que tu essaies de gagner du temps, Minnie. Mais tout est déjà programmé. Nous devons y aller. Ils nous attendent.

– Je comprends. Alors il faut juste que je prépare deux, trois affaires. Combien de temps serons-nous partis ?

– Quelques jours, pas plus.

Elle prend une petite valise, la remplit de vêtements, attrape sa brosse à dent dans la salle de bains. Pendant qu'elle descend les escaliers, il la tient par le bras, une poigne de fer. À peine sont-ils dans la voiture qu'il verrouille les portières. Elle regarde droit devant elle. Elle remarque qu'il lui jette fréquemment un coup d'œil furtif, comme pour tenter de déterminer si elle le manipule ou si elle est sincère. Mais toute son attitude – muette, le dos droit, docile et digne – suggère qu'elle a compris que c'était la meilleure solution, pour elle comme pour eux deux. Elle sait que cette obéissance le prend au dépourvu, car elle est l'esclave à présent, l'esclave qui a tout appris en observant le maître. Or pendant que l'esclave s'élevait ainsi, le maître, lui, s'est abaissé d'autant sans même s'en apercevoir. Car le maître ne comprend pas. Le maître n'a pas séjourné dans le climat extrême des confins, il n'a pas été contraint de prendre conscience de certaines choses. Alors que l'esclave, oui. Il n'y a qu'une seule façon de survivre au froid extrême, et c'est d'adopter une température encore plus basse. N'est-ce pas ce que lui a soufflé son démon ? Et son âme alors ? Elle essaie de prêter attention à ce qui pourrait être l'âme en elle. L'évidence muette dont parlait Jung. Si l'âme existe, ce dont elle a toujours été convaincue, son âme doit l'aider à présent. Pour réussir ce qu'elle s'apprête à faire, elle doit s'accrocher à l'idée que l'âme existe, et que ceci est la bonne décision. Elle ferme les yeux, essaie de tourner son regard vers l'intérieur. Le démon est là, mais son âme est là aussi. Chaude, vivante. Cohérente, solidaire. Silencieuse, mais la poussant néanmoins à l'action.

Le Propre-sur-Lui met de la musique. C'est un après-midi de grand beau temps, ils glissent sans bruit entre les champs des environs de Florence. Ils approchent du village de Montecatini quand soudain elle se tourne vers lui et lui lance sur un ton agressif que c'est bien là, à Montecatini, que vit l'une de ses putes, pas vrai ? Si elle ne se trompe pas, c'est précisément dans ce village de malheur, cette misérable crotte de mouche sur la carte, qu'il s'est présenté un jour, la bite à la main, pour troncher une mère de famille, mère de trois enfants. Sait-il ce que cela lui aurait valu à l'époque de Mussolini ? Crime d'adultère pur et dur, il aurait été puni comme il le mérite, et comme le queutard lubrique qu'il est. Tout en criant, elle empoigne discrètement le frein à main et tire un coup sec. La voiture fait un bond et s'immobilise. Le Propre-sur-Lui se tourne vers elle. Il est hors de lui, les yeux lui sortent des orbites, mais elle continue sur sa lancée, croyait-il vraiment pouvoir lui couper ce qu'elle a de plus sacré, croyait-il vraiment qu'elle allait le laisser la *mutiler,* et comment donc s'y prendra-t-elle pour baiser, dans ce cas, quand ce sera fini entre eux, comment fera-t-elle pour *prendere cazzi in giro*, s'envoyer en l'air avec tout ce qui bouge, quelle joie lui restera-t-il alors dans l'existence ? Il est bien con, décidément, d'ailleurs ça se voit à son œil vitreux, ça se sent à l'odeur de son crâne quand il dort, car alors, elle s'évapore, la connerie, et devient puanteur dans la chambre, une puanteur telle que, même en le vidant de son jus vingt-quatre heures sur vingt-quatre pendant une vie entière, toutes les putes du monde ne suffiraient pas à absorber le poison libéré par son crâne. Elle reprend son souffle. Le regard du Propre-sur-Lui est glacial. Son teint est blafard, comme si tout le sang avait quitté son visage. Il pose la main sur sa cuisse. Puis, d'une voix douce et menaçante comme une lame de rasoir enveloppée dans de l'ouate chaude, il dit :

– Tu veux mourir, pas vrai, Minnie ? Si tu es revenue, si tu as fait tous ces kilomètres jusqu'à La Nouvelle-Orléans et retour, si tu as laissé Mickey venir te chercher, en fait, c'était pour mourir. N'est-ce pas ?

– Tu es tellement pathétique, réplique-t-elle. Tu me fais pitié.

Puis elle détourne la tête, croise les bras et regarde droit devant elle. Le Propre-sur-Lui redémarre. Il passe les vitesses et accélère. Elle regarde le compteur, soixante-dix, quatre-vingt, bientôt cent dix. Quittant l'autoroute, il s'engage sur un rond-point et entre dans Montecatini. Mais elle sent l'hésitation dans sa façon de déboîter car, quelque part, il ne veut pas mourir, il ne s'était pas préparé à ça quand il a déclenché ce processus. Même s'il est à présent décidé à la tuer, elle, il ne veut pas mourir, lui. Elle sait qu'il pense à tout ce qu'il perdrait en mourant, à toutes les personnes à qui il manquerait, à toutes les expériences qui lui passeraient sous le nez. Elle le sait, car l'esclave en elle *sait*, et l'esclave dit :

– C'est quoi, cette conduite de bobonne, franchement, je n'aurais pas cru ça de toi. Et ta virilité, alors ? Le docteur t'a opéré, toi aussi ? Il t'a coupé les couilles ?

Elle a franchi les bornes. Le Propre-sur-Lui appuie à fond sur l'accélérateur. Ils approchent d'un carrefour. Il s'y engouffre comme un boulet de canon. Un poids lourd fonce vers eux, et le chauffeur doit être couché sur son klaxon car un bruit strident prolongé lui vrille l'oreille, de plus en plus près, jusqu'à ce que son tympan éclate dans un hurlement. Et c'est alors, dans le millième de seconde avant que les pièces métalliques de la carrosserie ne pénètrent leurs corps avec une lenteur infinie, telles des épées, au milieu des flammes, de l'acier et du fer qui fondent autour d'eux, qu'elle croit entendre les rires. Deux rires. Puissants, lascifs, ils montent vers le ciel en une explosion d'euphorie qui ne peut être que démoniaque. Ils ne voulaient donc pas se faire la peau mutuellement, pense-t-elle en un éclair. Leur projet était seulement de nous tuer, nous. La prise du diable, c'est *cela*, comprend-elle. Maintenant qu'il est trop tard, c'est *cela* qui lâche, elle sent que c'est en train de la lâcher en cet instant même, car voilà que les mots lui reviennent, elle peut à nouveau réciter ses listes, *it's the devil's grip, è la presa del diavolo, es el agarre del diablo.* Les mots sont revenus parce que la prise s'est desserrée. Avant que l'inouïe douleur n'enfonce ses aiguilles dans leur chair, elle a le temps d'en éprouver un soulagement infini, et elle regarde le Propre-sur-Lui au fond des yeux, elle veut qu'il le ressente, lui aussi, qu'il comprenne que tout est fini et qu'ils sont libres, enfin, elle sait qu'il lui suffirait d'un millième de seconde supplémentaire, à lui aussi, un millième de seconde pour qu'il comprenne, mais cela ne se produit pas, car dans les yeux du Propre-sur-Lui elle ne lit que terreur et souffrance, et elle sait qu'elle ne réussira pas à le réchauffer, elle ne peut plus rien pour lui désormais, bien qu'elle sente à présent en elle affluer le pardon que seul peut éprouver un cœur humain redevenu pur.

NOTES

Bram Stoker, *Dracula*, traduit de l'anglais (Irlande) par Alain Morvan, Bibliothèque de la Pléiade, Gallimard, 2019.

1. C. G. Jung, *Les Sept Sermons aux morts*, traduit de l'allemand par Yves Lelay et Elisabeth Bigras, éditions de l'Herne, 1996.

2. Unica Zürn, *Sombre printemps*, traduit de l'allemand par Ruth Henry et Robert Valançay, Le Serpent à plumes, 2003 [1971].

3. C. G. Jung, *Psychologie et Religion*, traduit de l'allemand par Marthe Bernson et Gilbert Cahen, Buchet-Chastel, 1958.

4. Rachel Louise Snyder, *No Visible Bruises*, Bloomsbury, 2019 (non traduit).

DE LA MÊME AUTRICE

Les Amants polyglottes, Gallimard, 2018,
traduit du suédois par Anna Gibson

Bret Easton Ellis et les autres chiens, Gallimard, 2019,
traduit du suédois par Anna Gibson

Vous tenez entre vos mains une publication des Argonautes.
Nos livres sont édités et fabriqués avec un soin particulier, en étroite collaboration avec les meilleures traductrices et traducteurs littéraires de chaque langue européenne.

Né de notre conviction que la lecture a un rôle à jouer dans la rencontre avec l'autre, le projet des Argonautes met en lumière toute la richesse et la diversité des paysages littéraires de notre continent.

La Prise du diable
a été achevé d'imprimer en France
par Normandie Roto Impression S.A.S.
en novembre 2023
pour le compte de
Les Argonautes Éditeur,
Saint-Germain-en-Laye.

*Nous nous engageons pour la protection de l'environnement
et une production française responsable.*

*Ce livre a été imprimé en France, sur un papier certifié issu de forêts
gérées durablement, chez un imprimeur labellisé Imprim'Vert,
marque créée en partenariat avec l'Agence de l'eau, l'ADEME
(Agence de l'environnement et de la maîtrise de l'énergie)
et l'UNIC (Union nationale de l'imprimerie et de la communication).*

ISBN : 978-2-494289-30-7
N° d'édition : 007
N° d'impression : 2304569
Dépôt légal : janvier 2024

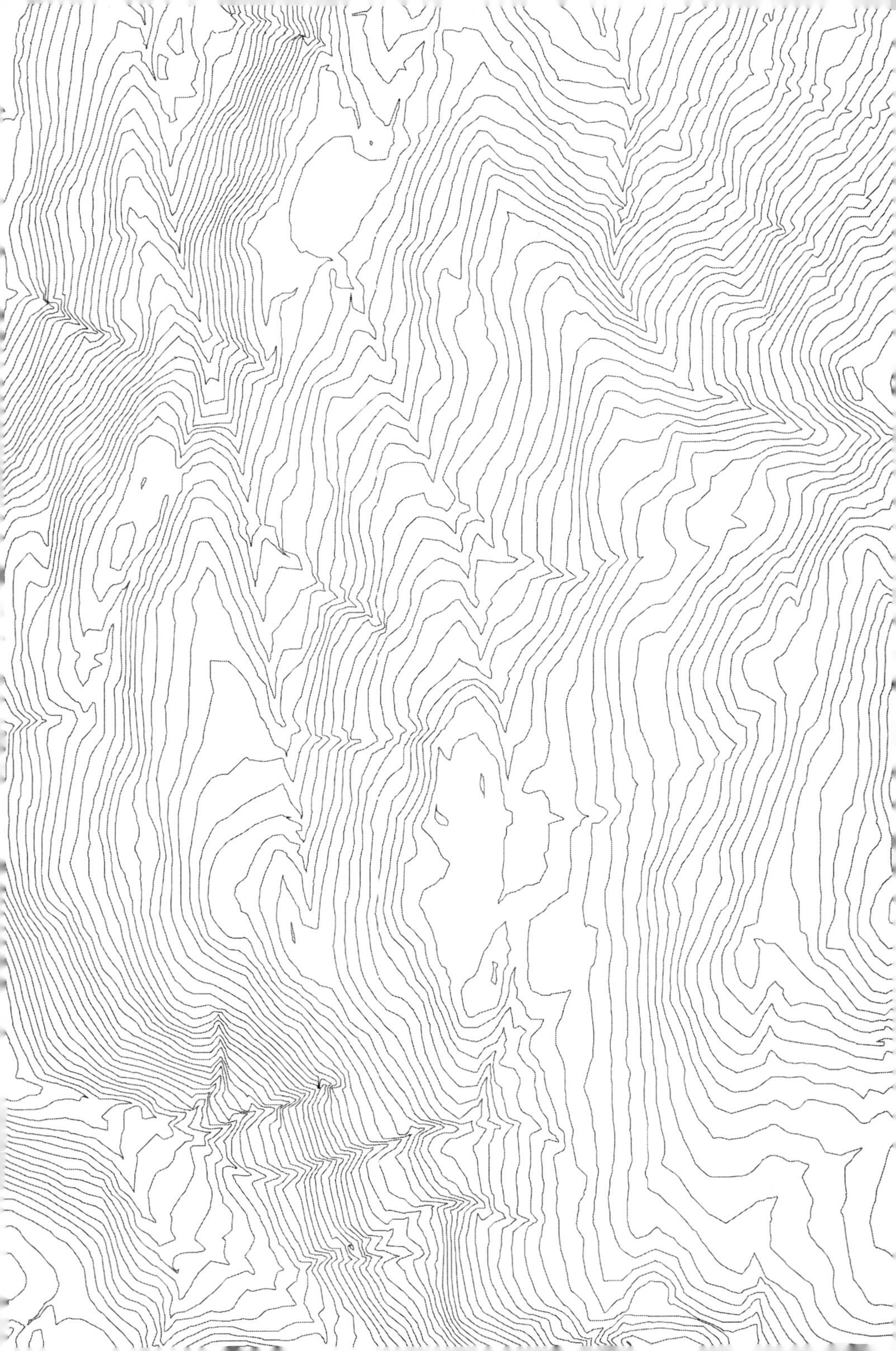